ANTOLOGIA PESSOAL

DALTON TREVISAN

ANTOLOGIA PESSOAL

1ª edição

EDITORA RECORD
RIO DE JANEIRO • SÃO PAULO
2023

CIP-BRASIL. CATALOGAÇÃO NA PUBLICAÇÃO
SINDICATO NACIONAL DOS EDITORES DE LIVROS, RJ

T789a Trevisan, Dalton
Antologia pessoal / Dalton Trevisan. - 1. ed. - Rio de Janeiro : Record, 2023.

ISBN 978-65-5587-666-6

1. Contos brasileiros. I. Título.

22-81102 CDD: 869.3
CDU: 82-34(81)

Gabriela Faray Ferreira Lopes - Bibliotecária - CRB-7/6643

Imagem de capa: Lera Danilova/iStock

Texto revisado segundo o Acordo Ortográfico da Língua Portuguesa de 1990.

Direitos exclusivos desta edição reservados pela
EDITORA RECORD LTDA.
Rua Argentina, 171 – Rio de Janeiro, RJ – 20921-380 – Tel.: (21) 2585-2000.

Impresso no Brasil

ISBN 978-65-5587-666-6

Seja um leitor preferencial Record.
Cadastre-se em www.record.com.br
e receba informações sobre nossos
lançamentos e nossas promoções.

Atendimento e venda direta ao leitor:
sac@record.com.br

SUMÁRIO

PREFÁCIO
Antologia como método

por Augusto Massi

para Francisco e Clara Alvim

"Cada um de nós uma multidão de tipos.
Você é sempre novo diante de outra pessoa."
D. T.

I.

Durante seis décadas Dalton Trevisan manteve um ritmo criativo impressionante. Desde *Novelas nada exemplares* [1959] até *Beijo na nuca* [2014], entregou aos leitores quase um livro a cada dois anos. Um primeiro levantamento, básico e aproximativo, indica que o escritor produziu mais de 700 contos.

A precocidade espantosa, certamente, colaborou para que ultrapassasse essa cifra. Em 1939, aos 14 anos, já assinava crônicas para a revista estudantil *O Livro*. Em 1940, funda e dirige o jornal *Tinguí* [1940-1943], impresso pelo Centro

Literário Humberto de Campos e, posteriormente, pelo Centro Cultural General Rondon.[1] Em 1941, sob a chancela do jornal, publica dois livros de poemas: *Sonetos tristes* e *Visos*. Em 1944, passa a trabalhar como repórter policial e crítico de cinema no *Diário do Paraná*.

Aos 21 anos, começa sua militância literária à frente da *Joaquim* [1946-1948][2] — revista bancada pelo jovem escritor — cuja plataforma modernista, iconoclasta e demolidora passa a combater todas as formas de conservadorismo. Um bom exemplo desta veia polêmica é o artigo "O terceiro indianismo", no qual Dalton ataca de forma contundente Monteiro Lobato.

Dentre os companheiros de geração, destacam-se os críticos Wilson Martins e Temístocles Linhares e o poeta José Paulo Paes.[3] E possuía o braço armado de uma equipe de gravuristas que além de arrojadas ilustrações contribuíam com entrevistas e artigos: Poty Lazzarotto, Guido Viaro, Renina

---

1 Tingui, nome de origem tupi-guarani, significa *nariz fino*. Os Tinguis eram indigenas hábeis na feitura de armas e utensílios de pedra. Sobre a história do jornal, ver: CAROLLO, Cassiana Lacerda. Tinguí: um capítulo das juvenilidades de Dalton Trevisan. *Letras*, n. 36, UFPR, Curitiba, 1987; Os rapazes de 40 e suas revistas. *Nicolau*, ano I, n. 6, Curitiba, dez. 1987.

2 *Joaquim*. Edição fac-similar — 21 números. Edição Miguel Sanchez Neto. Curitiba: Imprensa Oficial do Paraná/Secretaria da Justiça e da Cidadania, 2000.

3 Vale mencionar que Dalton participou do II Congresso Brasileiro de Escritores, realizado em Belo Horizonte, entre 12 e 17 de outubro de 1947. A delegação do Paraná era formada, entre outros, por Temístocles Linhares, José Paulo Paes e Glauco Flores de Sá Brito. Assim como em 1954 participa do I Congresso Nacional de Intelectuais, entre 14 e 21 fevereiro, em Goiânia. Além de nove delegações estrangeiras, o congresso tinha no poeta Pablo Neruda a estrela maior.

Katz, Yllen Kerr. A publicação logo adquiriu repercussão nacional. E passou a contar com colaboradores do calibre de Manuel Bandeira, Carlos Drummond de Andrade, Murilo Mendes, Oswald de Andrade, Vinicius de Moraes, Otto Maria Carpeaux, Antonio Candido e Mário Pedrosa.

Paralelamente, Dalton publica os seus primeiros livros: a novela *Sonata ao luar* [1945], ilustrada por Guido Viaro e *Sete anos de pastor* [1948], doze contos ilustrados por Poty Lazzarotto.[4] Num breve comentário sobre este último, Sérgio Milliet foi certeiro: "Desde Clarice Lispector não encontrei na moderna prosa brasileira maior invenção expressiva." Esta não era uma opinião isolada. Muitos cobravam a estreia do jovem contista por uma das grandes editoras nacionais.

Mas esse reconhecimento crítico não veio tão somente com a visibilidade alcançada pela revista *Joaquim*. O que poucos sabem é que, entre 1945 e 1959, seus contos eram estampados sistematicamente em vários jornais e revistas, em especial,[5]

---

4 Dalton publicava vários outros livrinhos, pequenas plaquetes, que enviava para amigos e críticos dos principais jornais e revistas do país. Hoje são itens de colecionador e extremamente raros: *Guia histórico de Curitiba*, ilustrado por Poty [1953]; *A volta do filho pródigo* [1953]; *Os domingos ou Ao armazém do Lucas* [1954]; *O dia de S. Marcos*, novela ilustrada por Poty [1954]; *Minha cidade* [quinze contos, 1960]; *Lamentações de Curitiba* [1961]; *Cemitério de elefantes* [1962]; *O anel mágico* [dez contos, 1964], *A velha querida* [capa com desenho de Kafka, 1964]; *O vampiro de Curitiba* [1965]. *Ponto de crochê* [quinze contos, capa com desenho de Kafka, 1964], edição revista da segunda parte de *Novelas nada exemplares* [1959].

5 Para que o leitor possa ter uma leve ideia, indico alguns contos publicados por Dalton.

Suplemento Literário Letras e Artes [RJ]: "Eucaris, a dos olhos doces" [ilustração Santa Rosa], n. 15, 15 set. 1946. Conto classificado no Grande Concurso do Suplemento *Letras e Artes*. Pseudônimo: Ulisses. Endereço: Emiliano no *Diário de Notícias*, no suplemento Letras e Artes de *A Manhã*, no Suplemento Literário de *O Estado de S. Paulo* e na *Revista da Semana*.

Esse retrato do contista quando jovem, a pré-história do seu percurso, pode ajudar a compreender um traço decisivo de sua personalidade obsessiva e sistemática. Se hoje ainda proliferam artigos, ensaios e teses dedicados à figura esquiva do escritor — se recusa a dar entrevistas, foge ao cerco implacável dos fotógrafos, não participa de encontros, seminários, colóquios ou festas literárias em torno de sua obra, não comparece às cerimônias de entrega de prêmios literários nacionais e internacionais —, não seria a hora de

---

Perneta, 476; "Moscas sobre a toalha" [ilustração Armando Pacheco], n. 26, 29 dez. 1946; "Sete anos de pastor", n. 63, 4 mai. 1947; "Passos na calçada", n. 76, 22 fev. 1948; "O bem-amado" [ilustração Yllen Kerr], n. 112 , 16 jan. 1949; "Quatro crônicas" (Apelo, Generoso, O ciclista, As Marias), n. 63, 4 jan. 1958.

Pensamento da América [RJ]: "Com uma rosa na mão" [ilustração Oswaldo Goeldi], n. 12, 22 dez. 1946.

Domingueira, suplemento de *O Dia* [PR]: "Primeira viagem de Simbad", Curitiba, 13 mai. 1951.

Diário de Notícias [RJ]: "As três da manhã", 27 nov. 1955; "Noites de amor em Granada", 9 set. 1956; "Gigi", 21 abr. 1957; "O último dos Duval", 28 abr. 1957; "A mulher e o cavalo", 17 mai. 1957; "Um sapato para Pedrinho", 26 mai. 1957; "Uma fábula", 16 jun. 1957; "Os botequins", 22 set. 1957; "Pensão Nápoles", 27 out. 1957; "Diário", 10 nov. 1957; "Um jantar", 8 dez. 1957; "O morto na sala", 23 mar. 1958; "Lamentações de Curitiba", 29 jun. 1958; "Quarto de hotel", 27 jul. 1958; "O ninho vazio", 23 nov. 1958; "Últimos dias", 7 dez. 1958; "O convidado", 21 dez. 1958; "Numa velha praça", 28 dez. 1958; "Os meninos", 4 jan. 1959; "Piano, múmia, rei", 8 mar. 1959; "Novos amores", 14 jun. 1959; "O velório", 6 mar. 1960; "Casa iluminada", 3 abr. 1960; "Questão de família", 19 jun. 1960; "Paixão de corneteiro", 3 jul. 1960; "O coronel", 24 jul. 1960.

Revista da Semana [RJ]: "Os três reis magos" [ilustração Orlando Mattos], n. 12, 22 mar. 1947. Premiado no concurso da revista; "O canto da sereia" [ilustração Armando Moura], n. 45, 6 nov. 1948; "Com uma rosa na mão"

sublinhar justamente o oposto, sua dedicação integral à literatura?

É importante frisar que — mesmo quando editado pela José Olympio, depois pela Civilização Brasileira e, a partir de 1978, pela Record — nunca deixou de fabricar coquetéis *molotov*, edições caseiras, de tiragem reduzida, explorando táticas de guerrilha e, uma declaração de independência, desafiando as regras contratuais do mundo editorial.

Por vezes, embora figurando na lista dos mais vendidos, continuava a distribuir seus panfletos de modo quase clandestino. Entre 2000 e 2002, derrama diversos livrinhos no mercado paralelo. Alguns lembram miniantologias temáticas:

[ilustração Oswaldo da Cunha], n. 22, 3 jun. 1950; "Apelo" [ilustração Maria Tereza], n. 7, 13 fev. 1954; "Praça Tiradentes" [ilustração Fortuna], n. 21, 22 mai. 1954; "O ciclista" [ilustração Maria Tereza], n. 26, 26 jun. 1954; "Os botequins", n. 48, 6 dez. 1958.

Suplemento Literário de *O Estado de S. Paulo*: "A volta do filho pródigo" [ilustração Darcy Penteado], n. 18, 9 fev. 1957; "O noivo", n. 41, 27 jul. 1957 (incluído em *Novelas nada exemplares*); "Quatro crônicas" (Apelo, Generoso, O ciclista, As Marias), n. 63, 4 jan. 1958 (incluídas em *Desastres do amor*); "Quarto de hotel" (ilustração Aldemir Martins), n. 79, 3 mai. 1958; "A asa da ema", n. 103, 18 out. 1958; "O morto na sala", n. 121, 21 fev. 1959; "O processo de Alice", n. 137, 27 jun. 1959; "Cena doméstica", n. 150, 26 set. 1959; "Numa velha praça" [ilustração Fernando Odriozola], n. 185, São Paulo, 11 jun. 1960; "Caso de desquite" [ilustração Odiléa Setti Toscano], n. 195, 20 ago. 1960; "Cemitério de elefantes" [ilustração Fernando Odriozola], n. 237, 1 jul. 1961; "Bailarina fantasista" [ilustração Darcy Penteado], n. 268, 10 fev. 1962; "Duas histórias curtas" [ilustração Fernando Lemos], n. 276, 7 abr. 1962; "O espião" [ilustração Rita Rosenmayer], n. 384, 13 jun. 1964; "Zulma", "Quatro tiros" e "O circo das mulas azuis", n. 422, 20 mar. 1965; "Três amores", "Tantas mulheres", "Cem contos para contos" e "Querido José" [ilustração Antonio Lizárraga], n. 429, 15 mai. 1965; "A noiva", "Os três presentes" e "Ladainha do amor" [ilustração Odiléa Setti Toscano], n. 475, 30 abr. 1966; "O leão", "O gato chamado Marreco" e "Besouro" [ilustração Antonio Lizárraga], n. 499, 15 out. 1966.

"Velho", "Amor", "Criança", "Bichos" [2001]. Outros exibem contos inéditos que, mais tarde, serão incluídos em *Pico na veia* [2002], *Capitu sou eu* [2003] e *Arara bêbada* [2004].

Dentro desta perspectiva, Dalton tensiona ainda mais o seu ritmo de criação. Apesar de vinculado à Record, passa a publicar simultaneamente pela L&PM. A divisão amigável respeita uma lógica trevisânica: os livros inéditos saem exclusivamente pela Record, cabendo à L&PM, especializada em edições de bolso, lançar pequenas reuniões de contos, remontadas pelo autor. O formato *pocket*, curiosamente, disputa e dialoga com os livrinhos de fabricação caseira. Após *111 ais* [2000], lança outros nove volumes, a maioria ilustrados por Ivan Pinheiro Machado.[6]

A estratégia potencializa o caráter experimental da própria obra. Sob o som e a fúria de novas combinações, antigos relatos ressurgem completamente transformados. Levando ao limite procedimentos de corte e redução, "A chuva engorda o barro e dá de beber aos mortos", último parágrafo de "Chuva", um dos melhores contos de *Mistérios de Curitiba* [1968], se transforma em um dos "Nove haicais", de *Dinorá: novos mistérios* [1994] e, pinçado novamente, se converte no fragmento de número "26", dentre as *99 corruíras nanicas* [2002].

No sentido contrário, explorando processos de colagem e fusão — a exemplo da estrutura expandida adotada em seu único romance, *A polaquinha* [1985] — Dalton finaliza em

---

6 Dalton publicou pela L&PM: *111 ais* [2000], *O grande deflorador* [2000], *99 corruíras nanicas* [2002], *Continhos galantes* [2003], *A gorda do Tiki Bar* [2005], *Duzentos ladrões* [2008], *Mirinha* [2011], *Nem te conto, João* [2011], *Frufru Rataplã Dolores* [2012], *Até você, Capitu?* [2013].

sua moviola duas novelas, *Nem te conto, João* [2011] e *Mirinha* [2011]. O princípio constitutivo das narrativas, estilo e sintaxe, se concretiza somente na mesa de edição.

O ímpeto criativo não diminui com o passar dos anos. Na casa dos 80, o escritor torna a surpreender, colocando em circulação um lúmpen de personagens que transitam freneticamente por *Rita Ritinha Ritona* [2005], *Macho não ganha flor* [2006], *O maníaco do olho verde* [2008], e *Violetas e pavões* [2009].

Exceção feita a dois estudos fundamentais, *Ensaios sobre a obra de Dalton Trevisan*, de Berta Waldman, e *Biblioteca Trevisan*, de Miguel Sanches Neto,[7] boa parte da crítica não acompanhou as novas incursões ficcionais do escritor.

A vocação precoce, o anseio de visibilidade e de se inscrever no mundo é transmutado pelo espelho da longevidade, mestre à margem, com salvo-conduto da invisibilidade para reescrever o silêncio e a fúria do mundo. O vampiro foi longe.

II.

Entre 1979 e 2013, o escritor organizou sete antologias de sua própria sua obra. Essa experiência permitiu ao contista realizar, em diferentes etapas da vida, releituras de sua produção

---

7 *Do vampiro ao cafajeste: uma leitura da obra de Dalton Trevisan* [Campinas: Editora da Unicamp, 2014], terceira edição do doutorado de Berta Waldman, acrescida de 18 ensaios que analisam os livros posteriores do escritor. Já *Biblioteca Trevisan* [Curitiba: Editora da Universidade Federal do Paraná, 1995] reúne microleituras, análises finas e esclarecedoras, desde *Novelas nada exemplares* até *Dinorá: novos mistérios*.

literária. Como toda antologia implica em balanços, recortes temáticos, escolhas e recusas, as antologias correspondem a uma série de autorretratos: Dalton Trevisan por Dalton Trevisan. Por isso, antes de comentar a nova *Antologia pessoal* [2023], talvez seja proveitoso percorrer, passo a passo, esta exposição retrospectiva.

Os autorretratos inaugurais vêm com marca d'água: 1979. No mesmo ano, o escritor lança duas antologias. *Primeiro livro de contos*, título marcadamente iniciático, exibe uma divisa significativa: *antologia pessoal*. De algum modo, na seleção revela as preferências do autor após vinte anos de carreira. A segunda, *20 contos menores*, indica no próprio título, *menores*, e no subtítulo, *antologia escolar*, mais que um recorte, uma redução no horizonte de leitura. Foram pensadas em conjunto. Enxutas, ambas dispensam prólogos, prefácios e ilustrações.[8] Não ultrapassam 22 narrativas. E o escritor ainda tomou cuidado de não repetir contos em nenhuma delas. Se não estou enganado, da primeira *antologia pessoal* somente três contos figuram na *Antologia pessoal* de agora: "O espião", "Morte na praça" e "O vampiro de Curitiba".

Passados cinco anos, circula a terceira antologia: *Contos eróticos* [1984]. O recorte temático, além do apelo comercial, traduz uma mudança na atmosfera política e cultural do país.

---

8 A orelha de *Primeiro livro de contos* exibe trechos de resenha internacionais publicadas por conta da tradução de *The vampire of Curitiba and other stories* [Nova York: Alfred A. Knopf, 1972], realizada por Gregory Rabassa. Na quarta capa, texto de Alfredo Bosi, extraído do seu prefácio para a antologia *O conto brasileiro contemporâneo* [São Paulo: Cultrix, 1970]. A orelha de *20 contos menores* reproduz o texto-manifesto de Dalton composto por 17 microdefinições de sua poética. Na quarta capa, frases de Antonio Candido e Osman Lins.

O fim da prolongada ditadura militar e a crescente invasão da cultura de massa abrem caminho para que se possa estampar na capa reproduções de antigos cartões postais eróticos. Essa iconografia virou marca registrada das edições de Dalton pela Civilização Brasileira. Os toscos padrões morais da censura foram burlados graças à proposta visual sutil e maliciosa. Volta e meia, já editado pela Record, a falsa moldura da intimidade burguesa retornava. Sempre mais picante. A prosa ready-made de Dalton vampiriza o cenário belle époque da cultura de bordéis e bordões da alcova. E a cada página virada da antologia, o leitor resvala na "penugem dourada de um braço", sente a "mansa curva do seio", vê luzir a "coxa fosforescente".

No outro extremo, ao longo dos anos 70, o escritor esteve próximo da patota do *Pasquim*. Os seus contos transitavam bem entre o humor de contestação dos valores da classe média e o desbunde da geração da contracultura.[9] Encontrando espaço também nas revistas dirigidas ao público masculino, como *Ele & Ela*. Mas, às vezes, a censura tocava a trombeta. Em julho de 1976, ela proibiu a publicação

9 Dalton marcou presença no *Pasquim* [RJ]: "Um marido exemplar", n. 78, 30 dez. 1970-4 jan. 1971; "Um anjo do inferno", n. 143, 28 mar.-2 abr. 1972; "As sete provas da traição", n. 145, 11-17 abr. 1972; "Dois galãs", n. 149, 9-5 mai. 1972; "Moela, coração e sambiquira", n. 193, 13-19 mar. 1973; "Me responda, sargento", n. 195, 27 mar.- 2 abr. 1973; "O defunto bonito", n. 203, 13-19 mar. 1973; "Uma corrida de touros em Curitiba", n. 207, 19-25 jun. 1973; "Tutuca", n. 222, 2-8 out. 1973; "O pássaro de cinco asas", n. 224, 16-22 out. 1973; "O colibri", n. 228, 13-19 nov. 1973; "Clínica de repouso", n. 230, 27 nov.-3 dez. 1973; "A grande caça ao tigre", n. 261, 2-8 jul. 1974; "O grande circo de cavalinhos", n. 262, 9-15 jul. 1974; "O anjinho", n. 264, 23-29 jul. 1974; "O rato piolhento", n. 265, 30 jul.-5 ago. 1974; "O vampiro de almas", n. 271, 10-16 out. 1974; "Penas de um sedutor", n. 273, 24-30 set. 1974; "A faca no coração", n. 281, 19-25 nov. 1974; "Paixão de palhaço", n. 285, 13-23 dez. 1974.

de "Mister Curitiba", vencedor do Concurso Nacional de Contos Eróticos da revista *Status*.[10] Posteriormente, ele foi incluído entre os dezesseis contos que compõem *A trombeta do anjo vingador* [1977].

Na quarta antologia, *Em busca de Curitiba perdida* [1992], o leitor cruza ruas estreitas, as baladas populares de Boccacio e François Villon, ao mesmo tempo que se perde nos becos e na boêmia da Lapa de Manuel Bandeira, na esfumaçada modernidade da tabacaria de Fernando Pessoa. A encruzilhada entre o lírico e o prosaico é uma das vigas mestras dessa Curitiba *revisited*. Entretanto, aqui também se faz sentir o discurso politizado contra a cidade oficial, matriz atualizada do atraso provinciano.

Os contos de Dalton, assim como os centros urbanos, passam por inúmeras reformas. A capital cantada na crônica "Minha cidade", em novembro de 1945, nas páginas da revista *Joaquim*, será submetida a uma série de reconstruções e demolições textuais. Primeiro será rebatizada de *Guia histórico de Curitiba*, por ocasião das comemorações do I Centenário de Emancipação do Paraná, em 1953. Depois, em *Desastres do amor* [1968], inteiramente revitalizada, passa a se chamar "Em busca de Curitiba perdida"; mais tarde, dará nome à antologia homônima. Por 47 anos, a crônica original se transformou num canteiro de obras. A edição definitiva, com ilustrações de Poty, só veio à luz com a antologia. E o leitor ainda tem direito a uma linda joia da ironia: o Hino Oficial da Cidade.

Vozes do retrato: quinze histórias de mentiras e verdades [1991] foge um pouco do formato das antologias anteriores.

---

10 Em julho de 1978, Rubem Fonseca vence o mesmo concurso. "O cobrador" também será censurado pela ditadura militar.

Talvez devido às características da coleção, voltada para adolescentes, os contos selecionados são breves. No espaço de uma página, "O ciclista" e "Chuva" revelam domínio absoluto da linguagem. A música encantatória penetra o fundo falso das frases e o leitor pode sentir os movimentos melancólicos da morte anunciada. Outro par de contos, "Firififi" e "O fim da Fifi", ao narrar a relação de afeto entre uma menina e sua cachorrinha, morde o rabo da morte.

Uma década depois, Dalton retorna com nova antologia pessoal: *33 contos escolhidos* [2005]. Quatro anos mais tarde, é rebatizada, *35 noites de paixão* [2009] e acrescida de dois contos: "O perdedor" e "Feliz Natal". Do ponto de vista numérico, até aquela data, devem ser tomadas como as antologias mais abrangentes.

Olhando pelo retrovisor, Dalton repete doze histórias presentes no *Primeiro livro de contos* [1979]: "Boa noite, senhor", "Penélope", "Cemitério de elefantes", "Vozes do retrato", "O senhor meu marido", "Trinta e sete noites de paixão", "O maior tarado da cidade", "A doce inimiga", "Última corrida de touros em Curitiba", "A faca no coração", "Uma coroa para Ritinha" e "Mister Curitiba". Por um instante, dada a constância e a regularidade das escolhas, a hipótese de que formavam o núcleo duro das predileções do autor era plausível. Ao passar os olhos no índice desta *Antologia pessoal* [2023], não reencontrei nenhum daqueles doze contos.

Chegamos à sétima antologia, *Novos contos eróticos* [2013], composta por narrativas selecionadas de *Capitu sou eu* [2003] até *O anão e a ninfeta* [2011]. Nos quase trinta anos que separam a primeira antologia de *Contos eróticos* [1984] desta segunda reunião temática, a seta do tempo aponta para o livro *Meu querido assassino* [1983], cujo conto homônimo fecha essa nova antologia erótica. Nele, salta aos olhos os índices de modernização tão bem captados por Berta Waldman:

> Atenção, leitores: Curitiba se moderniza em *Meu querido assassino*. Mulheres circulam de jardineira, minissaia, short, camiseta, calça presa na botinha de franja. Maria fez cursinho e é caloura bem-sucedida na faculdade de psicologia. Os bordéis foram substituídos por motéis e o famoso "anel mágico" cede a vez ao vibrador, aludindo à existência de sex-shops na província.[11]

Novos contos eróticos radicaliza a sexualidade e a violência em todos os níveis. O erotismo incestuoso entre poder e perversão, camuflado nos ambientes da classe média — o tabuleiro da guerra conjugal, as confidências e inconfidências nos escritórios de advocacia, o zigue-zague entre as traições e o azedume dos ciúmes, a falação e a felação —, será substituído por uma sexualidade crispada e sádica: abusos, taras, estupros, pedofilia. A brutalidade invade as camadas mais desprotegidas da sociedade.

Dalton flerta com a reportagem. Encurta a distância que separa o território das ruas e as franjas da periferia: postos de gasolina, pontos de ônibus, linhas de trem. O minimalismo experimental e poético de *Ah, é?* [1994], *Dinorá: novos mis-*

---

11 WALDMAN, Berta. "Do anel mágico ao vibrador". In: ______. *Ensaios sobre a obra de Dalton Trevisan*. Campinas: Editora da Unicamp, 2014.

térios [1994] e *234* [1997] é desbancado pelo beco sem saída da crônica policial. A sacanagem sussurrada que descia todos os degraus do diminutivo agora sobe a escada espiralada do palavrão. *Pico na veia* [2002] é um livro de passagem para a transgressão regressiva da modernidade: "Curitiba — essa grande favela do primeiro mundo".

III.

Dalton é um contista antológico. Presença obrigatória em qualquer antologia do conto brasileiro de todos os tempos. Faz parte de uma geração que colocou o conto no centro da cena literária: Clarice Lispector, Rubem Fonseca, Murilo Rubião, Otto Lara Resende, João Antônio, Osman Lins, José J. Veiga, Luiz Vilela, Moacyr Scliar, Samuel Rawet, entre outros. Mas é preciso potência para continuar sendo um contemporâneo.

Antologia pessoal é uma demonstração cabal de como o escritor articula ímpeto destrutivo — desmontagem da sintaxe narrativa, recusa do enredo tradicional, dissolução das fronteiras entre os gêneros — com um forte senso de construção, coerência interna e jogo combinatório. Sob a máscara da repetição, lapida a face poliédrica do fragmento. Nas pegadas de Kafka: "Meu corpo inteiro me adverte diante de cada palavra; cada palavra, antes de se deixar escrever por mim, olha primeiro para todos os lados."[12]

---

12 KAFKA, F. Carta de Kafka a Max Brod, Praga, 17, XII, 1910. In: _____. *Escritos sobre sus escritos*. Organização de Erich Heller e Joachim Beug. Barcelona: Anagrama, 1974.

A antologia cobre um arco de tempo que vai de *Novelas nada exemplares* [1959] até *O beijo na nuca* [2014]. É curioso como o subtítulo da antologia inaugural, *Primeiro livro de contos*, retorna pela porta da frente. Num diálogo especular, *Antologia pessoal* poderia ser batizada com o subtítulo de *último livro de contos*. O Dalton leitor revisa o escritor Trevisan. A diferença crava suas garras no idêntico.

Esta é a mais ampla, complexa e representativa de suas antologias. Salvo engano, dos seus 32 livros de contos, só ficaram de fora *Virgem louca, loucos beijos* [1979], *Ah, é?* [1994], *234* [1997] e *Pico na veia* [2002]. Os três últimos, certamente, por pertencerem à série de *bricolagens*, linha de montagem e desmontagem que, desde os títulos, arranca o leitor da zona de conforto. O único representante da vertente das ministórias na antologia fica sendo *Arara bêbada* [2004].

Dentre os livros que compõem o volume, a maioria comparece em média com três a quatro contos. Um degrau abaixo, com dois: *A faca no coração* [1975] e *Chorinho brejeiro* [1981]. E, num patamar acima, com cinco contos: *Mistérios de Curitiba* [1968], *Meu querido assassino* [1983], *Pão e sangue* [1988], *Desgracida* [2010] *e O anão e a ninfeta* [2011].

Antologia pessoal reúne 94 contos alinhados por ordem cronológica. Dalton quebra essa regra quando decide, estrategicamente, abrir a antologia com "O espião", retirado do seu segundo livro, *Cemitério de elefantes* [1962] e fechá-la, simbolicamente, com "O velório", de *Morte na praça* [1964]. A primeira escolha é uma declaração de princípios da sua arte: defesa da invisibilidade e da posição privilegiada do narrador. O espião, mescla de testemunha e voyeur, pode se movimentar dentro e fora da cena, guardar distância de seus personagens. A segunda escolha reivindica um realismo belo, áspero, intratável, que não vire as costas para a representação da nossa vida cotidiana. Dalton se embriaga numa crônica de Manuel Bandeira, "O enterro de Sinhô"[13], e, entre a imobilidade da defunta, velada na sala, e o zigue-zague das conversas na cozinha, descreve o erotismo volúvel da vida vampirizando o reino da morte.

Ao abrir a antologia com um espião e fechá-la com um músico popular, o escritor parece se divertir, antevendo o próprio velório. Um olho pisca pra vida, o outro, zomba da morte, no compasso do famoso samba de Noel, "Fita amarela" [1933]: "Quando eu morrer / Não quero choro nem vela / Quero uma fita amarela / Gravada com o nome dela // Se existe alma / Se há outra encarnação / Eu queria que a mulata / Sapateasse no meu caixão / (Sapateia, sapateia) [...] — arrematando na cadência do vampiro — "Quero ver raiar / ouvir um samba / Ao romper da madrugada! / Quero que o Sol / Não invada o meu caixão! / Para a minha pobre alma / Não vá morrer de insolação! // Estou contente / Consolado por saber / Que as morenas tão formosas / A terra um dia há de comer!"

Voltemos à perspectiva cronológica. Além da estrada principal, ler de cabo a rabo a antologia possibilita ao leitor

---

13 BANDEIRA, Manuel. *Crônicas da província do Brasil* [1937]. Organização, posfácio e notas de Júlio Castañon. São Paulo: Cosac Naify, 2006. Vale lembrar que Dalton cita, recorrentemente, "Um beijo puro da catedral do amor", verso de "Jura" [1928], composição de Sinhô. O mesmo procedimento vale para "Abismo de rosas" [c. 1926], de Canhoto, gravada por Dilermando Reis, expressão utilizada em todos os níveis: no título do livro, no título de um conto e em passagens de outros textos.

tomar outras trilhas e atalhos, adentrar por ramais e veredas e, mesmo assim, ter livre acesso aos quatro grandes ciclos do percurso literário de Dalton. O primeiro começa com *Novelas nada exemplares* [1959] e chega até *Abismo de rosas* [1976]. No centro irradiador deste ciclo está *O vampiro de Curitiba* [1965]. Ele responde pela mitologia que enredou, de modo indissolúvel, a persona do escritor à do seu personagem, conde Nelsinho. Ambos estarão fixados para sempre no crucifixo simbólico de Curitiba.

Como um dos pequenos prazeres é descobrir miniantologias dentro da *Antologia pessoal*, minha sugestão é cravar os olhos em todos os contos relacionados ao vampiro. Eis o roteiro: "Que fim levou o vampiro de Curitiba?", do *O pássaro de cinco asas* [1974], "Balada do vampiro", de *Pão e sangue* [1988] e "Adeus, vampiro", de *Rita Ritinha Ritona* [2005].

O segundo ciclo começa com *Abismo de rosas* [1976] e termina em *Pão e sangue* [1988]. Dalton cria algumas histórias que, dentro do mesmo livro, terminam se entrelaçando e compondo uma narrativa serial. O escritório de advocacia se consolida como palco do teatro de câmara da classe média.

Outra sugestão de miniantologia é criar um grupo de WhatsApp das Marias: "Todas as Marias são coitadas" e "Maria pintada de prata", de *Desastres do amor* [1968], "Maria de eu", de *Crimes de paixão* [1978] e "Mariazinhas", de *Desgracida* [2010]. Afora Marias que não estão visíveis nos títulos, como, por exemplo, Dona Maria, a mãe de "O Noivo", de *Novelas nada exemplares* [1959].

O terceiro ciclo é aberto por *Ah, é?* [1994] e se fecha com *Pico na veia* [2002]. A marca de fábrica é a extrema redução dos contos. Através da fragmentação, a prosa de Dalton se aproxima da poesia. Em *Lincha tarado* [1980], *Meu querido assassino* [1983], *Pão e sangue* [1988], eles são denominados haicais, depois, passam definitivamente a ser chamados de ministórias.

O quarto e último ciclo inicia com *Rita Ritinha Ritona* [2005] e termina com *O anão e a ninfeta* [2011]. Dalton captura o crescente empobrecimento da sociedade que empurra a classe média ladeira abaixo e as classes mais humildes para baixo da linha miserável da pobreza. O crack abre um inferno a céu aberto. As seitas religiosas multiplicam sua retórica e suas receitas.

A última sugestão de miniantologias contempla uma forma narrativa que Dalton renovou: o conto epistolar. "Batalha de bilhetes" é clássico. Épico da guerra conjugal. Bilhete aberto em apoio à brevidade. "Zulma, boa tarde" também entra. Mas, pouco a pouco, Dalton foi migrando do conto epistolar para o conto telefônico. "João é uma lésbica" registra discretamente a passagem do império epistolar para a era do telefone.

Do ponto de vista da forma, a passagem da carta para o telefone talvez nos ofereça uma pista de como Dalton foi se distanciando de um modelo de conto, extenso e monológico, para narrativas breves e dialógicas. O conto telefônico tira maior rendimento das tensões entre falas e escutas, vozes e silêncios. Alô, Dalton?

IV.

Antologia pessoal abre uma possibilidade concreta de renovação da fortuna crítica de Dalton Trevisan. Uma vertente pouco explorada refere-se ao âmbito da literatura comparada. Crítico de si mesmo, o escritor sempre foi um leitor voraz, devedor e devorador da obra de outros escritores, dentre eles, Flaubert, Tolstói, Dostoiévski, Tchekhov, Kafka, Katherine Mansfield, T. S. Eliot, Rilke.[14]

Seria instigante reler Dalton à luz de "Um coração simples", de Flaubert. A empregada doméstica e o seu papagaio parecem personagens de Dalton. As frases ensinadas por Félicité e repetidas por Lulu carregam doses equivalentes de servidão, ternura e alienação: "Belo rapaz!", "Às ordens meu senhor!", "Eu te saúdo, Maria!" Embora menos evidente do que as alusões feitas por Dalton à Emma Bovary, a vida rasa e obscura de Félicité promete maior rendimento crítico.

Cruzando o túnel que liga Flaubert a Kafka, chega a ser espantoso que ninguém tenha investigado as marcas do escritor tcheco na literatura de Dalton. Após a morte de Kafka, em 1924, sua obra passou a ser editada rapidamente na Alemanha. O mesmo ocorreu na França e nos países de língua inglesa ao longo da década de 1930. Em 1941, Otto Maria Carpeaux assina seu primeiro artigo sobre o autor, no *Diário da Manhã*:

---

14 Em âmbito nacional, ver dois ensaios de Cleusa Rios Pinheiro Passos: Curitiba perdida: o eterno retorno de Dalton?, *Revista da USP*, n. 22, ago. 1994; Tragédias brasileiras: o diálogo de Dalton Trevisan com Manuel Bandeira e Nelson Rodrigues, *Revista da Anpoll*, n. 6/7, jun./dez. 1999; ver, igualmente: Vozes enlutadas: dinâmicas corais contemporâneas, no livro *Coros, contrários, massa*, de Flora Süssekind [Recife: Cepe, 2022], no qual a crítica carioca alinhava, entre outros, Nelson Rodrigues, Dalton Trevisan, Clarice Lispector, Francisco Alvim, André Sant'Anna, Veronica Stigger e Vilma Arêas que, de uma perspectiva moderna, configuram "gramáticas (auto)críticas das classes médias".

"Franz Kafka e o mundo invisível", depois recolhido em *A cinza do purgatório* [1942].[15]

O pioneirismo da revista *Joaquim* na divulgação de Kafka foi exemplar. Em março de 1947, o nº 9 traz um trecho de *América*, traduzido por Waltensir Dutra, e textos menores — "Um cruzamento", "O vizinho" e "Parábolas" — por Temístocles Linhares. No número seguinte, em maio de 1947, Temístocles publica outros dois textos: "O advogado novato" e "A aldeia mais próxima". Ele também será responsável pelo ensaio "Presença de Kafka", nos números 12, 13 e 14, entre agosto e outubro de 1947. Neste último, Georges Wilhelm traduz passagens dos *Diários*. Por fim, no nº 18, em maio de 1948, Wilson Martins traduz a "Cena I" da adaptação teatral de *O processo*, feita por André Gide e Jean-Louis Barrault. Não é pouca coisa.

Kafka penetrou fundo na visão de mundo do jovem escritor. O modo como Dalton encarcerou João e Maria numa cela onomástica, mimetiza a experiência totalitária de reificação e esmagamento de Josef K., reduzido posteriormente a K. Também vale lembrar que Dalton reproduziu desenhos de Kafka na capa de dois de seus livretos: *A velha querida* [1964] e *Ponto de crochê* [1964]. Porém, o traço decisivo, que atravessa toda a prosa de Dalton, é o alto teor de negatividade, desumanização e aniquilamento.

Em outra chave, três dos grandes escritores russos moldaram definitivamente a literatura de Dalton. Numa de suas raras entrevistas, o leitor voraz e obsessivo confessa a

---

15 Ver: CARONE, Modesto. "A celebridade de Kafka". In: ______. *Lição de Kafka*. São Paulo: Companhia das Letras, 2009; BOTTMANN, Denise. Kafka no Brasil: 1946-1979. *TradTerm*, São Paulo, v. 24, dez. 2014.

Fernando Sabino que gostaria de ter escrito *A morte de Ivan Ilitch*, de Tolstói: "Foi o livro que me deu pela primeira vez a consciência da minha própria morte."[16]

Dostoiévski no bolso: "Em cada esquina de Curitiba um Raskolnikov te saúda, a mão na machadinha sob o paletó."

Entretanto, foi Tchekhov quem mais mobilizou a atenção de Dalton. Em uma discreta "Nota ao leitor", redigida para a quarta edição de *A dama do cachorrinho e outros contos*, o tradutor e crítico Boris Schnaiderman agradece ao escritor:

> [...] pude contar com a ajuda completamente inesperada de Dalton Trevisan. Depois da terceira edição publicada pela editora Max Limonad [1986], ele me enviou uma carta muito gentil, seguida de outras em que apontava alguns defeitos, sobretudo em meu posfácio e nas notas, e que assim pude corrigir. Nesse diálogo epistolar, ficou evidenciada a sua grande familiaridade com os textos de Tchekhov.[17]

Dentre as pequenas delícias da vida, daquelas que se pode contar nos dedos, Dalton já havia mencionado "um e outro conto de Tchekhov". Em "Cantiquinho", de *Dinorá: novos mistérios* [1994], cita nominalmente o conto "Lições caras".

Machado de Assis é figura incontornável. Com o passar do tempo, adquiriu para Dalton a dimensão de interlocutor

---

16 "Entrevista com Dalton Trevisan", por Fernando Sabino, na *Manchete*, n. 1047, Rio de Janeiro, 13 mai. 1972. Republicada sob novo título, "Conversa com o camponês de Curitiba", no *Jornal do Brasil*, Rio de Janeiro, 6 mai. 1974.

17 TCHEKHOV, A. P. *A dama do cachorrinho e outros contos*. Tradução Boris Schnaiderman. São Paulo: Editora 34, 1999.

privilegiado e pau pra toda obra. A condição de mestre nunca o poupou da prosa cáustica que o contista destilou contra *Esaú e Jacó*: "Penúltima obra-prima do nosso Machadinho? Releitura penosa, tédio apenas. Estilo duro, onde os primores d'antanho?" Sobram farpas ferinas contra *O alienista*, que poderia ser mais conciso.

Por outro lado, Dalton se curva diante da personagem D. Fernanda, de *Quincas Borba*: "O nosso Machadinho sabia tudo de mulheres." E se rende definitivamente a *Dom Casmurro*, que a cada leitura conserva o alumbramento da primeira. Em "Capitu sem enigma" Dalton entrou de corpo inteiro na polêmica e reagiu com todas as letras às teses sobre a inocência dos olhos de ressaca.

Esses exercícios de crítica ganharam espessura a partir de *Dinorá: novos mistérios* [1994] e atingiram o seu ápice em *Desgracida* [2010]. Dalton reuniu, na seção "Mal traçadas linhas", um arsenal de cartas notáveis remetidas a Pedro Nava, Rubem Braga e Otto Lara Resende. Em 19 de agosto de 1976, grita Evoé para Nava:

> Quem lê os elogios às suas memórias desconfia: não será exagero compará-lo a Proust, *Os sertões*, Joaquim Nabuco, *Grande sertão*? Desconfia até começar a ler. Depois acha pouco: as suas memórias não estão entre as melhores da língua portuguesa — elas simplesmente são as melhores.

Ficou fissurado nas descrições dos bordéis e das cafetinas de Belo Horizonte. Leu todos os volumes das memórias de Nava como se fossem um romance.

Do memorialismo, admira igualmente *Minha vida de menina* [1942], de Helena Morley, e *Idade do serrote* [1968], de Murilo Mendes. Em 17 de agosto de 1986, confessa a Rubem Braga ter relido e treslido *O verão e as mulheres*: "Sua ciência do mundo própria de um Montaigne. Por que não? Um vero clássico vivo [...]. Seu lugar, Rubem, é na mão direita do nosso Machadinho." Pena que elas tenham sido descartadas da *Antologia pessoal*. Pura literatura. Carta com prosódia de conto.

Por falar em Machadinho, finalizo lembrando dois nomes da crítica internacional, ambos de linhagem machadiana, que, recentemente, se debruçaram sobre o universo de Dalton. Na opinião do português Abel Barros Baptista, ele é "provavelmente o maior contista brasileiro do século XX". Declaração reforçada pelo fato de o mesmo crítico ter sido membro da comissão que, em 2012, conferiu o Prêmio Camões a Dalton Trevisan.

O americano Michael Wood, após uma resenha elogiosa sobre *The vampire of Curitiba and others stories* [Nova York: Alfred A. Knopf, 1972], traduzido por Gregory Rabassa, escreveu um ensaio afiado e refinado, ainda inédito, onde diz: "Se quisermos estudar o silêncio na literatura, ouvir o silêncio que há entre e além das palavras, o melhor a fazer é ler Dalton Trevisan."[18]

---

18 *Crimes of silence: the art of Dalton Trevisan* foi escrito especialmente para o "Colóquio Dalton 90", homenagem aos 90 anos do escritor, organizado pelo professor e crítico Hélio de Seixas Guimarães [USP] e pelo professor e poeta Fernando Paixão [IEB-USP]. A conferência, realizada na Universidade de São Paulo em maio de 2016, está disponível no YouTube: "Colóquio Dalton 90 — Parte 3 — Homenagem a Dalton Trevisan".

V.

A arte de organizar antologias incita movimentos semelhantes ao erotismo. O fetiche potencializa esferas maiores que o objeto de desejo. A parte se impõe ao todo. Manuel Bandeira, mestre em antologias, ilumina a questão: "Todo grande verso é um poema completo dentro do poema."[19] Cada conto de Dalton é um bazar poético de frases e aforismos. Mil e uma noites de ministórias.

Para pinçar o que é realmente original, único, particular, o organizador precisa dominar a totalidade da matéria estudada, possuir vasta experiência de leituras, mostrar convívio e intimidade com a obra. Espião da memória. Nesse ponto, estamos em boas mãos. Dalton conhece Dalton como ninguém.

Do ângulo do leitor, *Antologia pessoal* cumpre a promessa fundante das melhores antologias, de ser um rito de iniciação, uma leitura introdutória, obracadabra que abre passagem para a grande obra.

O vampiro é extremamente rigoroso. Quando não gosta: corta, risca, sangra. De uma constelação de 700, escolheu apenas 94 contos. Lamento não ter adotado o mesmo método. Após todo esse inventário, essa ontologia, essa contabilidade, poderia ter poupado o leitor e resumido tudo neste miniprefácio: "O conto não tem mais fim que novo começo."[20]

---

19 BANDEIRA, Manuel. "Poesia concreta". In: ______. *Flauta de papel*. Rio de Janeiro: Aguilar, 1958.

20 Fragmento "233", do livro *234: ministórias* [Rio de Janeiro: Record, 1997].

O espião

Só, condenado a si mesmo, fora do mundo, o espião espia. Eis um casarão cinzento, janelas quadradas, muro faiscante de caco de vidro. Posto não o deseje, conhece os eventos principais do edifício, cujas letras na fachada — porventura o nome de um santo — não consegue distinguir, cada vez mais míope. Surpreendeu o pai chegando com a menina pela mão. Alto, bigode grisalho, manta de lã ao pescoço, grandes botas. A menina, quatro anos, miúda, perna tão fina, um espanto que ficasse em pé. A mãozinha suada — o espião podia supor, pelo seu tipo nervoso, que a menina, emocionada porque se despedia do pai, tivesse a mão úmida de terror — apertava um pacote, amarrado com barbante grosseiro, onde trazia todos os bens: muda de roupa e, quem sabe, punhado de bala azedinha.

Empertigado, o pai conversava com a freira de óculo. Explicava — assim imaginou o espião na sua torre — que a mulher pintou de vermelho a boca e se perdeu no mundo, abandonando-o com a filha.

Internado no casarão, dela não podia cuidar — era viajante, negociava galinha e porco. Ajoelhou-se o homem, a menina prendeu-lhe os bracinhos no pescoço, não queria deixá-lo sair. Sujeito duro, ressentido pela traição, rompeu o abraço, a filha chorando no pátio.

Oitenta meninas, entre cinco e onze anos, em todo esse povinho nenhum riso. Brincam em sossego com seus trapinhos, carretéis vazios e — as mais fortunadas — bruxas de pano. Durante a semana usam avental riscado e, no domingo, o vestidinho xadrez agora pendurado no corredor. Cada prego um número: de um lado, o vestido xadrez e, do outro, o casaquinho de algodão.

Desde os seis anos fazem todo o serviço: arrumam a cama, esfregam o soalho de tábua, varrem o pátio. À tarde, entre as ladainhas, ocupam-se umas a bordar, outras a costurar e, antes que chegue a noite, apertando o olho e curvando a cabecinha, escutam distraídas a voz abafada da cidade (as horas no relógio da igreja, o chiado de uma carroça, o apito do trem) e, inesperadamente, acima do trisso das andorinhas e do latido do cachorro, o riso de uma criança brincando ao sol.

Para a menor de cinco anos é escolhida outra de onze, que dorme na cama ao lado, lava-lhe o rosto, corta-lhe a unha (e não foi roída até o sabugo) e limpa-a no gabinete. Procissão de duplas inseparáveis, cumprindo voltas no pátio, o pezinho rachado de frio — a menor com uma vela escorrendo do nariz, a mãozinha enrolando a barra do vestido. Se choraminga, a outra ralha: não seja nojenta, não seja pidona. E vá cascudo na cabecinha mole da menor. Às vezes, a maior, raquítica, é do mesmo tamanho. Tão diversas, são todas iguais nos olhos que enchem a cara miudinha — o olho aflito do adulto.

Umas cuidam bem de suas protegidas, assim a galinha com o pintinho. Ah, criatura mais perversa não existe que a criança doente de solidão: essa judia da amiguinha, castiga-a, devora a milagrosa — embora azeda — laranja que, saiba você como, surgiu entre os dedinhos rapinantes, sem dar um gomo à companheira, que engole em seco. E não bastasse, espreme a casca no seu olhinho guloso. Se a menor faz xixi na cama, denunciada à vigilante, que a exibe no meio do pátio — o lençol na cabeça até secar.

A um canto, estalam os lábios duas mãezinhas de volta da feira:

— Esta menina é muito nojenta.

— É. Mas aqui ela perde o luxo.

Há o pavilhão das velhas — nove ou dez, as que ninguém quis, uma paralítica, outra surda-muda, outra retardada de meningite — que vivem isoladas, gritam em nome da lua, soluçam dormindo e não podem ver homem sem arregaçar a saia. Chamadas de bobas, também têm serventia: lidam na horta, racham lenha, puxam água do poço. As meninas admiram em silêncio as velhas, que tanto balançam a cabeça quanto o balde na mão — praga de boba pega.

Bem cedinho, em fila de duas, marcham para a igreja. Antes de sair, calçam as alpargatas e correm alegres, única vez que usam alpargatas, desapercebidas da traição dos caminhos. Lá se vão, olho arregalado sob a franjinha — todas de franjinha na testa pálida, a não ser as pretinhas, por isso mais infelizes. No fim as bobas, sacudindo a cabeça em toucas verdes de crochê, enterradas até a orelha, e que se agitam ao dar com um padre na rua: cada padre, um beliscão na vizinha.

Domingo frequentam a missa das nove, as meninas marcando o passo arrastam as alpargatas, não muito para não gastar o solado. Escondem as bobas a medonha boca sem dente e piscam divertidas para uma estampa de Nossa Senhora com o menino — a pombinha de fora. Triste é a volta: cruzam com crianças, as outras, no vestidinho de tafetá colorido e fitas na longa cabeleira, a lamber deliciadas um canudinho de sorvete.

Na primeira comunhão, senhora piedosa entrega na portaria uma fôrma de cuque, em fatias bem pequenas. Domingo a solidão dói mais: a chegada de alguém lembra a visita que nunca virá. Andam inutilmente à volta do pátio, cantam em vozes apagadas as suas canções de roda, vestem e desvestem as bruxinhas de pano, beliscam-se inquietas, choramingam e — depois que o alguém se retira — muitas são postas de castigo, ajoelhadas sobre grãos de milho. Não se queixam — como a gente lá fora —, quando chove no domingo é doce ouvir a chuva. Um relâmpago incendeia as janelas, o raio abafa o gritinho das mais assustadas, as bobas arrastam latas sob as goteiras. Burlando a vigilância, algumas chapinham nas poças, os cabelos escorrem água. Outras desenham um boneco no vidro embaçado.

Inventam os brinquedos: corrida de besouro, um telefone a tampinha no barbante estendido, espiam a formiga de trouxa na cabeça, prendem o vaga-lume na garrafa para vê-lo a um canto escuro acender sua lanterninha. Sem receio de berruga no dedo, agarram o sapo e atiram-no para o alto, batendo palmas enquanto cai esperneando e esborracha-se no chão.

Ah, quando chega a noite, as que varrem olham para trás e varrem mais depressa, as que costuram curvam os ombros e não descansam a agulha entre os dedos furadinhos, e as que andam de mão dada no pátio acercam-se uma da outra — elas fazem tudo para que a noite não chegue, a noite maldita dos que têm medo. E a noite chega na asa dos pardais que se empurram entre as folhas, chega no latir perdido de um cachorro ao longe, chega com a sineta no fundo do corredor assombrado e, após a xícara de chá e a fatia de polenta fria, rezada a última prece, recolhem-se ao dormitório, encolhidas na cama, só a pontinha do nariz de fora. Ao lado da porta, escondida no biombo de pano, a vigilante apaga a luz. Morrem de medo no escuro e a quem, meu Deus, gritar por socorro? Escutam os sapos do banhado: durma menina, o bicho vem te pegar. O assobio da coruja no cedro, as unhas do morcego que riscam a vidraça — vem te pegar, menina, acuda que vem te chupar o pescoço.

As que não são mais meninas pensam no fim que as espera: devolvidas a algum parente que não as quer, escravas da patroa que fecha o guarda-comida à chave, as mais bonitinhas desfrutadas pelo patrão e pelo filho do patrão. Nem uma esqueceu as palavras de Alberta, a negrinha que caiu na vida: *Minha novena agora é homem*. Reboa no coraçãozinho apertado de angústia a profecia da superiora: *O diabo solto no mundo. Única salvação, minhas filhas, é a prece*. E elas rezam, rezam até que vem o sono.

Em surdina o queixume de uma menor. Ganido de cachorrinho perdido na noite? Dor de dente ou bichas ou, quem sabe, simples medo que uma boba venha a se esfregar e acorde com papo de velha. Ninguém atende, os soluços vão espaçando, ela dorme.

Sonham as mais felizes com a pombinha branca. Foi o caso que uma boba domesticou de sua cadeira de rodas uma pombinha. Aonde ela ia, ia a pombinha, só se afastava para ligeiro voo ao redor do pátio — a paralítica estalava os dedos de aflição. Trazia uma vara na mão, sebosa de tanto a alisar: a ave prisioneira no círculo de alguns metros. Da varinha saltava para o seu ombro, as duas beijavam-se na boca. As meninas faziam roda, assustadas com a aleijada e deslumbradas com o bichinho pomposo, a cauda enfunada em leque, exibindo-se de galocha vermelha. De manhã, a pombinha morta. A paralítica gemeu sem sossego: a ave guardada numa caixa de sapato, não queria que a enterrassem. Para a acalmar, deram-lhe outra pombinha branca, e o que fez? Cravou-lhe no peito as agulhas de tricô.

O casarão mais fácil de sofrer se não estivessem famintas sempre; quando se deitam, até dormindo, uma ouve o marulhinho na barriga vazia da outra. Engolem o grude nauseante — sopa de angu. Naco de carne uma vez por semana. Polenta fria no lugar de arroz. Se uma fruta lhes cai porventura na mão — figo ou caqui, por exemplo —, devoram-na com casca e tudo, a língua saburrosa de prêmio. Do capim chupam a doce aguinha. Comem terra e, algumas, o ouro do nariz. Outras têm ataque de bichas e rolam pelo chão rilhando os dentes.

Não bastasse a fome, o pavoroso banho frio de imersão, tomado de camisola. Uma das meninas adoece, isolada em quartinho escuro, nada a fazer senão esperar que definhe.

Rezam o terço em volta da moribunda, o corpo encomendado na própria capela, o cemitério ali pertinho.

Eis que o pai voltou para visitar a filha ou levá-la consigo. Aguardando no pátio, a buscar entre tantas uma franjinha querida, nem reparou na freira de óculo que, em voz monótona, recomendava fosse forte e tivesse fé: a menina, coitadinha, morta e enterrada. Uma febre maligna. Ele viajava longe, por quem avisá-lo?

O espião podia ler nos lábios do pai o que não disse: *Se fosse em casa, perto de mim...* Finar-se sozinha, certa de que a tinham abandonado. Sem ouvir a freira de óculo, o homem girava a aliança no dedo, eriçado de pelos ruivos.

O jantar

Condenado à morte, devorava seu último jantar, o molho pardo escorria no queixo.

— Como vão as coisas, meu filho?

Chupava a sambiquira e piscava o olho de gozo.

— As coisas vão.

Diante dele, o bem mais precioso da terra: seu filho.

— Me passe a pimenta, Gaspar.

Logo será homem. Meu filho. Dar-lhe conselhos: não beba água sem ferver, não beije a criada na boca, não se case antes dos trinta.

— De amores como vai?

A pergunta ofendeu-o tanto como um dos arrotos do pai: era filho de ninguém.

— Não tenho amor.

...Não casar antes dos trinta, não deixar vinho no copo. Bebeu até a última gota.

— Que me conta de poesia?

Graças ao seu dinheiro o filho tem o dom de sonhar.

— Vai mal.

Todo filho é uma prova contra o pai.

— Ora, Gaspar. Bobagem.

O olho estrábico de Gaspar era bobagem para ele, que tinha seis dedos no pé.

— A poesia fede.

A família chocava um ovo gorado sob o signo sacrossanto na parede da cozinha — "Deus abençoe esta casa".

— Foi à missa, Gaspar?

Se meu pai abre a boca para falar, sei as palavras que dirá, e antes do que ele.

— Não, senhor.

Se ele sabe, por que pergunta? Descobria o gosto de romper nos dentes um pedaço de carne sangrenta.

— Eu lhe pedi, não pedi? Por que não me escuta?

— Não creio em Deus!

Desterrado de meu reino, fugindo de mim, encontrei na estrada minha mãe, depois meu pai e depois o fantasma do meu avô.

Borborinhos na barriga do pai — ou do filho?

— O aniversário de morte de sua mãe!

Filho, meu filho, desiste de lutar contra mim. Há mais de mim em você do que de você mesmo.

— Sua mãe nunca compreendeu, meu filho.

Gaspar ouvindo no sábado à noite os ruídos no quarto do casal.

Ser mãe e sem dinheiro no bolso.

— Minha pobre mulher...

— O senhor tem algum para me emprestar?

Com a dor de dentadas furiosas no coração — um dos filhos do Conde Ugolino.

O pai levou a mão ao bolso, abriu a carteira, escolheu uma nota, alisou-a entre os dedos: trinta dinheiros mais pobre.

O filho observou a Santa Ceia na parede. Judas com o saquinho em punho.

— O vinho é sangue de Cristo, bebamo-lo!

Dois estranhos.

— Vai sair?

— Vou.

Os dois alisaram a aba do chapéu, um com o gesto do outro.

Caso de desquite

— Entre, Severino.

Cruza a perna e pendura no joelho o chapéu de aba larga. Tira o cigarro de trás da orelha, acende o isqueiro: incendeia-se a palha, abafada por dois dedos encardidos.

— Fui criado pelos Seabra, doutor. Me separo da mulher porque sou homem de honra. Achar novo pouso. Lá no meu rancho, da vida de ninguém não sei. E um vizinho fez intriga da mulata para minha velha.

— Que mulata é essa, Severino?

— Uma conhecida, doutor... A Balbina. Dá dois aqui do hominho — e travesseiro bom está ali.

— Não entendo nada, Severino.

Com a unha negra do polegar alisa a costeleta:

— A velha é uma jararaca, doutor. Fui tocado de casa, está bom? Há uma semana que durmo no paiol. Nem por Santa Maria quero saber mais dela. Olhe, doutor, nem por São Benedito, está bom? Para me ver livre, deixo tudo para ela, o rancho, o palmo de terra. Não os trens de homem: a carroça, a ferramenta, a cachorrinha que é de estimação. Só que deve desistir da pensão. Agora é a vez dos filhos trabalharem.

— Quantos filhos, Severino?

— Onze, doutor, um morreu, agora são dez. Sete casados e três solteiros. O hominho aqui é dos bons.

— Do lado de quem estão?

— O filho é sempre um ingrato, doutor. Todos do lado dela.

Apagado o cigarro, ele risca o isqueiro, a labareda chamusca uma ponta do bruto bigode.

— Olhe aqui, doutor, se ela insiste muito, pode ficar até com a cachorrinha.

Quantos anos de casado?

— Mais de quarenta, doutor. Estou com setenta, casei com vinte e cinco. Não pareço, não é, doutor? Aqui entre nós, ainda sou dado às mulheres.

— É a vez da mulata, hein, Severino?

— Ninguém pode ver a gente feliz. Um vizinho veio com enredo... Já lhe conto, doutor, quem é esse. Por mim não sei da vida de ninguém. O que me dizem entra por este ouvido e sai pelo outro.

Ao tragar, repuxa a boca desdentada. Mal se põe a falar, o cigarro apaga. Às primeiras palavras, ainda se lembra de espertar a brasa e arrebatado gesticula com o palhinha.

— A verdade, doutor, é que sou enganado. Uma história antiga. Muitos anos de foguista. Fazia fogo a noite inteirinha. Ela e os onze filhos dormindo. Ela, regalada, dormindo. O hominho aqui no fogo.

— Já suspeitava naquele tempo?

— Até que não. Homem é bicho confiado, não é, doutor? No baile que eu descobri. O casamento de uma filha. Cainho nunca fui, doutor. Quando caso a filha dou baile. Fui à delegacia pedir o alvará. O delegado destacou o inspetor de quarteirão, o João Maria, o tal vizinho.

— Que vizinho é esse?

— O que mexericou da mulata para a minha velha. Não gostava do homem, por isso não convidei. Foi como inspetor e foi bem recebido. Meio do baile, imagine só, doutor, vai o João Maria até a cozinha, pega na mão da minha velha. Grávida do último filho, já nos oito meses. E nem pediu permissão.

— Se ele tivesse pedido, Severino?

— Então eu deixava, doutor. Não sou mal-educado, está bom? Não pedir licença é desfeita ao marido. (Engole em seco.) Uma afronta, doutor. Uma valsa, me lembro até hoje. Fiquei brabo, os convidados repararam, só cochicho pelos cantos. Acabada a valsa, o silêncio no salão. Todos olhavam para mim.

Outro cigarro do colete. Repete a operação com o isqueiro, sufoca nos dedos a língua de fogo.

— Todos olhavam para mim, doutor. Precisava fazer alguma coisa. Com voz grossa eu gritei: *Gaiteiro, agora toque* Saudades do Matão. Sabe o que fez o João Maria? (Aviva a brasa indócil.) De novo tirou a mulher lá na cozinha. Daí perdi a fiança, está bom?

— Ora, Severino, isso nada significa.

— Ah, doutor, me controlei para não acabar na cadeia. Certo de que a velha me enganava.

— Certeza, Severino?

— Sou homem de trabalho. A pensão, essa, não dá para nada. Ganho a vida com o carrinho: vendo banana, compro garrafa, puxo lenha. Não podia seguir a velha o dia inteiro. É muito ladina. Pelos sinais do lençol eu via tudo. Então eu me engracei com a mulata. A velha se enciumou e me correu de casa. Atrás de mim com um pilão de milho. Homem não tem direito, doutor? Jurou que me arrancava o cabelo. Chegou a agarrar quando eu me escapei.

— E a mulata na história?

— Não é feia nem bonita. Careço de alguém, doutor, que cuide de mim (leve sorriso). A velha tem por ela os dez filhos.

— Não é isso, Severino. Algum caso com a mulata?

— Tem um rancho na beira da estrada. Lava roupa para fora, doutor.

— Ora, conte a verdade. Você é homem, Severino. Forte, bem-disposto.

No riso mostra a gengiva com apenas dois caninos. Olha a porta fechada. Do bolso retira meia riscada de algodão.

— Presente da Balbina.

Muito sério, acende o cigarrinho.

— Qual a sua opinião, doutor?

— Não é motivo para desquite.

— A velha é uma assassina. O anjinho nasceu fora do tempo. Por causa das valsas, doutor. Nasceu e morreu, o meu menino... Foi castigo. Era menino, doutor.

Três batidas na porta.

— É ela.

— Deixou a mulher esperando, Severino?

— Lá fora, doutor. Então nada feito?

— Meu conselho é a reconciliação.

Agora uma pancada mais forte. Espeta na orelha o cigarro apagado.

— Posso ficar com a mulata, doutor?

— Poder, pode. Mas não deixe que a mulher saiba.

— Obrigadinho, doutor. Faço a velha entrar? Severino abre a porta; a cabeça dele chega ao ombro da mulher, que traz uma garota pela mão. Ela senta-se, repuxa o longo vestido, esconde o chinelinho pobre.

— Vexame de incomodar o doutor (a mão trêmula na boca). Veja, doutor, este velho caducando. Bisavô, um neto casado. Agora com mania de mulher. Todo velho é sem vergonha.

— Dobre a língua, mulher. O hominho é muito bom. Só não me pise, fico uma jararaca.

— Se quer sair de casa, doutor, pague uma pensão.

— Essa aí tem filho emancipado. Criei um por um, está bom? Ela não contribui com nada, doutor. Só deu de mamar no primeiro mês.

— Você desempregado, quem é que fazia roça?

— Isso naquele tempo. O hominho aqui se espalhava. Fui jogado na estrada, doutor. Desde onze anos estou no mundo sem ninguém por mim. O céu lá em cima, noite e dia o hominho aqui na carroça. Sempre o mais sacrificado, está bom?

— Se ficar doente, Severino, quem é que o atende?

— O doutor já viu urubu comer defunto? Ninguém morre só. Sempre tem um cristão que enterra o pobre.

— Na sua idade, sem os cuidados de uma mulher...

— Eu arranjo.

— Só a troco de dinheiro elas querem você. Agora tem dois cavalos. A carroça e os dois cavalos, o que há de melhor. Vai me deixar sem nada?

— Você tinha a mula e a potranca. A mula vendeu e, a potranca, deixou morrer. Tenho culpa? Só quero paz, um prato de comida e roupa lavada.

— Para onde foi a lavadeira?

— Quem?

— A mulata.

A mulher firma com o polegar a dentadura superior, que embrulha a língua.

— Ele não responde, doutor? É que, a mulata, um polaco roubou.

— Nunca foi lavadeira, está bom? Prove, se puder. Homem tudo pode, nada pega. Mulher é diferente.

— É a história do baile, doutor, oito anos atrás. Duas marchas que eu dancei. O casamento da mãe desta pequena.

Afaga o cabelo da neta, mais interessada na folhinha da parede.

— Negue para o doutor que me perseguiu com a mão do pilão.

— É certo, doutor. Dei com a mão do pilão, porque ele virou bicho.

— Deu, não. Quis dar.

— Não dei porque fugiu.

— Mas não deu, está bom? Sou estimadíssima na praça, doutor. O prefeito e o delegado a meu favor.

— Conversei com o Severino, minha senhora. Disposto a fazer as pazes e dormir em casa. Uma família com dez filhos... depois de tantos anos...

— O doutor manda e não pede. Então eu volto. Ela que não me azucrine. O hominho aqui é brabo.

Sorri, entre desdenhosa e conciliadora.

— Então assunto resolvido.

A velha despede-se, vai até a porta.

— Pode ir na frente. Uma palavrinha com o doutor.

Ela desce os degraus, mão dada com a menina. Parando, volta a cabeça. Severino esfrega a costeleta, indeciso.

— Nada feito, doutor?

— Paciência, Severino. Não é caso de desquite.

Aperta no pescoço o lenço encarnado. Bate com o salto da botinha no patamar.

— Homem é homem, doutor. Faz tudo, nada pega. Mulher é diferente. O João Maria foi lá dentro, tirou a velha, está bom? Não pediu licença, fosse coisa dele. Não é prova, doutor? *Saudades do Matão* — eu grito para o gaiteiro. Ele convida de novo a mulher lá na cozinha? O doutor estude bem o caso, eu volto outro dia. Olhe aqui, doutor, o gaiteiro mora em Curitiba, ele se lembra até hoje.

O noivo

Ao apagar as luzes, a mãe deixava acesa a do corredor. Deitava-se e não dormia, à espera. O destino da mulher é esperar pelo marido e, depois do marido, pelos filhos. Chegavam um a um, estendiam-se nas camas. O último era Osvaldo, o mais parecido com o pai, gordo, quase calvo, distraído. Roupa amarrotada de quem dormia vestido, a gravata escorregando do colarinho.

— Meu filho — queixava-se dona Maria. — Quem te vê diz que não tem mãe!

Osvaldo sorria, sem responder. Não tinha dois dentes na frente e sorria com a mão na boca.

— Esses dentes, meu filho. Por que não uma gravata nova? Sempre a mesma gravata de bolinha.

— É preciso falar com Osvaldo — apelava dona Maria ao marido.

— Já lhe digo duas verdades!

O filho intimava-o, não era como os outros. Nunca lhe respondeu mal; pudera, tão pouco se falavam. Dias depois:

— Rapaz sem ambição. Entenda-se com ele. Podia ser alguém na vida!

Sentava-se à mesa diante do pai. Os outros conversavam; ele comia, de cabeça baixa.

Chegou da rua com a roupa suja e rasgada. Às perguntas aflitas de dona Maria, não era nada, todos sabiam de sua miopia. A mãe descobriu que atropelado por bicicleta — meu Deus, não tinha osso quebrado? Sorriso de banguela foi a resposta.

Domingo os netos enchiam de gritos a casa de dona Maria. Calmo, só Osvaldo. Deixava os sobrinhos instalarem-se no joelho, não os beijava. Teria doença de homem? Se a mãe morresse, que seria dele? Comia o que lhe serviam, alguém soube do seu pedaço predileto de galinha? Sua vida um segredo para a família.

O velho o seguiu ao botequim. O tempo que lá esteve, observando o filho, este não o olhou e, na opinião do pai, nem o viu. O garçom trazia a garrafa, enchia o cálice de Osvaldo, sem qualquer palavra entre os dois. Mão no bolso, espiando o cálice, certa mancha na parede, simplesmente a parede. Não deu pela presença do outro. Sempre só, na mesa do fundo, nem parecia triste.

Dona Maria esperava ouvir o filho mexer no trinco. Único ruído na casa, além do ronco do marido, era dos passarinhos a beliscar as sementes. Na sua volta, Osvaldo dava-lhes cânhamo e alpiste, mudava a água da tigelinha.

Quanta noite, tão logo abre a porta, apaga o rapaz a lâmpada do corredor? A mãe a deixava acesa a fim de que encontrasse o quarto. Por que a extinguia, tateando pelo corredor escuro e derrubando os chapéus do cabide? Apagaria a lâmpada para não se ver, quem sabe, no espelho da sala. Mas o filho, na opinião de dona Maria, sempre foi moço bonito.

Encontrava a porta, atirava-se na cama vestido e calçado, a fumar um cigarro depois do outro. Dormia, esquecido o cigarro na mão... Havia posto fogo ao lençol e ao colchão. Com todos os buracos de brasa no pijama, ó Deus do céu, o seu peito como não estaria? Ocultava no bolso a mão negra queimada. A mãe se benzia — não fosse incendiar a casa. Osvaldo fumava sem abrir a janela, dormia entre a fumaça.

De manhã tossia, às vezes cuspia sangue. Levava-lhe dona Maria o café na cama, que engolia sapecando a língua, para acender com dedo trêmulo o primeiro cigarro.

— Pobre do meu filho!

Um sorriso era a resposta. A velha preferia não indagar por que apagava a luz do corredor.

Agora estava acesa. Osvaldo não havia chegado. A mãe pensava, toda noite, no noivado. Trouxera a moça para dona Maria conhecer, não sabia que o filho tivesse ao menos namorada. Moça feia, quem sabe pálida, por certo magra. Osvaldo era um romântico, assim a mãe gostou de Glorinha.

Dia seguinte uma carroça entregaria o armário, a mesa, quatro cadeiras. Osvaldo comprava a mobília, a mãe apressou-se em marcar-lhe algumas camisas e costurar seis cuecas novas.

Quatro anos depois, Glorinha e a mãe dela bateram palmas no corredor. A moça era de casa, entrava sem-cerimônia. Aquela vez bateu palmas, a mãe Gracinda toda de preto.

— Entre, minha filha. Não veio almoçar domingo? Sente-se, por favor, dona Gracinda.

A outra respondeu que ia bem, obrigada. O assunto que a trazia à casa de dona Maria era a felicidade de Glorinha.

— Que aconteceu, dona Gracinda? A senhora me deixa aflita!

Segundo a outra, não havia precisão de palavra. Osvaldo não se decidia a marcar a data. Glorinha não queria morrer solteira. Já tinha perdido os quatro melhores anos de sua vida.

— Mamãe! — interrompeu a moça. — Por favor, mãe!

Sempre de chapéu, a dona ergueu dos olhos o véu negro.

— Osvaldo não fala comigo, dona Maria. Já não gosta de mim!

— Seu filho, dona Maria, sabe o que ele é?

Glorinha suplicou à mãe que, pelo amor de Deus, a deixasse explicar. No princípio não estranhou o silêncio de Osvaldo. Ela contou-lhe a vida inteira desde a infância, o que fizera dia por dia. Osvaldo podia ser tímido, ela oferecia licorzinho, que aceitava sem uma palavra. A moça deixava-o por vezes na sala, limpando as unhas com um palito, e ia conversar com a mãe na cozinha. Não discutia com Glorinha, nem parecia notar que estivera fora — capaz de ficar noivando sozinho. Para dona Gracinda, que lhe trazia o café, perguntava: *Boa noite, como vai a senhora?* Depois acendia o cigarro, tinham de falar uma com a outra.

— Minha filha, o que me conta!

Dois primeiros anos, Osvaldo tirava o óculo na sala, mais bonito. Glorinha sabia que gostava dela. Terceiro ano já não tirou...

— Mais respeito, Glorinha! — atalhou dona Gracinda.

Nos olhos vermelhos da moça uma lágrima parada.

— Por favor, mãe!

Certo, Osvaldo jamais combinou o dia.

— Minha filha, o que me conta! E ele, Glorinha? Que é que ele diz?

— Nada, dona Maria. Nunca falta ao encontro.

Nessa hora Osvaldo saiu do quarto. Almoçava antes que os pais, entrando ao meio-dia na repartição.

— Meu filho, vem cá. Uma coisa muito triste.

Sorriu, a mão na boca. Sentou-se ao lado de Glorinha. A mãe pôs-se a duvidar das outras. O moço ouvia com espanto a mulher que falava — cada uma por sua vez —, ela se perturbava e desviava os olhos.

— Meu filho, não quer casar com a Glorinha? — indagou por fim dona Maria.

Que sim, queria. Era o noivo de Glorinha. Claro, ele queria.

— Por que não marca o dia? — interveio dona Gracinda. — Olhe que são quatro anos!

— A mobília da copa já comprei. A senhora não viu a mobília?

Dona Gracinda desceu o véu sobre o rosto severo. Deu o braço à filha. Osvaldo quis falar, o relógio bateu, ele pediu licença. Hora do emprego, já atrasado. A moça devolveu a aliança, que trazia fora do dedo. Foi falar, rompeu no choro. Dona Gracinda abriu a bolsa da filha, retirou embrulhinho em papel de seda azul, colocou-o na mesa:

— Os seus presentes!

Ele as deixou na companhia da mãe, almoçou com o apetite de sempre. Quando voltou à sala, as duas tinham-se ido.

Glorinha podia ser boa, pensava a mãe, atenta à chave na porta. Quem sabe não fosse a noiva para Osvaldo. A família não notou diferença na sua conduta. Se chegava cada vez mais tarde... O pai levara a mesma vida.

Na verdade um fato estranho: os passarinhos. Osvaldo apanhara-os com o alçapão havia muitos anos: um pintassilgo, um coleiro, um canário-da-terra; tão velhos, as unhas descreviam uma volta no poleiro. Madrugada enchia de alpiste o cocho, mudava a água da tigelinha. Andando por tão raros caminhos trazia uma folhinha de alface... Eles cantavam, iludidos pela luz.

Trincando as cascas, eram ouvidos por dona Maria no quarto. Sentou-se na cama, com o sentimento de uma desgraça. Não sabia o que era. De repente lembrou-se: os passarinhos. Nem um som das gaiolas. Mortos, a cabecinha no cocho vazio — ó Deus, como pudera o filho esquecer? Foi quando começou a apagar a luz do corredor.

A mãe escutava o relógio bater duas, três, quatro horas e, por fim, os passos de Osvaldo na rua. Os mesmos passos do pai. Abria a porta, apagava a luz. Tateando no escuro, derrubava um chapéu do cabide. Quem dera a dona Maria ele dormisse: o estalido de um fósforo, de outro, mais outro... No dedo amarelo a aliança de noivo fiel.

O marido estava em casa, o filho pródigo acabava de se recolher. Dona Maria podia dormir. Ai, se soubesse... Extinguindo a luz, Osvaldo não entrava só. Ao voltar do último botequim — fazia que de noites? — encontrou-se com Glorinha na porta: vestida de noiva, o véu de renda preta na cabeça.

— Entro com você, meu amor.

Antes de ele encontrar a chave, insinuou-se *através* da porta fechada.

No corredor iluminado, onde a moça? Então apaga a luz: ela surgiu no quarto.

— Não me deixe, Glorinha!

Deitava-se vestido e de sapato. Ao pé da cama, o leve peso de outro corpo que, no fio de voz, recordava os fatos banais do dia. O noivo à escuta, cigarro na boca, olho perdido.

Dona Maria não ouve no outro quarto a voz da moça, e dorme, porque às mães não foi dado entender os filhos, apenas amá-los.

Asa da ema

Sem experiência de solidão, os novos presos eram barulhentos e inquietos: batiam nas grades a caneca de lata, andavam sem parar na cela, gritavam palavrões à janela. Seus brados não eram ouvidos na estrada, onde os carros erguiam nuvens de pó — o pó vermelho que mais tarde assentava nas mãos cruzadas de Trajano. A gente ao longe distinguia nas janelas o reflexo dos espelhos com que os prisioneiros descobriam a paisagem.

Um deles enfeitiçou-se pela dona — seria menina ou velha? — que de um quintal acenou para a cadeia. O preso convenceu-se de que fora para ele. Anos depois (um simples vestido secando no arame) descrevia o seu idílio com a tal mulher.

Trajano sem bulir horas a fio, já não limpava nos dedos o sangue invisível. Nem subia na cama para olhar pela grade: o seu mundo janela dentro. Ecos da cidade distante, isolava-os de sua fonte: ouvia o sino, o apito, o zumbido, sem pensar no avião, no trem e na igreja. Debaixo da janela, os pingos no rosto, sem que o pensasse: a chuva, está chovendo.

Pudera com o pior inimigo — o domingo. Vento aflitivo irrompia nos corredores: sineta de missa, a faixa de sol no chão, alegre vozeio feminino no pátio... Todos os presos, vacas à passagem do trem, olhavam as portas. Outros dias, podiam circular pelas galerias. Domingo, trancada a porta, satisfaziam-se nos baldes, que exalavam no fundo da cela. Moringas vazias... Inútil rolarem a caneca na grade, sedentos da cachaça no bafo dos guardas.

À janela o eterno imprudente com seu espelho. Os bem--comportados, esses tinham direito a visita e, se era mulher, depois que ela partia, procuravam o canto mais escuro. Trajano jamais recebeu visita: estirava-se no catre, sem se mexer, sem pensar em nada. Desprezava a réstia de sol que durante a manhã se oferecia a seus pés.

Alguns mastigavam bolas de papel, atiravam-nas contra o teto, ali grudadas pela saliva. Das bolas por um fio pendiam fitas vermelha e azul. Deitados, contemplavam as nuvens coloridas, agitadas pelo vento entre as altas grades.

Outros guardavam migalhas para o ratão gordo que corria os cubículos — no de Trajano ele não entrava. O mais pobre dos presos, não se afligia com ladrão. Seus bens um pente, espelhinho redondo, medalha de cobre no pescoço. Os reclusos garatujavam na parede o bicho de duas costas, a lua, o sol, coração gotejando de sangue. Na cafua de Trajano só mancha de umidade.

No seu oitavo ano, ordem de alfabetização. Desde a primeira aula, a professora reparou no moço de barbicha rala, cabelo molhado na testa, um remoinho atrás, por estar sempre deitado. Distribuía os cadernos, corrigida a lição e, antes de receber o seu, Trajano enxugava a mão na calça riscada.

Demais o calor, na sala abafada o odor sebento dos prisioneiros. O pó de giz borrifava a saia preta de Gracinda. Todos a desnudavam por entre as pálpebras. Nem um copiava a frase que escrevia no quadro: ASA DA EMA.

Na primeira fila deu com ele e, no branco do olho, a pinta vermelha. Ao recolher os cadernos observou a mão que tremia. Em casa, fechou a porta do quarto, antes de emendar as lições — único aluno de unhas limpas. Como pudera deixá-las crescer sem quebrar: longas, em pontas, fantásticas meias-luas? Abrindo o caderno achou, em vez da lição, um desenho obsceno. Não tinha poder de o destruir nem lugar seguro para escondê-lo — ou para a moça livrar-se dele. Guardou-o entre seu corpo e vestido. Desobedecendo ao pai, não voltou à penitenciária — exceção de Trajano, nem um detento aprendeu a ler.

A sombra do casarão arrastava-se no fim da tarde, para atingir a estrada e, do outro lado, a sua casa. Ao saber do pai que os prisioneiros, com o espelhinho na palma da mão, vigiavam a paisagem, não surpreendeu no rosto de um aluno, dentro da escola, a pinta vermelha no olho e, meu Deus, em qual deles? A veneziana do quarto dava para o presídio. Gracinda deixou de a abrir e despia-se no escuro. Uma noite postou-se nua diante da janela, era lua cheia para que a pudesse ver.

Trajano queixou-se de inchaço. O dentista não descobriu dente cariado e ficou de bochecha intumescida, lenço amarrado no queixo. As paredes cobertas por imagem sórdida e nos espaços em branco a frase da cartilha: *Asa da Ema*.

Depois atormentado pelos bichos: a cabeça encheu-se de piolho, tiveram de a rapar. Seu estrado fervia de percevejos. No sono o ratão mordeu-lhe o dedo grande do pé.

Provocou os tipos mais perigosos, sem que aceitassem o desafio. Agrediu o carcereiro, encerrado na solitária. Gritou até perder a voz e, quando saiu, havia roído tanto as unhas que os dedos sangravam. Pendurado nas grades, rolava exausto ao chão. Mesmo à noite, espelho lá fora, sem nada enxergar — apenas, a um gesto convulso, o próprio rosto lívido. Nada viu, a não ser (os presos sofrem a influência da lua) a moça que se despia à janela e penteava o longo cabelo negro.

Lidava na horta, erguia a cabeça e afrontava o sol — queria ficar cego? Esfregando a colher no cimento fizera um estoque, em surdina afiava a ponta. Dos restos de sabão modelou boneco, beijava-lhe os pés, cravava alfinete no peito. E, dormindo, sonhava com a professora nua.

Ziziava o sol em todas as vidraças, a mocinha de volta para casa. Trajano evitou o arame farpado, feriu-se nos cacos de vidro do muro. Diante da casa os dois se encontraram. O sargento estava almoçando. Gracinda não gritou, os cadernos espalhados em roda.

Trajano surgiu na estrada — os pés descalços erguiam pequenas nuvens de pó. Cambaleava, cansado da fuga. Limpou a boca nas costas da mão — a mão crispada sobre o estoque. Chochou-se contra a moça que estendeu os braços para o repelir ou abraçar, e rolaram pelo chão.

A mãe aos gritos na porta. Acorreu o sargento em socorro da filha, golpeada vinte e três vezes. Enquanto lhe mordia o rosto e rasgava a blusa de cambraia, beijando-a e gemendo de amor, o preso enterrava o estoque no próprio peito.

O sargento separou os dois com dificuldade. Ainda que o moço estivesse morto, deu-lhe um tiro no rosto, sumido terra dentro. Enfiou o corpo na fossa negra.

Gracinda em uniforme de normalista, véu branco de filó, para esconder os beijos. O sargento não a viu no caixão (com a fita azul de filha de Maria, morreu virgem) nem acompanhou o enterro, defendendo contra os coveiros o corpo de Trajano. Do casarão cinzento os presos seguiam no espelho o voo dos urubus que fechavam seus círculos. Já se infiltrava com o pó da estrada, por entre os corredores, no fundo das celas, sob a porta da solitária, a doce catinga dos mortos.

O morto na sala

Estendida na cama, olho aberto, mão cruzada no peito, imitava o outro lá na sala. A tarde passou depressa — grande novidade o defunto. Sem a eterna discussão entre ele e a mãe: de quem Ivete era filha? Escutou a mãe que aflita se coçava, o estalido da unha na meia de seda. Lembrou o gesto do visitante que admirava o finado e batia na barra da calça: cada morto é uma flor de cheiro diferente.

A noite estremecia a cortina da janela, arrepiava-lhe o braço nu, sem que ela apanhasse o cobertor ao pé da cama. Sentia a fragrância das flores murchas e das quatro velas — ao piscar do pavio as sombras investiam porta adentro. E, sob todos os cheiros, o daquele homem. Lá no caixão, o lenço branco no queixo, exalava.

A mãe arrastou o chinelo, eis o odor que, por um instante, abafou os demais — queimava incenso. Mais fácil morrer do que se livrar do cadáver. O enterro só na manhã seguinte, a catinga difundia-se furtivamente pela casa, impregnava as cortinas, entranhava-se nas unhas de Ivete. O visitante batera em vão na calça, forçoso mandá-la ao tintureiro.

Não se conformava o morto em deixar a casa: no cinzeiro a cinza do cigarro, o paletó retinha o suor do corpo. Como esconder o chapéu ali no cabide, seu chapéu de aba dobrada pelas mãos agora amarelas e cruzadas no peito? Diante da janela, se a menina erguesse a cabeça, enxergaria o pijama no varal — o seu pijama listado, com manchas que rio nenhum pode lavar. No espelho — se fosse olhar — daria com seu rosto lívido.

Da mãe não era o chinelo que estava na sala e sim o dele, quando ia encostar-se à porta, surpreender o diálogo de Ivete com o namorado no corredor. Súbito a cadeira de balanço voltaria a mover-se, ao menor sopro de lembrança — o assento de palha afundado pelo seu peso. Mais que varresse a casa, a menina recolhia palitos quebrados: sempre de palito na boca e, depois de esgravatar os dentes podres, riscava lascivamente a narina peluda. Enrolava bolinhas de pão nos dedos, despedia-as com piparote. Ivete as encontrava nas dobras do guardanapo, entre as folhas da avenca, na moldura da Santa Ceia.

Muito custara a morrer, embalando-se meses a fio na cadeira, o peito aberto por causa do calor, de cabelos tão compridos que se enrolavam, grisalhos e crespos.

— Essa menina não tem coração — queixava-se para a mulher. — Olha para mim como quem diz: *Por que não morre?*

Caixeiro-viajante, que não se demorava em casa, voltou um dia para morrer. Envergou o pijama listado, arrastava-se lamuriento de um a outro cômodo. Denunciado pelo chinelo de feltro, ia coser-se à porta. Espionava os amores de Ivete. A menina tossia para avisá-lo e, ao entrar, deparava com ele na cadeira de balanço. Sua pobre vingança eram os sapatos. Para que os engraxar se nunca mais... Ivete deixava-os brilhantes, sem que ele se desse por satisfeito. E reapareciam imundos os sapatos não usados. Lá estavam agora, em fila sobre o guarda-roupa. Se a mãe os oferecesse ao leiteiro e ao padeiro, o morto voltaria a subir a escada — a menina reconheceria os passos.

Uma tarde em que Ivete espanava os móveis, calça arregaçada no joelho. Reparou que ele olhava a sua perna. Imaginou que pensasse: "Essa menina de perna tão magra..." De soslaio atrás do jornal — tremia tanto que nem podia ler. Até que o abaixou, gritando que não andasse nua pela casa:

— Vá cobrir essa perna. Ainda se fosse bonita!

Tinha treze anos e, desde a volta do viajante, não saía de casa senão para o colégio. Ela e a mãe prisioneiras do hóspede, com suas meias de lã, apesar do verão, as bolinhas de miolo na toalha, os palitos mordidos pelos cantos.

— Nervoso da doença — suplicava-lhe a mãe. — Paciência, por favor!

Ivete preparava as lições na sala. Ele cochilava ou lia o jornal, a mãe lidava na cozinha. Cabeça baixa, sentia que a penugem do braço se arrepiava: o olho dele. Não dormia — ninguém dorme com a pálpebra latejante. Não lia a notícia — quem pode ler se não para quieto?

Fumava escondida no quarto — o rangido da cadeira não a deixa estudar. O homem, que mal se arrastava agarrado aos móveis, bateu na porta. Bateu com tanta força que a menina sentiu medo e abriu: ali o cigarro, ainda aceso, no chão. Com a brasa queimou o braço de Ivete. Uma cara tão terrível que ela não se atreveu a chamar a mãe.

— Não grite, sua safadinha. Eu te mato!

Usava manga comprida, de maneira a esconder as loucas feridas. Às refeições, o outro não lhe despregava o olho. A mãe, entre os dois, comia em sossego.

Quando ele não podia mais (agitava-se a cadeira em grande fúria, por que não saía, meu Deus, voando pela janela?), girava de mansinho a maçaneta. Ivete sabia quem era e abria a porta... Ele trazia o cigarro na mão. Erguia-lhe aos poucos a manga e a menina, sem gritar, mordia o lábio com toda a força. Suportava o cigarro até que se desfazia entre as unhas roídas do homem.

À noite era despertada com a discussão no outro quarto. Ele viajara durante anos, acusava a mulher de mil amantes. O que fazia a menina na sua casa — quem era o pai? A pobre jurava, entre soluços, que era fiel. Ivete examinava-se ao espelho. Estranho, era o retrato do homem: cabelo bem preto, a grande boca rasgada.

Pediu-lhe a mãe servisse chá para o hóspede; desenganado, teria poucos dias de vida. Ivete apiedou-se e levou a bandeja — um triste velho com medo de morrer.

Antes de finar-se, que o perdoasse, um beijo na testa. Assim que ela baixou a cabeça, agarrou-a de repente, beijou perdidamente na boca. Foi pior que a ferida do cigarro.

Ele deixava a cama apoiado à mulher, abatia-se na cadeira de balanço — nem para mover a cadeira tinha força. No corpo imobilizado os olhos perseguiam a menina. Jamais ela entrou no quarto, nem a mãe perguntou por quê. Ao vê-la fora de seu alcance, aos berros.

— Quem é teu pai? Entre os amantes de tua mãe quem foi? Confesse o nome. Venha cá, sua safadinha!

De vingança a menina começou a se pintar. Assobiava o namorado no portão e, àquele sinal, a cadeira silenciava — o viajante suspendia o voo alucinado. Do corredor escuro, Ivete podia imaginá-lo, o pescoço retorcido, buscando em vão distinguir as vozes. Ria-se alto para que ouvisse através da porta. O namorado perguntava se estava louca. Na volta, o lábio sem batom, cruzava devagar a sala. Que o homem preso na cadeira atentasse no vestido amarfanhado.

Ivete acordava com os gritos. Ele não dormia, abraçado à cadeira, sempre a queixar-se. A mulher ficava-o balouçando, ele pedia o nome do outro. Com insônia e com dor, o moribundo cavalgava sua barca. No quarto a menina só dormia com a luz acesa — à espera do sono, rezava que ele morresse.

O namorado assobiou no corredor. Ivete foi ao seu encontro. O homem do pijama listado agonizava... Ficaram se beijando até que a mãe veio buscá-la: em todos os beijos sentiu o bigode. E, deitada na cama, a mão cruzada no peito, brincando de morta, o coração a saltar de alegria, adormeceu. Eis o homem que se erguia do caixão e entrava no quarto:

— Está fazendo, safadinha?

— Dormindo.

— Não tem prova de Matemática?

— Tenho, sim.

— Por que não vai estudar?

— O senhor morreu, pai. Estou livre do exame.

Ivete acordou com as vozes. Abriu o olho: um canto do espelho brilhava na penumbra. Entendeu na sala as unhas da mãe que se coçava — apanhara as pulgas do finado.

Sentada na cama, avistou o pijama oscilando ao vento — ele era defunto. O chinelo da mãe arrastou-se rumo à cozinha.

Ao lado do ataúde, Ivete esfregou a boca nas costas da mão — longa seria a espera. Fácil não era livrar-se do morto. Acendeu cigarro. Olhou através da fumaça o velho de lenço no queixo — o lenço para que não espumasse. Olho mal fechado, espiava por entre os longos cílios? Não, desta vez a pálpebra não latejava. Ivete engolia a fumaça, tonta de prazer — estava bem morto. A mãe na cozinha preparava o café para o velório.

A menina examinou a pálpebra, o bigode, a boca. Ergueu-lhe a manga e, afastando as contas negras do rosário, encostou o cigarro na mão do pai. Queimou-a bem devagar. De-va-ga-ri-nho.

O vampiro de Curitiba

Ai, me dá vontade até de morrer. Veja, a boquinha dela está pedindo beijo — beijo de virgem é mordida de bicho cabeludo. Você grita vinte e quatro horas e desmaia feliz. É uma que molha o lábio com a ponta da língua para ficar mais excitante. Por que Deus fez da mulher o suspiro do moço e o sumidouro do velho? Não é justo para um pecador como eu. Ai, eu morro só de olhar para ela, imagine então se. Não imagine, arara bêbada. São onze da manhã, não sobrevivo até a noite. Se fosse me chegando, quem não quer nada — ai, querida, é uma folha seca ao vento — e encostasse bem devagar na safadinha. Acho que morria: fecho os olhos e me derreto de gozo. Não quero do mundo mais que duas ou três só para mim. Aqui diante dela, pode que se encante com o meu bigodinho. Desgraçada! Fez que não me enxergou: eis uma borboleta acima de minha cabecinha doida. Olha através de mim e lê o cartaz de cinema no muro. Sou eu nuvem ou folha seca ao vento? Maldita feiticeira, queimá-la viva, em fogo lento. Piedade não tem no coração negro de ameixa. Não sabe o que é gemer de amor. Bom seria pendurá-la cabeça para baixo, esvaída em sangue.

Se não quer, por que exibe as graças em vez de esconder? Hei de chupar a carótida de uma por uma. Até lá enxugo os meus conhaques. Por causa de uma cadelinha como essa que aí vai rebolando-se inteira. Quieto no meu canto, ela que começou. Ninguém diga sou taradinho. No fundo de cada filho de família dorme um vampiro — não sinta gosto de sangue. Eunuco, ai quem me dera. Castrado aos cinco anos. Morda a língua, desgraçado. Um anjo pode dizer amém! Muito sofredor ver moça bonita — e são tantas. Perdoe a indiscrição, querida, deixa o recheio do sonho para as formigas? Ó, você permite, minha flor? Só um pouquinho, um beijinho só. Mais um, só mais um. Outro mais. Não vai doer, se doer eu caio duro a seus pés. Por Deus do céu não lhe faço mal — o nome de guerra é Nelsinho, o Delicado.

Olhos velados que suplicam e fogem ao surpreender no óculo o lampejo do crime? Com elas usar de agradinho e doçura. Ser gentilíssimo. A impaciência é que me perde, a quantas afugentei com gesto precipitado? Culpa minha não é. Elas fizeram o que sou — oco de pau podre, onde floresce aranha, cobra, escorpião. Sempre se enfeitando, se pintando, se adorando no espelhinho da bolsa. Se não é para deixar assanhado um pobre cristão por que é então? Olhe as filhas da cidade, como elas crescem: não trabalham nem fiam, bem que estão gordinhas. Essa é uma das lascivas que gostam de se coçar. Ouça o risco da unha na meia de seda. Que me arranhasse o corpo inteiro, vertendo sangue do peito. Aqui jaz

Nelsinho, o que se finou de ataque. Gênio do espelho, existe em Curitiba alguém mais aflito do que eu?

Não olhe, infeliz! Não olhe que você está perdido. É das tais que se divertem a seduzir o adolescente. Toda de preto, meia preta, upa lá lá. Órfã ou viúva? Marido enterrado, o véu esconde as espinhas que, noite para o dia, irrompem no rosto — o sarampo da viuvez em flor. Furiosa, recolhe o leiteiro e o padeiro. Muita noite resolve-se na cama de casal, abana-se com leque recendendo a valeriana. Outra, com a roupa de cozinheira, à caça de soldado pela rua. Ela está de preto, a quarentena do nojo. Repare na saia curta, distrai-se a repuxá-la no joelho. Ah, o joelho... Redondinho de curva mais doce que o pêssego maduro. Ai, ser a liga roxa que aperta a coxa fosforescente de brancura. Ai, o sapato que machuca o pé. E, sapato, ser esmagado pela dona do pezinho e morrer gemendo. Como um gato!

Veja, parou um carro. Ela vai descer. Colocar-me em posição. Ai, querida, não faça isso: eu vi tudo. Disfarce, vem o marido, raça de cornudo. Atrai o pobre rapaz que se deite com a mulher. Contenta-se em espiar ao lado da cama — acho que ficaria inibido. No fundo, herói de bons sentimentos. Aquele tipo do bar, aconteceu com ele. Esse aí um dos tais? Puxa, que olhar feroz. Alguns preferem é o rapaz, seria capaz de? Deus me livre, beijar outro homem, ainda mais de bigode e catinga de cigarro? Na pontinha da língua a mulher filtra o mel que embebeda o colibri e enraivece o vampiro.

Cedo a casadinha vai às compras. Ah, pintada de ouro, vestida de pluma, pena e arminho — rasgando com os dentes, deixá-la com os cabelos do corpo. Ó bracinho nu e rechonchudo — se não quer por que mostra em vez de esconder? —, com uma agulha desenho tatuagem obscena. Tem piedade, Senhor, são tantas, eu tão sozinho.

Ali vai uma normalista. Uma das tais disfarçada? Se eu desse com o famoso bordel. Todas de azul e branco — ó mãe do céu! — desfilando com meia preta e liga roxa no salão de espelhos. Não faça isso, querida, entro em levitação: a força dos vinte anos. Olhe, suspenso nove centímetros do chão, desferia voo não fora o lastro da pombinha do amor. Meu Deus, fique velho depressa. Feche o olho, conte um, dois, três e, ao abri-lo, ancião de barba branca. Não se iluda, arara bêbada. Nem o patriarca merece confiança, logo mais com a ducha fria, a cantárida, o anel mágico — conheci cada pai de família!

Atropelado por um carro, se a polícia achasse no bolso esta coleção de retratos? Linchado como tarado, a vergonha da cidade. Meu padrinho nunca perdoaria: o menino que marcava com miolo de pão a trilha na floresta. Ora uma foto na revista do dentista. Ora na carta a uma viuvinha de sétimo dia. Imagine o susto, a vergonha fingida, as horas de delírio na alcova — à palavra alcova um nó na garganta.

Toda família tem uma virgem abrasada no quarto. Não me engana, a safadinha: banho de assento, três ladainhas e vai para a janela, olho arregalado no primeiro varão. Lá envelhece, cotovelo na almofada, a solteirona na sua tina de formol.

Por que a mão no bolso, querida? Mão cabeluda do lobisomem. Não olhe agora. Cara feia, está perdido. Tarde demais, já vi a loira: milharal ondulante ao peso das espigas maduras. Oxigenada, a sobrancelha preta — como não roer unha? Por ti serei maior que o motociclista do Globo da Morte. Deixa estar, quer bonitão de bigodinho. Ora, bigodinho eu tenho. Não sou bonito, mas sou simpático, isso não vale nada? Uma vergonha na minha idade. Lá vou eu atrás dela, quando menino era a bandinha do Tiro Rio Branco.

Desdenhosa, o passo resoluto espirra faísca das pedras. A própria égua de Átila — onde pisa, a grama já não cresce. No braço não sente a baba do meu olho? Se existe força do pensamento, na nuca os sete beijos da paixão.

Vai longe. Não cheirou na rosa a cinza do coração de andorinha. A loira, tonta, abandona-se na mesma hora. Ó morcego, ó andorinha, ó mosca! Mãe do céu, até as moscas instrumento do prazer — de quantas arranquei as asas? Brado aos céus: como não ter espinha na cara?

Eu vos desprezo, virgens cruéis. A todas poderia desfrutar — nem uma baixou sobre mim o olho estrábico de luxúria. Ah, eu bode imundo e chifrudo, rastejaria e beijaria a cola peluda. Tão bom, só posso morrer. Calma, rapaz: admirando as pirâmides marchadoras de Quéops, Quéfren e Miquerinos, quem se importa com o sangue dos escravos? Me acuda, ó Deus. Não a vergonha, Senhor, chorar no meio da rua. Pobre rapaz na danação dos vinte anos. Carregar vidro de sanguessugas e, na hora do perigo, pregá-las na nuca?

Se o cego não vê a fumaça e não fuma, ó Deus, enterra-me no olho a tua agulha de fogo. Não mais cão sarnento atormentado pelas pulgas, que dá voltas para morder o rabo. Em despedida — ó curvas, ó delícias — concede-me a mulherinha que aí vai. Em troca da última fêmea pulo no braseiro — os pés em carne viva. Ai, vontade de morrer até. A boquinha dela pedindo beijo — beijo de virgem é mordida de bicho cabeludo. Você grita vinte e quatro horas e desmaia feliz.

Morte na praça

A cidade orgulhava-se de sua praça, com igreja, hospital, farmácia, loja de armarinho, retratista, dois carros de aluguel e, no canteiro de rosas, o busto do herói. Casas antigas de telha goiva, a porta aberta para o corredor escuro, onde à noite bruxuleava um abajur de papel de seda colorido. Lado da igreja, clareando um trecho da praça, as duas portas festivas da farmácia Santo Expedito.

Jonas garimpou diamante, foi jogador profissional, matou um homem. Chegou à nossa cidade com aquela mulher. Abandonada pelo noivo, dançarina no cabaré; casaram-se e tiveram três filhos. O velho farmacêutico morreu, Jonas comprou a farmácia da viúva.

No quartinho dos fundos, com uma janela para o beco, montou o laboratório. Manipulava unguento, aplicava injeção, inventou cera para dor de dente. Serrava o anel no dedo inchado das mulheres grávidas. Os pobres o preferiam ao médico: derrubava vermes de criança, benzia verruga, praguejava bicheira. Com a varinha mágica riscava uma cruz na ferida — os bichos caíam como jabuticaba madura.

Anita ajudava no balcão ou, a cabeça curvada sob os vidrilhos na sala, pedalava em fúria a máquina de costura — uma tira de esparadrapo na úlcera varicosa da perna. A máquina em silêncio, Jonas podia ouvir lá do balcão, ao arrepio da brisa, o murmúrio dos pingentes azuis.

Passava a noite no clube, jogando e bebendo. Perdeu as economias no pôquer, obrigado a assinar letras. Não esperava o escrivão que ele comprasse ficha, para alegar escritura urgente? Não havia a mulher tirado o esparadrapo da perna? Pediu ficha, viu Ernesto sair e, a desculpa da receita para aviar, foi atrás dele até a farmácia. A luz do corredor acendia e apagava: o escrivão entrou. Cinco minutos, Jonas o seguia. Abriu a porta, achou a dona de roupão e boca pintada. Ernesto sentiu os passos no corredor?

Dia seguinte a mulher foi ao retratista. Na parede do quarto Jonas fez um buraco que disfarçou com uma Pílula de Vida. Preveniu Anita que iria benzer animal doente, não o esperasse antes da meia-noite. Amarrou o tordilho a uma árvore e, voltando pelo beco, escondeu-se no quintal. Retirou a Pílula de Vida, espiou o quarto escuro. Eis a luz do corredor, apagava e acendia. Jonas com o olho no orifício e a pílula na mão, até que a engoliu: a mulher entrou, o escrivão sem paletó. Jonas correu a chamar dois vizinhos para o flagrante. Eles vieram, descalços e de capa, frestaram cada um por sua vez.

— Eu mato! — em voz baixa, revólver na mão. — Onde estou que não mato?

Os vizinhos por sinais que não espantasse os amantes. Jonas irrompeu aos berros, as testemunhas atrás. Na confusão Ernesto fugiu pela janela. Deixou o relógio no criado-mudo; era de estimação, a tampa móvel, com o retrato da própria mulher. Jonas acendeu todas as luzes. Os filhos em lágrimas desciam a escada do sótão. Anita arrumava a mala, ele foi até a janela aberta, dois tiros para o ar. Ela partiu no trem da manhã.

Jonas encerrou-se com os filhos, o menorzinho ardendo em febre. Esquecidas no arame do quintal duas camisas e uma calcinha de mulher. Não as recolheu; com o vento, as mangas se retorciam de fúria, a chuva as derrubou, arrastadas entre os pés das galinhas.

O plano de Jonas, cochichavam os maldosos, era distribuir as crianças entre os parentes e, a farmácia à beira da falência, desaparecer no mundo. Três dias depois, Anita surgiu na cidade com uma velha tia. A mulher na praça, sentada na mala, a tia suplicava a Jonas que, pelo amor dos filhos, aceitasse-a de volta. Sozinha a velha partiu na mesma tarde.

Os curiosos iam comprar aspirina, algodão, pente; apenas ele no balcão, a sala deserta, nem choro de criança. Janelas fechadas, a cidade interrogava-se como aquela gente respirava.

A filha mais velha fazia compras. Aos poucos Jonas envenenava a mulher? O negro Agenor, guardião da pracinha, viu-a de relance na janela do sótão. Um circo chegou à cidade. Jonas compareceu com os filhos, alguns celebravam os seus bons sentimentos. Outros reconheciam que estavam penteados e bem vestidinhos — a mão de Anita.

O escrivão rodeava o quarteirão, para evitar a farmácia. A cidade tremia pela hora em que os dois se defrontassem.

— Veja lá — dizia um — o Ernesto pela outra rua.

Ou então:

— Olhou muito para a janela da farmácia.

Anita, ao que se imaginava, presa no sótão, sem nunca descer a escada. A farmácia uma desolação, prateleiras vazias e empoeiradas — do estoque velho apenas xarope São João.

O turco da loja de armarinho, ao matar um cabrito, achou no peito dois corações. Jonas foi reclamá-los para exibir no balcão da farmácia. A cidade reconhecia no boião encarnado, pequenos de medo, os corações da mulher e do amante.

Pela janelinha iluminada do laboratório, a gente via do beco que Jonas examinava um papel na mão trêmula. Um de nós afirmou ser folha em branco: a carta de despedida, não sentia coragem de escrever. À tardinha caçava sapos no banhado, prendia-os no tanque de lavar roupa. Experimentava nos bichos a maneira de acabar com a mulher? Os sapos engordando, assim que ouviam os passos de Jonas saltavam para o canto, os papos batiam de susto.

Ululava à noite o vento do mar, que anunciava desgraça, desfazia as teias de aranha, levantava a saia das mulheres. Descendo da torre da igreja, os morcegos esvoaçavam na praça — seus guinchos ecoavam nos corredores e as mães escondiam o pescoço das criancinhas. Para a esquina do beco dirigiam-se o farmacêutico e o escrivão. Jonas arregalou o olho vesgo. Ernesto, puxando da perna esquerda, fugiu ao encontro.

No verão os moradores sentavam-se em cadeiras de palha na calçada. Abanavam-se as gordas com ventarolas, os velhos coçavam o eczema no pé de grossas veias azuis. Tal o sossego que a mulher do juiz, bordando um lencinho, ergueu a cabeça aflita com as palmas: no aquário os peixinhos vermelhos abriam e fechavam a boca. Na praça, Jonas de polegar enfiado no suspensório; negava-se a benzer verruga infeccionada ou vender a famosa cera, indiferente a que a nova farmácia lhe roubasse a freguesia. Acabou-se o xarope, abria cada manhã as portas. Sacando o relógio do escrivão, admirava o retrato da outra mulher. À noite deixou de acender as luzes.

Na tarde calmosa invadiu o cartório, punhal na mão. Ernesto fugira com a família, abandonando os canários. Jonas derramou a água das gaiolas — achados mortos, feridos no arame, as tigelas forradas de penas amarelas. Sua vingança voltou-se contra a cidade. Uma noite o negro Agenor encontrou todas as roseiras da praça arrancadas. Os cachorros envenenados por bolinhas de carne; tanto arsênico, estrebucharam sem um ganido. Asas pregadas na porta da igreja um morcego de cigarro na boca.

Capaz de tão grande ódio contra os pássaros, os cães, a própria casa de Deus, que não faria com a mulher? Apresentou-a no baile de carnaval, vestido de cetim preto, boca muito pintada. Jonas deixara crescer o bigode e perdia o cabelo, duas gotas de suor no narigão vermelho. Não pularam nos cordões, dançaram uma e outra marchinha. Anita bebia gasosa de framboesa, falava em voz sumida, sem que ele respondesse. Tirava o relógio do colete, havia parado e nunca lhe dera corda: abria a tampa e namorava o retrato. Os perversos insistiam:

— Tão pálida, tão magra.

Manhã seguinte Jonas estava morto. Se Anita o envenenou ou se comeu, enganado, o prato com arsênico que a ela destinava... Anita chorou no enterro, o vestido de cetim preto e, sob o véu, a boquinha pintada. De noite a casa, escura seis meses, iluminou o canto da praça, atraindo os grandes besouros que, ao cair, batiam a negra carapuça na pedra e, de costas, agitavam as patinhas no ar. Escândalo da cidade, a luz do corredor apagava e acendia. Não soubera Anita da fuga do escrivão?

Outro dia ela abriu a farmácia, você não tinha coragem de escolher chupeta ou escova de dentes. Sentada atrás do balcão, olho dourado na penumbra. Por vezes, andava até a porta: uma ratazana pardacenta e gorda cruzava a rua, da igreja para o hospital. Apenas um caboclo pediu copo de água.

Aos sábados, a gente do interior, que vinha buscar mantimento, trazia os filhos para conhecer o soldado verde de lata, arrimado ao poste da esquina. Sem descer na carroça, as mulheres de lenço colorido na cabeça comiam pão com linguiça crua e davam o peito aos filhos.

Os parentes de Jonas reclamaram as crianças. Anita as entregou sem chorar, sozinha na casa. Um mistério para a cidade como ela se alimentava. Todos os dias lá estava, atrás do balcão. Não se cansava de espiar a praça, fumando um cigarro após o outro, olho quase fechado, do sol ou da fumaça. Os meninos, que iam comprar pão, passavam correndo diante da porta.

Acendia a janela do armarinho, a cidade sabe que alguém morreu: o carpinteiro em busca de pano, tachinha, alça, fechadura (selado o caixão na igreja, o herdeiro guardava a chave na fitinha roxa). As pancadas do martelo faziam parar, curiosa e rabinho satisfeito, a velha ratazana que rebolava no pó amarelo.

No outro lado da praça o hospital. O doente entrava a porta da frente e saía pelo portão do beco — o esquife de tábua tosca envolto em pano negro. Trazido de carroça, agonizante, lenço branco amarrado ora na testa, ora no queixo. Desciam os parentes, conversar com o médico e providenciar o quarto. Os moleques ouviam a sororoca do moribundo e trepavam nas rodas.

Antes de embocar o enterro na praça, o sacristão subia a escada em caracol e tangia o sino. À passagem de morto as lojas iam fechando as portas. Os homens revezavam-se nas alças do caixão: o cemitério perto, mas o defunto pesado.

Anita subiu no trem, descalça, um sapato de verniz em cada mão, não manchá-los de pó. Dizia-se que à procura do escrivão. Voltou dia seguinte, abriu a farmácia, foi para trás do balcão. Um caixeiro-viajante entrou para comprar um pente ou atraído pela mulher solitária. Embora falasse com ela, única resposta o riso dos vidrilhos azuis.

O carteiro passava com a bolsa de pano, um ombro mais baixo que o outro: chegara o trem. Gente vinha de longe para vê-lo. Era belo ao crepúsculo o trenzinho de mil janelas iluminadas. Na estação, os viajantes debruçavam-se para agarrar a rosquinha de polvilho, que os meninos ofereciam na cesta erguida sobre a cabeça. Ao bater o sino, o agente colocava o boné vermelho. O trem desaparecia com um penacho de fagulhas que, no verão, incendiavam os campos e o apito era tão triste que as velhas ao redor do fogão faziam o sinal da cruz.

Na copa do pinheiro agitavam-se as cabecinhas obscenas e peladas dos abutres. Da porta as mães chamando os piás que jogavam futebol no campinho ou voltavam da estação, silenciosos e olhos perdidos, porque tinham visto o trem. Anita ouvia os gritos amorosos e aflitos, sem poder chorar os próprios filhos.

O silêncio crescia no fundo do beco, sob o velho pessegueiro que, pequena cruz ao lado, era a árvore dos anjinhos — os fetos enterrados entre as raízes. Cobria a cidade o segredo mortal.

Esqueci de todos, o negro Agenor conversa na esquina com o soldado de latão.

Evita a luz que acende e apaga, deita-se ao pé do herói.

De repente uma estrela brilha mais forte e cai.

Escuta a barriga ronronar de fome.

Paixão de corneteiro

Irene atormentada pelo cabo corneteiro Euclides. Tentava escapar, era perseguida. O cabo insistia na proposta vergonhosa; ela protestava que era moça, queria casar de branco. Então a convidou que fugissem. Isso não fazia, estava muito bem na casa do patrão.

Trazia as compras do armazém, no caminho assediada pelo corneteiro. Ao entrar em casa, o vestido rasgado em dois lugares. A patroa indagou como havia estragado o vestido novo, a moça que foi o cabo Euclides.

Vez seguinte que propôs fugirem, Irene acudiu que a patroa cuidaria do casamento.

— Dona Suzana quer você para escrava — bradou o cabo.

A patroa revelou que Euclides era casado e separado da mulher. Irene foi ao circo com um soldado, assim o corneteiro a deixava em paz. À saída, Euclides esperava pelo soldado e voltaram juntos para o quartel; nunca mais o outro chegou perto da moça.

Ela foi a uma festa de igreja. Euclides pediu um retrato na sua companhia.

— Com branco não tiro retrato. Que dirá com moreno e casado.

— Cuide-se, menina. De mim não escapa.

Atrás dela, o cabo em voz baixa:

— Menina, quero o que tem para me dar.

Apressando o passo e olhando para o lado, Irene respondia:

— Nada tenho para te dar.

Na mão a garrafa de vinho de laranja, entre dois goles berrava:

— Deus do céu, menina. Hoje é teu dia.

Irene alcançou a porta de um vizinho. O homem tirou a espingarda do prego, já estava muito escuro. Eles ouviam os gritos do cabo em volta da casa.

Noite após noite, Euclides despertava a moça tocando furiosamente a corneta. O patrão deu queixa ao comandante, o cabo ficou uma semana detido.

Era de tardinha. Irene puxava água do poço, um vulto lhe fechou a mão na boca, arrastou para trás do paiol. Rasgou-lhe o vestido — o pobre vestido remendado mais de uma vez. Ela não podia gritar, derrubou-a na grama. Só descobriu que era o corneteiro depois que lhe havia feito mal. Euclides deu-lhe as costas para se abotoar. Penteou o cabelo, foi embora, bibico na testa.

Dona Suzana ouvia os ganidos no quintal. Mandou a filha saber o que era. A menina saiu à varanda, ralhou com o guapeca que latia correndo ao redor do paiol. O fogão ainda apagado, a patroa chamou pela moça. Encontrou-a na cama, chorando. Irene explicou que balde cheio de água machucara-lhe a perna.

Dia seguinte queixou-se de dor nas cadeiras, a patroa disse que era dos rins. Sempre indisposta, dona Suzana a levou ao médico, que receitou cápsula de três misturas. A patroa interrogava, a moça dizia que não. Afinal confessou que o cabo tinha-a derrubado atrás do poço. Não queria contar por causa da vergonha.

O doutor disse que a doença era gravidez. Irene revelou que, antes de o cabo se afastar, afirmara que se casaria, prometido com a outra só na igreja. Exibiu um bilhete do corneteiro, que trazia no corpinho: *Irene. Mais do que fiz naquele dia não posso fazer. Para você não foi nada, até hoje meu coração dói. Amor, como é triste sem você aqui no quartel.*

Depois do casamento, Irene chorou muito. Jurou que se matava se o cabo chegasse perto. Voltou para a casa do patrão, Euclides para o quartel. Horas mortas soluçava toques militares no clarim. Três noites a moça trancou a porta, não o deixou entrar.

— Meus pais querem te conhecer, Irene.

— É longe a casa?

Euclides informou que era meio longe. Ela preparou a merenda. Caminharam até que anoiteceu na estrada; o corneteiro disse que ali pertinho.

— Descanse um pouco.

Sentaram-se no toco de pinheiro. A moça descascou uma banana. Segurando-a na mão esquerda, mordia o biscoito na outra — por que o cabo roía o mesmo pedaço sem engolir?

Só ela conversava. Cabeça baixa, Euclides nada respondia. Irene sentiu uma ruindade por dentro, ficou de pé.

— Clides, vai pousar aqui no mato?

— É agora — e sacando o punhal agarrou-a pelo cabelo. — Conhece que está morta, menina.

Irene tentou correr; alcançada pelo cabo, que a derrubou, quis cortar-lhe o pescoço. Defendia-se com os braços, sangrando muito.

— Amor de deus, não me mate!

O corneteiro atirou longe o punhal. Irene fez-se de morta; o cabo acreditou que estava com a vida acabada. Cruzou as pequenas mãos no peito. Como não se mexia, agarrou-a pelos pés e a arrastou até um barranco, de cabeça para baixo, de modo que escorresse todo o sangue. Arrumou ao lado o embrulho de banana. Um grito feio, perdeu-se na escuridão.

A moça ergueu-se cambaleante, descobriu uma janela iluminada.

— Que aconteceu? — a velha abriu a porta.

Irene abateu-se no banco ao lado do fogão:

— O corneteiro me esfaqueou!

Já não pôde falar, muito fraca e cuspindo sangue. A velha deitou-a na cama. Ouviu que alguém cochichava:

— Um soldado enforcado na aroeira.

Dormiu com o murmurinho do sangue na garganta. Algum tempo depois estava boa. Nem ficou mais feia, a cicatriz no pescoço o cabelo comprido escondeu.

Todas as Marias são coitadas

De volta da escola, vem Maria pela estrada. Guarda-pó branco, descalça, pulando ora num pé, ora noutro — a sacola de pano bate na perna. Pertinho da casa, o homem sai de trás de uma árvore, abraça a menina pela cintura e, quando quer gritar, aperta-lhe a garganta com as duas mãos.

Dona Maria vê a filha chorando e meio boba. Desconfia do seu modo, ergue o vestido, se está ferida. Que o homem a agarrou, tapou-lhe a boca, arrastada para o barranco.

Dirige-se a mãe para o riacho. Lá encontra o sujeito lavando a calça. Procura esconder a falta, a menina o aponta, ele baixa a cabeça. Pergunta-lhe a velha o que fez. Responde que nada. Com mal de urina, consultou o farmacêutico, voltava para casa. No caminho encontra a menor, seguem viagem conversando. À margem do rio, lava a cabeça para se refrescar da cachaça. A menor senta-se numa pedra, faz arte com ela, não com má intenção. Atordoado da bebida, a gente não sabe o quê. Aos brados dona Maria, que alguém prenda o faltoso, já embarafusta pelo mato.

A patroa em visita à sogra, cuidando a menina da criancinha. Maria leva-a para o quarto, canta com ela, as duas acabam dormindo. Acorda assustada, a criança desapareceu, o patrão a seu lado. Maria chora baixinho. Ele resmunga que não adianta, engole grandes bolas de ar. Salta da cama, todo vestido e de sapato:

— Não chore senão eu toco você. Conte para alguém, que você morre.

A patroa encontra o fogo apagado. A menina geme no quarto assim tivesse queimado o dedo. A dona muito braba. Maria a única culpada. Bobinha, fica quieta e volta para casa com parte de doente.

Maria é namorada de João, que só repete:

— Tem de se entregar e ficar grávida. Depois eu caso.

Ela se nega, como ele quer não é bonito. A mãe de João deseja conhecê-la. Maria entra na cabana, onde a mãe de João? Ele a arrasta para o colchão. Tanta insistência, com pena do moço, Maria concorda. Então ele diz:

— Fiz o que bem queria. Você não me engana.

Não é mais virgem e pura.

Depois de João a vez de José, namorado e, mais tarde, noivo particular.

Maria vai com ele a um baile. José insiste que deixem o salão. A menina recusa, ele promete casar sem falta. Puxa-a pelo braço até o matinho. Tira o paletó, que ela se deite. O corpo de Maria esmorece, derrubada na grama.

Uma noite José aparece no portão, propõe que fujam, ela não aceita. Rondando a casa e, se a moça olha pela janela, vê a brasinha do cigarro, o lampejo de uma garrafa. Até que ele grita:

— Fui eu que derrubei a filha da Maria.

A moça vai a seu encontro, José leva-a consigo. Uma semana depois, ele diz que é muito moço e não fez ainda o serviço militar. Maria responde:

— Não quero saber do meu pai bêbado. Mais fácil eu sair pelo mundo.

Quando acorda, quedê José?

Arrependida, Maria volta para casa. O pai nega-lhe o perdão — é filha morta.

Na benzedeira faz escalda-pé, toma chá de arruda: não consegue derrubar a criança. Bate pelas portas à procura de João e José. Não os encontra e, sem ter aonde ir, aceita a proposta de Joaquim.

Maria pintada de prata

Grandalhão, voz retumbante, é adorado pelos filhos. João não vive bem com Maria — ambiciosa, quer enfeitar a casa de brincos e teteias. Ele ganha pouco, mal pode com os gastos mínimos. Economiza um dinheirinho, lá se vai com a asma do guri, um dente de ouro da mulher. Ela não menos trabalhadeira: faz todo o serviço, engoma a roupinha dos meninos, costura as camisas do marido. Inconformada porém da sorte, humilhando o homem na presença da sogra.

Para não discutir ele apanha o chapéu, bate a porta, bebe no boteco. Um dos pequenos lhe agarra a ponta do paletó:

— Não vá, pai. Por favor, paizinho.

Comove-se ao ser chamado paizinho. Relutante, volta-se para a fulana: em cada olho um grito castanho de ódio.

— O paizinho vai dar uma volta.

Tão grande e forte, embriaga-se fácil com alguns cálices. Estado lastimável, atropelando as palavras, é o palhaço do botequim. E, pior, sente-se desgraçado, quer o aconchego do corpo gostoso da mulher.

Mais discutem, mais ele bebe e falta dinheiro em casa. Maria se emboneca, muito pintada e gasta pelos trabalhos grosseiros. Desespero de João e escândalo das famílias, a pobre senhora, feia e nariguda, canta no tanque e diante do espelho as mil marchinhas de carnaval. Os filhos largados na rua, ocupada em depilar sobrancelha e encurtar a saia — no braço o riso de pulseiras baratas.

Com uma vizinha de má fama inscreve-se no programa de calouro:

— Sou artista exclusiva — ufana-se, com sotaque pernóstico. — A féria é gorda!

Aos colegas de rádio oferece salgadinhos e cerveja. João escalope pelos fundos, envergonhado da barba por fazer. Volta bêbado e Maria tranca a porta do quarto, obrigado a dormir no sofá da sala. Noite de inverno, o filho mais velho, ao escutá-lo gemer, traz um cobertor:

— Durma, paizinho.

A cada sucesso de Maria — o quinto prêmio de marchinha, o retrato no jornal, a carta com pedido de autógrafo:

— Ela ainda recebe uma vaia — é o comentário de João. — Com uma boa vaia ela aprende!

Oh, não — essa aí quem é de cabelo oxigenado? Acompanhada a casa, horas mortas, pelo parceiro de vida artística. Ora o cantor de tangos, ora o mágico das ciências ocultas. Demora-se aos beijos na porta e as mães proíbem as crianças de brincar com os dois meninos. João sabe que o fim — dona casada que tinge o cabelo não é séria. Vai dormir no puxado de lenha, encolhido na enxerga imunda, a garrafa na mão.

Dois dias fechado (assusta-lhe a própria força e jamais bate nos filhos), urra palavrão e desfere murro na parede. Maria faz as malas e, sem que os pequenos se despeçam de João, muda-se para a casa dos pais.

Lá deixa os meninos e amiga-se com um pianista de clube noturno. Mais uma bailarina, que obriga os clientes a beber. O pianista, vicioso e tísico, toma-lhe o dinheiro e, se a féria não é gorda, ainda apanha.

Cansada de surra, volta à casa dos pais. Então a velha sai em busca de João e sugere as pazes.

— Fique onde está. Maria? Nem pintada de prata.

Despedido da fábrica por embriaguez, sobrevive com biscates. Ao vestir o paletó, da manga surge uma cobra e, aos berros, lança-a no fogo. Aranha cabeluda morde-lhe a nuca; inútil esmagá-la com o sapato, de uma nascem duas e três — enrodilha-se medroso a um canto e esconde nos joelhos a cabeça.

Domingo recebe a visita dos filhos, enviados pela sogra. Divertem-se no Passeio Público a espiar os macaquinhos. O pai compra amendoim e pipoca, que os três mordiscam, deliciados. Afasta-se de mansinho e, atrás de uma árvore, empina a garrafa saliente no bolso traseiro da calça — as mãos cessam de tremer. Os meninos desviam os olhos: sapato furado, calça rasgada, paletó sem botão. Alisando a mão gigantesca:

— Não, paizinho. Não beba mais, pai.

Lágrimas correm pelo narigão de cogumelo rubicundo. Despede-se com sorriso sem dentes. Na esquina gorgoleja a cachaça até a última gota.

Em delírio na sarjeta, recolhido três vezes ao hospício. A crise medonha da desintoxicação, solto quinze dias mais tarde. Mal cruza o portão, entra no primeiro boteco.

Maria cai nos braços do mágico de ciências ocultas e, proibida de cantar com voz tão horrorosa, consola-se no tanque de roupa. Nem o amante nem os velhos querem saber dos piás, internados no asilo de órfãos.

Cada um aprende seu ofício e, no último domingo do mês, com permissão da freira, vão bem penteadinhos à casa do pai. Ainda deitado, curte a ressaca; com alguns goles sente-se melhor. Os pequenos varrem a casa, acendem o fogo, olhinho irritado pela fumaça. No almoço apresentam café com pão e salame rosa. Sentado na cama, o pai contenta-se em vê-los comer. Sorri em paz, um deles enxuga-lhe o suor frio da testa. Sem coragem de abandoná-lo, os filhos a seu lado durante a noite: fala bobagem, treme da cabeça aos pés, bolhas de escuma espirram no canto da boca.

Os meninos adormecem, ouvindo o ronco feio do afogado. O maior acorda no meio da noite, vai espiar o pai em sossego, olho branco. Fala com ele, não se mexe. Tem medo e chama o irmão:

— O paizinho morreu.

Sem chorar, encolhidos na beira da cama, à escuta dos pardais da manhã.

Em busca de Curitiba perdida

Curitiba, que não tem pinheiros, esta Curitiba eu viajo. Curitiba, onde o céu azul não é azul, Curitiba que viajo. Não a Curitiba para inglês ver, Curitiba me viaja. Curitiba cedo chegam as carrocinhas com as polacas de lenço colorido na cabeça — ga-li-nha-óóó-vos — não é a protofonia do *Guarani*? Um aluno de avental branco discursa para a estátua do Tiradentes.

Viajo Curitiba dos conquistadores de coco e bengalinha na esquina da Escola Normal; do Gigi que é o maior pidão e nada não ganha (a mãe aflita suplica pelo jornal: *Não dê dinheiro ao Gigi*); com as filas de ônibus, às seis da tarde, ao crepúsculo você e eu somos dois rufiões de François Villon.

Curitiba, não a da Academia Paranaense de Letras, com seus trezentos milhões de imortais, mas a dos bailes no 14, que é a Sociedade Operária Internacional Beneficente O 14 de Janeiro; das meninas de subúrbio pálidas, pálidas que envelhecem de pé no balcão, mais gostariam de chupar bala Zequinha e bater palmas ao palhaço Chic-Chic; dos Chás de Engenharia, onde as donzelas aprendem de tudo, menos a tomar chá; das normalistas de gravatinha que nos verdes mares bravios são as naus Santa Maria, Pinta e Niña, viajo que me viaja.

Curitiba das ruas de barro com mil e uma janeleiras e seus gatinhos brancos com fita encarnada no pescoço; da zona da Estação em que à noite um povo ergue a pedra do túmulo, bebe amor no prostíbulo e se envenena com dor de cotovelo; a Curitiba dos cafetões — com seu rei Candinho — é da sociedade secreta dos Tulipas Negras eu viajo.

Não a do Museu Paranaense com o esqueleto do Pithecanthropus erectus, mas do Templo das Musas, com os versos dourados de Pitágoras, desde o Sócrates II até o Sócrates III, IV e V; do expresso de Xangai que apita na estação, último trenzinho da Revolução de 30, Curitiba que me viaja.

Dos bailes familiares de várzea, o mestre-sala interrompe a marchinha se você dança aconchegado; do pavilhão Carlos Gomes onde será *HOJE! SÓ HOJE!* apresentado o maior drama de todos os tempos — *A Ré Misteriosa*; dos varredores na madrugada com longas vassouras de pó bem os vira-latas da lua.

Curitiba em passinho floreado de tango que gira nos braços do grande Tadeu e das pensões familiares de estudantes, ah! que se incendeie o resto de Curitiba porque uma pensão é maior que a República de Platão, eu viajo.

Curitiba da briosa bandinha do Tiro Rio Branco que desfila aos domingos na Rua 15, de volta da Guerra do Paraguai, esta Curitiba ao som da valsinha *Sobre os Ondas do Iapó*, do maestro Mossurunga, eu viajo.

Não viajo todas as Curitibas, a de Emiliano, onde o pinheiro é uma taça de luz; de Alberto Oliveira do céu azulíssimo; a de Romário Martins em que o índio caraíba puro bate a matraca, barquilhas duas por um tostão; essa Curitiba merdosa não é a que viajo. Eu sou da outra, do relógio da Praça Osório que marca implacável seis horas em ponto; dos sinos da Igreja dos Polacos, lá vem o crepúsculo nas asas de um morcego; do bebedouro na pracinha da Ordem, onde os cavalos de sonho dos piás vão beber água.

Viajo Curitiba das conferências positivistas, eles são onze em Curitiba, há treze no mundo inteiro; do tocador de realejo que não roda a manivela desde que o macaquinho morreu; dos bravos soldados do fogo que passam chispando no carro vermelho atrás do incêndio que ninguém não viu, esta Curitiba e a do cachorro-quente com chope duplo no Buraco do Tatu eu viajo.

Curitiba, aquela do Burro Brabo, um cidadão misterioso morreu nos braços da Rosicler, quem foi? quem não foi? foi o reizinho do Sião; da Ponte Preta da estação, a única ponte da cidade, sem rio por baixo, esta Curitiba eu viajo.

Curitiba sem pinheiro ou céu azul, pelo que vosmecê é — província, cárcere, lar —, esta Curitiba, e não a outra para inglês ver, com amor eu viajo, viajo, viajo.

Dois velhinhos

Dois inválidos, bem velhinhos, esquecidos numa cela de asilo.

Ao lado da janela, retorcendo os aleijões e esticando a cabeça, apenas um consegue espiar lá fora.

Junto à porta, no fundo da cama, para o outro é a parede úmida, o crucifixo negro, as moscas no fio de luz. Com inveja, pergunta o que acontece. Deslumbrado, anuncia o primeiro:

— Um cachorro ergue a perninha no poste. Mais tarde:

— Uma menina de vestido branco pulando corda.

Ou ainda:

— Agora é um enterro de luxo.

Sem nada ver, o amigo remorde-se no seu canto. O mais velho acaba morrendo, para alegria do segundo, instalado afinal debaixo da janela.

Não dorme, antegozando a manhã. O outro, maldito, lhe roubara todo esse tempo o circo mágico do cachorro, da menina, do enterro de rico.

Cochila um instante — é dia. Senta-se na cama, com dores espicha o pescoço.

No beco, muros em ruínas.

Um monte de lixo.

O ciclista

Curvado no guidão lá vai ele numa chispa — e a morte na garupa. Na esquina dá com sinal vermelho, não se preocupa, levanta voo na cara do guarda crucificado. Um trim-trim da campainha, investe os minotauros do labirinto urbano. Livra a mão direita, abre o guarda-chuva. Na esquerda, lambe deliciado o sorvete de casquinha, antes que derreta.

É sua lâmpada de Aladino a bicicleta: ao montar no selim, solta o gênio acorrentado ao pedal. Indefeso homem, frágil máquina, arremete impávido colosso. Desvia de fininho o poste. Eis o caminhão sem freio, bafo quente na sua nuca. Muito favor perde o boné? A sombra lá no chão? O tênis manchado de sangue?

Atropela gentilmente e, vespa raivosa que morde, fina-se ao partir o ferrão. Monstro inimigo tritura com chio de pneus o seu diáfano esqueleto. Se não estrebucha ali mesmo, bate o pó da roupa e — uma perna mais curta — foge por entre as nuvens, a bicicleta no ombro.

Em cada curva a morte pede carona. Finge não vê-la, essa foi de raspão, pedala com fúria. Opõe o peito magro ao para-choque do ônibus. Salta no asfalto a poça de água. Num só corpo, touro e toureiro, malferido golpeia o ar nos cornos do guidão.

Fim do dia, ele guarda num canto o pássaro de viagem. Enfrenta o sono trim-trim. Primeira esquina avança pelo céu trim-trim na contramão.

Zulma, boa tarde

Zulma, boa tarde, desde a maldita hora em que saíste pela porta, abandonado não tive mais sossego, quero somente o teu bem, aquele homem não te merece e sei que você tem sido infeliz com ele.

Zulma, és moça ainda e poderás ter uma boa sorte, deixa de ilusão e terás na minha companhia uma existência cheia de flores ou por outra cheia de encantos. Zulma, esquece o ingrato que não sabe te recompensar e além do mais é casado, se quiseres Zulma dar-te-ei tudo o que te agradar e estiver nas minhas posses, não digo que uma vida de princesa, ao menos andarás mais bem trajada e terás bom passadio.

Eu é que não tenho me sentido bem, aquela noite me deitei para não mais levantar, definho sem esperança no fundo da cama, manda uma palavra de consolo a este pobre coitado, cuja única doçura na vida é gostar de você, pode que uma cartinha sua seja a minha salvação, na hora em que estou te escrevendo me representa estar te vendo.

Zulma! Zulma!

é o nome mais santo que escutei nesse mundo, trezentas vezes por dia me lembro de você, ingrata querida, só te esquecerei quando fechar os olhos, estou escrevendo e as lágrimas correndo no papel. Caso ainda esteja vivo, passarei por sua casa domingo à tarde, de terno azul e gravatinha-borboleta.

Lauro.

P.S. Desculpe a mão tremida, escrevi sentado na cama.

O vagabundo

O velho de barba branca e os meninos aos gritos que lhe atiram pedras:

— Ladrão de criança, ladrão de criança!

Em fuga, o saco batendo nas costas curvadas, esconde-se no Passeio Público. É aborrecido o tigre, sempre a mesma volta na jaula.

Apinhados na faixa de sol, os micos lambem o dedo e catam piolho. Um faz cócega na barriga pelada do outro. O macaquinho ruivo enfia a mão pela grade, oferece um piolho entre as unhas recurvas.

— Respeite os velhos, cara de bugio!

O vagabundo senta-se no banco, remexe no saco em busca do pedaço de pão, morde com o único dente, adormece. O sol na cara desperta-o e, abrindo o olho, engole as migalhas. Amarra o saco e aprecia as visagens do esquilo que rói um grão de milho, a mãozinha na boca. Já não se lembra do nome.

— Meu netinho — diz ao esquilo.

Uma capivara rumina, outra mergulha no tanque. Na água boiam azeitonas verdes. Há que de anos ele não come azeitona? Cospe na água, quem não está com vontade. A capivara emerge a cabeça, examina-o com o papo bem gordo.

— Me dá uma azeitona, dona vaca.

Ela afunda o focinho, sem responder. Deixa estar, deixa estar, ele foi ver o cavalo de pau. A cabeça do retratista enterrada no pano negro da máquina — Foto Chique. Um cavalinho de selim azul, com rabo de palha, que não serve para espantar mosca. Levanta a perna disposto a montar. O fotógrafo sai, mão preta no ar, correndo atrás dele.

À margem do lago, bebe na concha da mão a água vermelha de barro. Enxuga-se na barba, invejoso do cisne que engole sapinho.

A catinga do rio caminha a seu lado. Não é o rio, é ele, sente o cheiro segundo a direção do vento. No meio da ponte debruça-se no parapeito, cospe na água. Mão no pescoço, ergue a barba, acaricia a cicatriz escondida: golpe fundo de navalha de uma a outra orelha.

— Aquela noite eu morri. Há muito que estou morto.

Descansa o saco na ponte, pisando-o para não esquecer, nem alguém roubá-lo.

— A velha bruxa não me prendeu no asilo.

Cospe em seco, tão velhinho não tem mais saliva.

Muito gostoso longe da bruxa, da criança, do cachorro, mas precisa ganhar o dia.

Com as duas mãos ajeitou o saco nas costas e foi-se embora.

A partilha

João aceitou a moça na sua companhia, certo que dele bem cuidaria: mais não tinha que umas garrafas no botequim, um colchão para dormir e, comendo de marmita, sofria do estômago.

Maria foi casada no religioso com André, do qual se separou, para viver com um e outro, um deles jóquei de quem teve um filho; o nome do último companheiro era Chico, que dela se aborreceu. Em serviços avulsos nas casas de família, ganhava uma miséria, que ainda repartia com a criança.

Ao fazer vida com João, não mais trabalhou fora do lar, ela e o filho de dois anos à custa do amásio. Dele tratava na doença e, enquanto João ia comer, servia os fregueses no balcão.

João comprou algumas cadeiras, um guarda-louça e mesa simples de pinho, pintada de azul-claro. Meses depois, apoderou-se das economias da moça a fim de que os móveis não fossem retomados pelo agiota. Ocorreu o atraso por se achar doente, com uma ferida na perna, que arruinou muito e, consequência da crise, os negócios iam mal.

Passaram-se anos. Ela recebia visita de outro homem na ausência de João, que era senhor de idade: usava dentadura dupla, suspensório de vidro, meia furada de lã.

— Mamãe está vomitando no quintal — veio preveni-lo o menino.

João percebeu que estava grávida, desconfiou do tal Chico. Acusada de traição, Maria se desculpou que era nervoso e, logo depois, barriga-d'água.

— Meu rapaz — acudiu João —, sua mãe é uma grandíssima cadela!

Correndo no suspensório o grosso polegar de unha curta e amarela:

— De todas as mulheres a mais sem-vergonha.

— Nunca fui gastadeira — defendeu-se Maria.

Xingou-o de velho miserável, rabugento, cheio de mania, esfregando-se na cozinha e seguindo-a quando ia arrumar o quarto.

— Teu filho é testemunha. Ah, meu rapaz, essa mulher tem me judiado.

— Deixe o menino de fora, velho sovina!

— É teatro dela, meu rapaz — e arregaçou os cacos na cara sofrida. — Deus se compadeça de nós, maridos!

Maria viveu nove anos e três meses com João, varria o soalho, cozia o feijão, torcia a roupa. O casal apartou-se desde que o velho enjeitava um filho que não era dele. Barriga pesada, a moça não podia entreter o menino, sempre a chorar de fome. Na despedida, Maria recebeu do companheiro alguma roupa, duas panelas, seis xícaras com pires, cinco pratos, dois garfos, quatro facas, seis colheres, sendo três grandes e três pequenas.

Agora ficou só, com os dois filhos. De outro marido não quer saber.

Arte da solidão

Ele está cansado, quase meia-noite, pode afinal voltar para casa. No beco o eterno casal à sombra do muro. O mesmo cachorro, focinho enterrado na lata de lixo. Sob as árvores, ao menor arrepio do vento, gotas borrifam-lhe o rosto, que não se incomoda de enxugar.

No portão o cachorrinho late duas vezes — aqui estou, meu velho — e, por mais que saltite, procurando alcançar-lhe a mão, não o agrada. Afasta-o com o pé, abre a porta, devagarinho pelo corredor. Aquela noite sem sorte: uma luz ainda no quarto.

Em surdina desvia-se do aquário sobre o piano: o peixinho dourado conhece os seus passos, de puro exibicionista entregue às mais loucas evoluções.

Respira fundo e, cabisbaixo, entra no quarto. A mulher, sentada na cama, folheia uma revista (a mesma revista antiga), olha para ele, mas ele não a olha.

No banheiro veste o pijama e, ao lavar as mãos, recolhe da pia os longos cabelos alheios. Escova os dentes, a gengiva sangra.

— Ai, como é triste a velhice... — confessa para o espelho, palavras que não dizem nada.

Aperta as torneiras da pia, do chuveiro, do bidê — se uma delas pinga já não pode dormir.

De passagem, apanha o livro em cima do guarda-roupa — ele a olhou de relance, ela não olhou — e, na sala, acende a lâmpada ao lado da poltrona. Descalço, sobe na cadeira, com a chave dá corda no relógio. Entra na cozinha, pretende não ver a mesma barata na sua corrida tonta. Deita um jarro de água no filtro e bebe meio copo, que enxuga no pano e põe de volta no armário.

Detém-se diante do quarto da filha — a porta aberta, mas não entra. Esboça um aceno, presto encolhe a mão. Mais que afine o ouvido não escuta o bafejo da criança — e se deixou de respirar?

Luta contra o pânico, deixa-se cair na poltrona, a luz amarela do abajur aquece-lhe a face esquerda. Abre o livro, concentra-se na leitura: frases sem nenhum sentido.

Na casa silenciosa, apenas o volteio das folhas lá no quarto, às suas costas o peixinho estala o bico. Por vezes derruba o livro no joelho — não se apagando a luz do quarto, não se deita.

Nunca mais ela perguntou: *Você não vem?* Nem ele respondeu: já vou — sem se mexer do seu cantinho. Uma noite por outra, certo, ela assoa o nariz — seria que disfarça as lágrimas? Não ela, para quem a noite é sem problema, palavra que, com irritação dele pronuncia sem o erre. Para não se comover, espia ora a fruteira sobre a mesa (uvas e peras berrantes de cera), ora o quadro torto na parede (o medonho galo verde).

Está salvo desde que ignore o quarto da filha; ergue a pálpebra pesada de sono, lê algumas linhas, já não treme o canto da boca. A pesada pálpebra não o engana: assim que recoste a cabeça no travesseiro, eis os passos furtivos do sono ao longe.

Extingue-se a outra luz, e quinze minutos passados, arrastando o pé no tapete, recolhe-se ao quarto. Acende a lâmpada do criado-mudo, cautela infinita em não encarar a mulher que, voltada para o seu lado, pode estar com um olho aberto ou, quem sabe, até sorriso no lábio. Despe o roupão, fecha a lâmpada, estende-se na cama, radiante por não a ter olhado.

Uma grande demora até que clarinem as primeiras buzinas — os galos da cidade. Não tem esperança de dormir e revolve as memórias de infância assim a cozinheira sobre a chama azul do álcool o frango de pescoço quebrado. Prepara-se para a casa deserta e, ao abrir a porta, assobiará duas notas, uma breve, outra longa: aqui estou, alma irmã, a baratinha no canto escuro.

Nenhum sopro do quarto da filha — se deixou de respirar, ninguém para acudi-la?

A mulher agita-se — *Ai, meu Deus* —, afasta as cobertas, ele escuta lá no banheiro o jorro poderoso da urina. Longe vai a manhã, resta o consolo de que, ao saltar do leito, esquece entre os lençóis o fantasma noturno.

De novo ela ressona tranquila; cuidoso de não ranger o colchão, volta-se para o outro lado. Pouco importa se nunca mais dormir. Afinal você não pode ter tudo.

Batalha de bilhetes

A mulher deu com o bilhete sobre a cristaleira, ao pé do elefante vermelho, em caprichosas letras de forma:

Não posso olhar para tua cara. Nunca mais fale comigo.

Ela foi às compras, João transferiu roupa e lençol para o quartinho no sótão. Como não existisse para ele: cruzava por Maria sem a olhar, esperava que deixasse a cozinha para fazer as refeições. Quando teimou de não sair, João bateu a porta, foi ao restaurante.

Lá ficou o papel na cristaleira e, dias depois, ela garatujou no verso:

Não seja bobo, João. Dois velhos, um deve acudir o outro.

Irritou-o a lição edificante e, ainda mais, escrevinhada a lápis no próprio bilhete. Exibiu novo recado, entre um bloco e uma caneta:

Não gosto mais de você. Vamos nos separar. Por que não se muda para a casa de tua mãe?

Entranhas roídas à lembrança da pobre velha ao lado do rádio, a estalar as agulhas de tricô e, por causa das varizes, perna estendida sobre o escabelo — a meia enrolada na liga abaixo do joelho. Ergueu-se lépida à sua passagem:

— Por favor, João. Me escute.

— Não fale comigo! — aos berros, sempre de costas.

— Na mesma casa um sem falar com o outro?

Encarou-a primeira vez, grito de fúria no olho:

— A senhora diga isso por escrito.

Maria alinhavou carta de oito ou nove folhas. Impaciente, ele não chegou até o fim e rasgou-a em pedacinhos, oferenda aos pés do elefante. Sua resposta foi palavrão medonho cobrindo a página.

Se preciso, escreva um bilhete — o mínimo de palavra.

Nunca mais batalharia por causa do cabelo na pia, da torneira mal fechada, de uma lâmpada acesa — a sócia da companhia! No quartinho do sótão, nem um fio manchava a pia — quase calvo.

Já me fez sofrer demais, meu velho.

Trinta anos infernado por ela: esposara a filha, um belo dia achou-se nos braços da sogra. Convertida a doce noivinha na megera de papelotes — estátua viva de sal, vinagre e fel —, jamais aprenderia a não embeber o pão no molho da carne, a não deixar resto de água no copo, a não fazer o sinal da cruz ao rebuliço do trovão.

Não se enxerga? VELHA *é você!*

Elaborou quadro de horário para o território comum da cozinha e do banheiro, isolados cada um no seu canto. Ela não obedecia. João em fuga vergonhosa aos passos pesados de obesa, que abalavam o soalho e choviam poeira das finas paredes.

A sopa intragável de tão salgada.

Envenenava-o com sal, hipertenso que era? No caldo de feijão, entre cabelos dourados de gordura, boiavam as misérias da vida.

Indisposto, não se levantou para o almoço. A velha assomou ao patamar, chá e torrada na bandeja — antes que trancasse a porta.

Quer chazinho de camomila?

Como não respondesse, ela bebeu a tisana, os goles gorgolejando na garganta enrugada.

Doente, quem cuida de você?

Coragem de morrer só, ninguém lhe desse a mão, enxugasse na testa o suor fétido da agonia? Arrebentar antes que pedir perdão, barata estuporada no ralo de esgoto. Noite comprida de insônia, embalava-se ao rugido das maldições — sentia borbulhar o gênio do epigrama.

Tu, bruxa de bigode e barriga-d'água!

A persegui-lo no fundo do copo o riso escarninho da dentadura dupla.

Na hora da morte só peço a graça de não ver tua cara nojosa.

Com espanto sofria abstinência de mulher. Não o adolescente que sonhava castrar-se punindo a imundice da carne, agora o homem sábio aceitava na castidade a pena merecida, ainda mais: prêmio cobiçado.

Não atravesse no meu caminho — me dá engulho.

Bem o menino precoce que, mão no bolso, espreitava a filha do vizinho. Arrostava sem piedade a cara no espelho — o tufo de pelo grisalho na orelha, a bolsa aquosa sob o olho —, repetia-se com ironia: Não faça isso, meu velho amigo. O próprio senhor aflito do antigo anúncio de elixir 914.

Não toma banho? Seu vestido empesta a casa inteira.

Dedo trêmulo, apalpava no cabide do banheiro a combinação negra de seda. Antes de tocar na sujeita, entregar-se ao vício solitário.

Nunca mais as fúrias do espírito apascentadas no lençol bordado de florinha. Trinta anos a fio, cada vez que a procurava, atormentado pelo desejo, exigia primeiro se penitenciasse de palavra ou gesto ofensivos; e, cativo da besta, suplicara o odioso perdão.

Onde esbanja tanto dinheiro? Para seu amante, velha sirigaita?

Quem lhe dera o enganasse com outro... Na sua ausência revolvia as gavetas em busca de prova — expulsa a adúltera, de todos esquecido, envelhecer no borralho.

É dia de visita, João.

No alto da escada, agachado, escutava-a de risinho e cochicho na saleta com a mãe: conspiravam contra ele na própria casa. Debaixo do travesseiro um escapulário recortado em cruz — arte de feiticeira. Que chorasse lágrimas de sangue e, esgotadas as lágrimas, os mesmos olhos, dois buracos na cara de rugas.

Ora palpitação, ora vertigem, condenado a rebentar de apoplexia: refrescava na água a face purpurina, enxugava o fogo do sovaco. Para não deixar nada, desfazia-se do lenço de seda, relógio de pulso, abotoadura de ouro. Cultivava os seus pobres, não por bondade, de puro diabolismo. Único receio que ela se finasse primeiro — ficaria de bolso vazio.

Sua filha mandou lembrança.

Nenhum bilhete mais cruel em tão pouca palavra. Afastada com intrigas, a menina que amou até o delírio, rejeitara-o sem perdão, a ele que tantos outros desdenhara. O diálogo revelador, quando lhe anunciou ser abominado pela filha, bem feito para ele, que não soubera amar a ninguém:

— Sua filha o odeia.

— Ensinada por quem?

— Foi só você que lhe arruinou as ilusões.

— E você que respondeu?

— Triste de mim. Não fosse verdade, por que falaria assim?

Pela boca da filha clamava o ressentimento da mãe, vingada de todas as derrotas.

Está doente. Volte para o quarto, João. Não seja teimoso.

Sobre a geladeira os frascos de remédio — curtia a velha, ela também, os seus achaques.

Só depois de morto.

Para seduzi-lo — ou zombar de sua miséria? — na mesa da cozinha uma travessa guarnecida de sonhos, recheados uns de marmelada, outros de creme — sua gulodice predileta. Não provou nenhum, espiava-os em desolação, azedando sob a redoma de vidro. Sem resistir, desceu descalço a escada e, luz apagada, devorou sete sonhos afogado de esganação, o que lhe provocou visitas ao banheiro com passo miudinho de gueixa.

Chá de erva-de-bicho, meu velho? — o bilhete insinuado sob a porta.

Apoiado na parede, arrastou-se pé ante pé:

Não preciso do seu chá, desgraçada.

Molhou na língua a ponta da caneta e, deliciado, arranhou o papel com medonho garrancho:

P.S. Tenho outra mais moça.

Sôbolos rios de Babilônia

— Não é a minha noivinha?

Melhor a mesa do canto, insistia que ela o retrato da mãe.

— Só que mais bonita.

Ria demais, falava sem parar.

— Outro dia vi...

Não era capaz, em tantos anos, de pronunciar o nome?

— ...de relance na rua. Bem duas irmãs.

Nada custava, por que não ser gentil? Entrando em casa: *Mãe, sabe quem a elogiou?*

— Eu, triste de mim, um caco de gente.

Sacudiu a opulenta juba negra. Ó não, aos olhos dela, era mesmo caco de velho.

— Ela, que eu sei, vai bem.

Nem mandou lembrança, a ingrata. Depois de tanto amor, podia odiá-la tanto? Sete anos passados, ao dar com ela na rua ferveram as entranhas. Não a quis loucamente, olho azul, voz esganiçada — a maldita corruíra nanica?

Ao garçom, ela pediu suco de laranja.

— Para mim também. Dois anos e cinco meses não... parece mais magra.

— Não há procura de gordinha.

— Sua mãe não ouça. Obrigado, não fumo. Sabe que faz mal?

— Não seja quadrado, pai.

Só o pai para chamá-lo de quadrado. Bem a filha da mãe: o vício de exibir a coxa. Cala-te, boca.

— Aqui está o convite.

Papel brilhante, letra dourada — o gosto medonho da outra. Sem poder evitá-lo, o dedo úmido manchou o cartão.

— Mamãe e eu... O senhor tem de ir.

Já não escondia o tremor, largou o envelope sobre a mesa. Piedosa, ela baixou os olhos e sorveu o canudinho.

— Como é que posso, minha filha? No convite o seu pai é outro.

O outro. Na chaga do peito o verme roaz: seria a filha dele? Não era o mesmo queixo, os mesmos olhos compridos não eram? Antes não o fosse, dois estranhos — a vingadora implacável da mãe, sempre uma pedra na mão. Recusava o beijo na cabecinha rebelde. O doce apelido — Dondoca, Chiquita, Florbelinha — que a maior ternura improvisava. A única filha, ninguém mais distante.

— É que mamãe... Eu vim explicar. Para a sociedade o meu pai é ele.

Sugou ruidosamente o resto do refresco — o gesto que tanto o irritava na mãe. Acendeu outro cigarro. Soprou distraída a fumaça, ele se mordeu para não tossir.

— Mamãe acha que...

Tudo tinha sido dito. No seu lugar à cabeceira — o outro. Não esqueça, velhinho, a cabeça no segundo travesseiro. A mão do outro que abençoava a filha. No convite o seu nome apagado — a paternidade dourada era do outro.

— O senhor compreende, não é?

A ideia foi da mãe, não da filha. Provocação ou escarmento? Acusava-o pai de domingo. Muito cômodo ser pai uma vez por semana: levar a filha a passeio (nunca assisti-la em noite escura de aflição). Empanturrá-la de sorvete, bala azedinha, algodão de açúcar. Esquecê-la na porta da casa, vestidinho sujo e dor de barriga.

Tão nervoso, mão fria, suor de fogo no sovaco, repetiu gesto esquecido: estralou os dedos um por um. Até que deu com o olhar da filha — a mesma censura da mãe.

Que tal o noivo? Família conhecida? Planos para o futuro? Sacudindo o sapatinho vermelho, respondia com tédio. Diante dela um senhor pomposo, infeliz de não... Pudera não ser a filha do outro, bonitão, sucedido nos negócios e, consolo único, ralos cabelos grisalhos.

Se o chamasse, uma vez, paizinho querido. Olho úmido da fumaça, velho babão e muito babão. Ouvir as palavras sete anos sonhadas: *Era menina egoísta e imatura. Hoje sei das coisas. Descobri quem é mamãe...*

— Bem que aceito um cigarro.

Com que direito, sua merdinha, você me renega? Vinga-se daquele pai outrora magro e nu a brincar do bicho de duas costas com a mãe? Entrevisto no asilo em camisolão branco?

Os outros podiam sentir pena, fácil gostar dele — e ainda mais fácil desprezar.

— O senhor me desculpe. Preciso ir.

O garçom não atendia, não apresentava a conta, não trazia o troco. Constrangidos, um decepcionado com o outro. Quem sabe o procurasse para algum problema, homem sofrido e mal vivido. Não lhe ganhara a confiança, incapaz da palavra por ela esperada. Queixinho truculento da mãe, indiferença do olho ausente. Que sabe de mim, sua merdinha? A humilhação de pé diante do gerente do banco; uma cólica de fígado dói mais que a abjeção moral; e, pior que tudo, a solidão, a infinita solidão do vampiro, a estaca enterrada no peito.

Ela não podia esperar, hora marcada no dentista. E roeu um cantinho da unha — primeira vez achou que era filha dele. Estendia a mão esquiva: ela e a mãe o esperavam.

Não se voltou da esquina para último aceno. Dois anos e cinco meses que ele não bebia. No primeiro bar pediu conhaque duplo.

A noite do lobo

Uivava nas ruas um lobo chamado solidão. Nhô João fechou a barbearia, requereu ao prefeito o teatro abandonado, inaugurou cineminha humilde com o pomposo nome Politeama Oriente. No programa distribuído debaixo da porta, todo filme era espetacular, toda atriz sedutora, todo cenário luxuoso. O ingresso — pedaço róseo de cartolina a palavra ENTRADA desenhada a nanquim — sempre o mesmo, devolvido pelo porteiro ao bilheteiro. O título pintava-o nhô João em letras garrafais azuis no muro. *O Fantasma da Ópera* incendiou o terror na alma dos piás que, tão impressionados, deitavam-se com o cachorrinho ao pé da cama.

O salão quase vazio — rugia o medonho vento do mar nas ruas desertas. Nhô João esperava mais gente para iniciar a sessão: os raros frequentadores batiam o pé. Única vez lotado com a *Vida, Paixão e Morte de Nosso Senhor Jesus Cristo*, o anjo Gabriel arrancou palmas da plateia. Todo instante inflamava-se o celuloide — nhô João abafava a chama com o velho paletó. A luz acesa, os meninos assobiavam, cascas de amendoim voavam sobre as cabeças.

No fundo da sala dois camarotes para as famílias importantes que, durante a projeção, usavam binóculos. Nossos maridos detestavam sair acompanhados — mulher para criar filho, lugar de mulher em casa. Iam sós, cruzavam a perna, exibindo polaina de lã, apoiavam o queixo no castão prateado da bengala. As cenas mudas comentadas pela Zizi ao piano e Lulo ao violino, a moça vigiada pelo pai, sentadinho na primeira fila. Ela se dividia entre a tela e a pauta levemente iluminada: errava muito, esticando o pescocinho, mais interessada em ver o galã do que tocar chorinho e polca para a comédia, romança e tanguinho para o drama. A valsa *Ramona* anunciava a entrada do vilão. Na cena emocionante ouvia-se na cabina o farfalhar da máquina e lá fora a tosse de nhô Chico — *Ói o amendoim torradinho.*

De assento móvel a cadeira (traiçoeiro para esmagar unha de piá) com meio espaldar — a moça agitava-se inquieta, o joelho do tarado nas suas prendas. De repente grito ultrajado, acendia-se a luz. Nhô João surgia em manga de camisa:

— Seu Zé Pepé, para fora!

Pai de cinco filhos, além de apalpar no escuro, esfregava-se nas beatas durante a procissão do Senhor Morto. A pedido das famílias, o delegado proibiu a venda de amendoim. Apagada a luz, estalidos furtivos, mandíbulas ruidosas, cascas semeadas pelo chão.

Na esperança de atrair espectadores nhô João promoveu concurso de ioiô — ganharia cinco ingressos quem rolasse mais tempo o carretel. Patrocinou espetáculo de variedades.

O mágico serrando a mulher ao meio, a gorda dona Fafá se abanava com o leque de marfim. Uma bailarina saracoteou o cancã e, erguendo a saia, escândalo das famílias, devassou a anágua amarrada por um cadarço até o tornozelo.

Nhô João rondava a porta, um palito no canto da boca.

— Como vai, nhô João? — cumprimentava um conhecido, sem entrar.

— Curtindo ingratidão.

Esgoelava-se o gramofone da esquina assombrada, sábado e domingo chovia sempre: ninguém na sala. Nhô João, alucinado pela Theda Bara, repetia só para ele a sublime cena de amor.

Não é que o maldito palhaço, montado de costas no burro, anunciava o circo? Possesso nhô João pisava no rabo do gato, sacudia o cachorro pela orelha. Ai de dona Maroca... Castigo pela ingratidão da cidade, nunca assistiu ao grande Rodolfo Valentino no seu maior sucesso *O Filho do Sheik*.

— Arre que te arrebento, diaba — e prendia-lhe as duas tranças no tampo corrediço da escrivaninha.

Ruiva, sardenta, prendada. Em solteira quem armava o presépio da igreja? Quem cantava de Verônica na procissão? Era você que puxava no salão o bloco dos dominós negros? Casada aquietou-se, o bracinho roxo de beliscão.

Menos frequência tinha o cinema, mais nhô João reinava em casa. Fechado no quarto, não deixava entrar a mulher, devia se acomodar no sofá da sala. A dona levava o almoço e batia na porta:

— João, a sopinha de aletria.

Esperava que se afastasse antes de apanhar a bandeja. Sempre de chapéu, cruzava por ela sem a conhecer. Com o novo circo (desde anão e mulher barbuda até galinha de duas cabeças!), enclausurou-se nove dias no quarto — o fim do grande Politeama Oriente.

Com o cinema finou-se de uremia a dona Maroca. No velório ele atirava-se sobre o caixão, ululante, exibindo pela meia furada o calcanhar muito branco.

— Pobre compadre — disse uma vizinha. — Como ele sofre...

— Mais se desespera o viúvo — acudiu a outra — mais cedo o noivado.

Uma semana de nojo, o viúvo já perseguia as mocinhas. Três meses depois o casamento com a professora, gorda de tornozelo grosso, riso fagueiro dos trinta anos.

Dia seguinte nhô João pagou todas as dores da falecida. Não podia malucar e, ao esconder-se no quarto, dona Zezé escancarava as janelas. Tristinho, mão trêmula no bolso, cigarro apagado no lábio. Se um amigo evocava as célebres noites do Politeama Oriente:

— Desculpe a boquinha torta. Só uso dente fora de casa.

Quieto morreu em noite de inverno, sumido ao lado do fogão, a sombra do chapéu no rosto ausente. No velório dona Zezé, grávida de sete meses, repetiu a cena:

— Pobre Joãozinho... Eu sei quanto sofreu!

Pela noite reinou a viúva, uma lata furada na mão, espirrando creolina em volta do defunto.

Eis a primavera

João saiu do hospital para morrer em casa — e gritou três meses antes de morrer. Para não gastar, a mulher nem uma vez chamou o médico. Não lhe deu injeção de morfina, a receita azul na gaveta. Ele sonhava com a primavera para sair do reumatismo, nos dedos amarelos contava os dias.

— Não fosse a umidade do ar... — gemia para o irmão nas compridas horas da noite.

Já não tinha posição na cama: as costas uma ferida só. Paralisado da cintura para baixo, obrava-se sem querer. A filha tapava o nariz com dois dedos e fugia para o quintal:

— Ai, que fedor... Meu Deus, que nojo!

Com a desculpa que não podiam vê-lo sofrer, mulher e filha mal entravam no quarto. O irmão Pedro é que o assistia, aliviando as dores com analgésico, aplicando a sonda, trocando os lençóis. Afofava o travesseiro, suspendia o corpinho tão leve, sentava-o na cama:

— Assim está melhor?

Chorando no sorriso trêmulo:

— Agora a dor se mudou...

Vigiava aflito a janela:

— Quantos dias faltam? Com o sol eu fico bom.

Pele e osso, pescocinho fino, olho queimando de febre lá no fundo. Na evocação do filho morto havia trinta anos:

— Muito engraçado, o camaradinha — e batia fracamente na testa a mão fechada. — Com um aninho fazia continência. Até hoje não me conformo.

A saudade do camaradinha acordava-lhe duas grandes lágrimas. No espelho da penteadeira surpreendia o vulto esquivo da filha.

— Essa menina nunca me deu um copo de água.

Quando o irmão se levantava:

— Fique mais um pouco.

Ali da porta a sua querida Maria:

— Um egoísta. Não deixa os outros descansar.

Ao parente que sugeriu uma injeção para os gritos:

— Não sabe que tem aquela doença? Desenganado três vezes. Nada a fazer.

Na ausência do cunhado, esqueciam-no lá no quarto, mulher e filha muito distraídas. Horas depois, quando a dona abria a porta, com o dedo no nariz:

— É que eu me apurei — ele se desculpava, envergonhado. — Doente não merece viver.

A filha, essa, de longe sempre se abanando:

— Ai, como fede!

Terceiro mês o irmão passou a dormir no quarto. Ao lavar-lhe a dentadura, boquinha murcha, não era o retrato da mãe defunta? Nem podia sorver o café.

— Só de ruim que não engole — resmungava a mulher.

Negou-lhe a morfina até o último dia: ele morre, a família fica. Tingiu de preto o vestido mais velho, o enterro seria de terceira.

Ao pé da janela, uma corruíra trinava alegrinha na boca do dia e, à doçura do canto, ele cochilava meia hora bem pequena. Batia a eterna continência, balbuciava no delírio:

— Com quem eu briguei?

— Me conte, meu velho.

— Com Deus — e agitou a mãozinha descarnada. — Tanto não deviam judiar de mim.

Fechando os olhos, sentiu a folha que bulia na laranjeira, o pé furtivo do cachorro na calçada, o pingo da torneira no zinco da cozinha — e o alarido no peito de rua barulhenta às seis da tarde. Se a mulher costurava na sala, ele ouvia os furos da agulha no pano.

— Muito acabadinho, o pobre? — lá fora uma vizinha indagava da outra.

Na última noite ele cochichou ao irmão:

— Depois que eu... Não deixe que ela me beije! Ainda uma vez a continência do camaradinha, olho branco em busca de luz perdida. O irmão enxugava-lhe na testa o suor da agonia.

Mais tarde a mulher abriu a janela para arejar o quarto.

— Eis o sol, meu velho — e o irmão bateu as pálpebras, ofuscado.

Era o primeiro dia de primavera.

Que fim levou o vampiro de Curitiba?

Que fim levaram as doces polaquinhas do Sobradinho, Petit Palais, Quinta Coluna, Pombal e 111, nas camisolas de cetim coloridas como túmulos festivos de Araucária e que, por um copo de cerveja preta, nos iniciaram a mim e você no alegre mistério da carne?

Que fim levaram as gloriosas cafetinas de legenda retumbante no céu da nossa história — ah, quanto mais que o cerco da Lapa e outros barões assinalados! —, ó Ávila, loira de novecentos quilos, que reinava no salão de espelhos como Tibério na ilha de Capri, ó Dinorá, que custeou a faculdade para muito doutorzinho de gentil presença, ó Alice, fada negra que fervia no caldeirão água quentinha para as suas meninas, ó Uda, que às três da tarde recebia os ungidos do Senhor (até você, Gaspar?), ó Otília, que explorava as pretinhas, mas defendia ferozmente os cachorros, os papagaios e os doidos, que fim levou seu pupilo Pedro Aviador que não me deixa mentir?

Que fim levou a garçonete banguela do Café Avenida, possessa de ciúme, durante o sono do galã — por um triz não foi você, não fui eu —, com certeiro golpe de navalha arrebatou-lhe a única valia do homem?

Ai, que fim levou o Candinho do cabelo fulgurante de brilhantina, rei dos cafetões que, passinho floreado no tango, de cada bailarina fazia uma escrava para toda a vida, e às duas da manhã, no Bar Palácio, cobrava ingresso por um quadro vivo do Kama Sutra — em que repartição pública será exímio datilógrafo com nove dedos para não quebrar a longuíssima unha do mindinho esquerdo?

Que fim levou a maravilhosa negra Benvinda, só me conhecia por Nelsinho, era o negrume entrevisto na espuma do leite, não era os fogos secretos da escuridão, que fim levou a pobre?

O grande Carlinhos que fim levou, brigava com três e quatro e cinco, a todos batia na cara, cujo desafio com o grande Edmir, na esquina das ruas Murici e Pedro Ivo — batalha suspensa por uma carga da cavalaria quando os dois já estavam de manga arregaçada —, não seria guerra maior que a de Aquiles da Grécia com Heitor de Troia?

E as bailarinas da Caverna Curitibana, que fim levaram elas, dos braços que nem serpentes perfumadas de seda entre os quais rodopiei a minha valsa dos quinze anos e trinta e três amores?

Que fim levaram o João Banana, ao ouvir seu apelido erguia furioso a bengala e a perna mais curta escorregava — eu não disse? — na casca invisível, e o Cachorrinho, ao assobio dos piás com o dedo na boca, rugia tantos e tais berros que derrubava das árvores aqui um pardal, ali duas tijiticas?

E o Calejo que aos uivos corria atrás de você, a mãozinha boba espirrava flores de espuma — ai, se a baba te pega você grita vinte e quatro horas, acorda igualzinho a ele?

Os famosos epiléticos que fim levaram — ah, todas as ruas eram povoadas de epiléticos! — com seu grito lancinante, quem ouviu nunca mais esquece, sua borbulha na língua mordida, sua pocinha de água na calçada?

E o Homem da Capa Preta que fim levou, inteirinho nu debaixo da capa, chispando impávido na bicicleta, erguendo vestido da moça e da velhota para roubar uma peça de algodãozinho — não tens piedade, ó Senhor? — nem sequer enfeitada de renda?

Que fim levou o bordel encantado das normalistas, a luz vermelha na porta aberta para o quarto dos espelhos, onde desfilavam as virgens loucas de gravatinha rosa, blusa branca, saia azul? E os seus caderninhos (com um escoteiro na capa) das composições sobre *A Primavera e Um Dia de Chuva* que boi comeu, que fogo queimou, que água evaporou?

A Nélcia que fim levou, a do amor dos treze anos, que resumiu as dores e alegrias de todos os outros, dela o primeiro beijo, o primeiro chapéu, o primeiro bigodinho — ai de mim, o primeiro adeus não foi o último?

Que fim levou o grande Tadeu, mestre na academia de danças, que se enlaçava de costas no galã e, por mais que você fizesse, nunca errava o passo — em que silêncio eterno bailará sozinho a rebolada rumba?

Que fins levaram a francesa do cachorrinho, que ensinou a casado, desquitado e viúvo — principalmente ao viúvo — todos os vícios do cabaré de Paris, e a bendita mineira Célia da face calipígia, a arte do amor em Curitiba não se divide em antes e depois dela?

Que fim levou a Juriti — e com tal nome como não amá-la? —, que trinta anos adorei perdidamente à traição, a ingrata não fazia mais que trocar de noivo, ó Senhor, quando chegará afinal a minha vez?

Que fins levaram a Lucila de verde olho esbugalhado, foi rainha dos jogos universitários, bebeu anis com gelo picado até rolar na sarjeta, e internada no Asilo Nossa Senhora da Luz, antes de saltar os cacos de vidro do muro, beijou na boca a freirinha da touca de esvoaçantes asas brancas?

E a célebre Natachesca, teúda e manteúda no sobrado da rua Voluntários da Pátria com vitrais azul e vermelho, o fluxo e refluxo da maré não obedecia ao arrepio do seu umbigo?

E as loirinhas gorduchas do Bar Palmital, que serviam abraçadinho de camarão com batida de maracujá e, pelas costas do feroz patrão do olho de vidro, um beijo depois outro mais outro beijo furtivo — ainda agora sinto, debaixo da língua, beijos e abraçadinhos?

O Nô que fim levou, sambista de breque, dono do circo das mulas azuis, coçava tromba vermelha e batia os dentes, Deus te livre ser boêmio na fria noite curitibana — de copo na mão congelou-se no Bar Polo Norte?

Que fim levou a Valquíria, a minha, a tua, a Valquíria de todos nós, deitá-la nua era abraçar o arco-íris, quanta tristeza escondia no claro sorriso para que embebesse em querosene o vestido negro de cetim e — por quem és, Senhor — riscasse um fósforo?

E o grande Paulo, rei da boate Marrocos, no alto de sua barriga e de seus trinta e um degraus (não pagar a conta era descê-los num pulo só) exibia as gringas mais fabulosas e vigaristas — *dá-me um ui'que, papito?* —, uma delas era sozinha a guerra do Paraguai, em cada pai de família descobriam o filho pródigo, uma noite de amor com elas era morrer um ano mais cedo, que fim levou ele e as tais que fim levaram?

Ah, que fim, que trágico fim levaram os viados de antanho, o tenente Ribeiro em luvas de couro batia palmas aos meninos de calça curta nos desfiles da Semana da Pátria, que fim levou o gordo Leandro, a vergonha da família, quando ainda era vergonha um viado na família, e que fim levou o terceiro, mulato e baterista da bandinha da base aérea, do qual não sei o nome?

Que fim levou o vampiro louco de Curitiba, esgueirava-se de mão no bolso à sombra da meia-noite, não era o velho Jacó assobiando com medo do escuro?

E que fim levou o lírico necrófilo que, no cemitério do Juvevê, desenterrou a mocinha morta de tifo preto, ao clarão da lua com ela casou e, na agonia da despedida, marcou-lhe o rosto de gulosos beijos azuis — seria o coveiro? o pobre noivo seria? Não seria você, hipócrita pai de família?

E as Misses Curitiba que fim levaram, coxas fosforescentes no maiô colante, em que poço se afogaram? em que fogueira se incendiaram? em que formicida com gasosa de framboesa se envenenaram?

Que fim levou a Sílvia, três vezes cega do uísque falsificado, em cujo quarto você acordava no céu com os sinos da catedral repicando ali na janela?

E afinal eu, o galã amado por todas as *taxi-girls*, que foi feito de mim, ó Senhor, morto que sobreviveu aos seus fantasmas, gemendo desolado por entre as ruínas de uma Curitiba perdida, para onde sumi, que sem-fins me levaram?

Moela, coração e sambiquira

Velho não merece de viver. Me dou por avisado, o homem é rato piolhento e o filho do homem barata leprosa — o inimigo do homem é o seu filho mais querido. Com a ingratidão do filho, que roa as unhas o pai, depois de comer as flores murchas do caixão.

Setenta anos trabalhei por meus filhos: repartam as meias e cuecas, em nove pedaços rasguem o único chapéu. Lulo é deles o mais caro, quarenta anos com ele fiquei gastando. Hoje estou velho, minha pensão não dá para nada. Em troca da bendita casa, ele me garantia o almoço, com direito a dois aperitivos e dois pães, de noite a sopa com dois aperitivos e um pão. Faça as contas: qual de nós tem a ganhar?

Finadinha a velha, fiquei com um quartinho e o usufruto — o resto da casa ele ocupa. Por ela me pagaria pequeno aluguel para as despesas. Mulherengo não sou. Agora que perdi a peticinha, vez em longe me consolo com uma viúva. Estranhando a falta, o bichão acorda de madrugada e, mal de mim, logo adormece. Aos setenta anos já não sou dado a amigação. Meu passadio? Essa comidinha. Cerveja não me assenta. Cigarro é de palha. Vida folgada desde que ele pagasse o aluguel. Ah, mais a noiva. Sim, o fordeco que me custa um nadinha. E esse filho desnaturado não cumpre o prometido. Juquinha, o mais velho, ainda perguntou: *Pai, o Lulo tem dado o dinheiro? Não tem dado,* respondi, *bosta nenhuma.*

Minha nora, ela, demais me maltrata. Faz pose para mim, a desgracida. Naquele dia da minha ruína, empurrou o prato como quem dá a um cego na porta. Pedacinho mais duro de carne magra... Mal quis reclamar: *Agora não tenho tempo, vovô.* E eu: *Você é uma desbocada, minha nora.* Até a criação, deixa sofrer necessidade. O tordilho no potreiro, que é de estimação, dele judia para me castigar. Já viu cavalo de tanta fome comer polenta azeda? Ainda esperamos, o tordilho e eu, encontrar essa dona pedindo esmola na escadaria da igreja. Aposto que na cama o cobertor é só para ela. Não tem um fio e uma agulha para costurar o botão da minha camisa?

Irmão eu me fiz do cachorro sarnento que lambe a própria ferida. Meu coração é uma chaga só de lepra roedora. Onde o dia em que a moela da galinha gorda era aqui do bichão, a moela mais o coração e a sambiquira? Ofendido com tais palavras, montei na noiva, convidei um amigo, fomos para a zona das mulheres. Lá pedi um bife acebolado e dois ovos fritos, sem falar nos dois aperitivos e nos dois pães. Apreciando à nossa volta as meninas em camisola dourada de seda, bebi uma e outra gasosa de framboesa.

À noitinha, muito regalado para casa. Nem bem entrei, a nora fechou uma janela com tal estrondo, quase rachou meu óculo. O Lulo quieto na mesa sem toalha, uma pinguinha ao lado, olho sem piscar de tão bebum. É filho ingrato, mas nunca me respondeu. Ela bateu a segunda janela, na sua maneira delicada de me botar na rua. Eu perguntei pela sopa. A sopa garantida de cada dia, todos os dias de minha vida. Mais que depressa: *Não tenho tempo, vovô. Nós vamos ao circo.*

Falasse com bons modos, essa maldita, eu mesmo ia junto, até oferecia as entradas. Não me contive: *Se vocês estão bem que podem ir ao circo, por que não pagam o aluguel?* Daí que o Lulo primeira vez me contestou: *o dinheiro, pai, o senhor já comeu e já bebeu.* Para um bebum foi uma frase longa. Bradei com murro na mesa: *Conhece que está morto, carniça!* Na zona vou armado, um velho de brio não pode ser desfeiteado. Abri o paletó, puxei da pistola, fiz fogo. A fulana que me salvou, desviou o braço, o tiro espatifou o elefante vermelho da cristaleira. O Lulo, esse, largou o copo de pinga, perdeu um chinelo ao sumir pela janela.

A dona me empurrou na cadeira e, todo peso de gorda, plantou-se no meu colo. O neto, esse anjinho de sete anos, me puxava pela manga: *Não, avozinho... Não faça isso, avozinho...* Chorando, o pobre, de pijaminha, descalço no cimento frio. Ela não me largava o braço, a todo custo queria servir a sopa. Até cálice de vinho doce com broinha de fubá mimoso sugeriu. Sacudi do joelho a bruxa, fiquei de pé: *Agora fala na sopa, sua vaca braba.* Caminhei até a porta, o menino agarrado na manga, afaguei-lhe a cabecinha: *Nada não, meu filho, já passou. O avozinho vai dormir.* Abri a carteira (os retratos amarelos da velha e a peticinha), dei um dinheirinho, que fosse também ao circo.

Pronto me calo, a minha mão ponho na boca. Todas as noites do velho são dores, eis que vem o fim. No tempo das aflições minha alma é uma lesma aos uivos que retorce o chifre e se derrete no sal grosso. Devo catar as migalhas debaixo da mesa? Morder a pelanca do meu braço? Comi a gordura, engoli as delicadezas, cuspi os ossinhos da sambiquira. E fui deixado só com o buraco do meu umbigo. Agora me deito e sem falta... Olha para mim! A isso fui reduzido. Um triste velhinho morredor.

O dia da minha ruína é chegado. Que gosto tem a gota de sangue na gema do ovo? Encolhido na cama, o pé frio, bem me lembro da pobre velha — se não posso ter minha sopa de bucho com dois aperitivos e o pão, só me cabe morrer. Ai, que falta da peticinha, mais rica distração era desabotoar sua blusa rendada, pronto espirrava uma e outra pitanga vermelhinha. O rei da terra, quando a peticinha oferecia, erguendo um canto da saia e exibindo a grossa coxa nua: *Aqui tem bastante, meu velho, para a tua fome?*

Tutuca

— Maldita roda de pôquer. Bebi demais. Não me deixaram sair. Dormi no sofá. Meio-dia, não é? Não se preocupe, minha ve...

No meio da frase a mulher bateu o telefone. Bem que a Tutuca prometera acordá-lo às cinco da manhã. Bêbada também, dormiu a pobrezinha (além de suspirar no gozo, mordia-lhe o braço, riscava a unha no peito).

Às nove da noite entrou ressabiado na cozinha. Maria foi para a saleta de televisão. Meia hora depois João entrou na saleta, ela foi para o quarto. João entrou no quarto, ela deitada de costas no escuro.

Dia seguinte deparou um recado no camiseiro, debaixo da escova de roupa: *João: Deixe dinheiro para as compras — Maria.* Muita graça do bilhete nominado e subscrito, apenas os dois na casa. Ela na pior fase, os filhos casados, ainda sem a distração dos netos. Com o amor pela Tutuca crescia a ternura por sua pobre velha, transbordava o coração de carinho para as duas.

A tarde inteira com a Tutuca, chegava cedo em casa, não conseguia encontrar-se no mesmo aposento com Maria. Se lhe falava, asinha ela se afastava, sem parar para ouvir. Decidiu rabiscar um recado: *Maria: Amanhã o jantar do André. Você precisa ir* — e assinou com um sorriso.

Ela não voltava da visita ao filho, obrigou-se a ir só. Uma e outra noite não a achava: *João: Fui dormir na casa da Alice. Seu prato está no forno — Maria.*

Ainda bem não temperava com pimenta o feijão nem misturava sal no açucareiro. Desolado, instalava-se no sofá; a televisão ligada, sem a olhar, o copo na mão. Bebia até dormir sentado, um fio de baba no queixo. No almoço ele na sala, a mulher na cozinha. Jantava fora com algum colega (telefonava para Maria, única resposta o silêncio). À medida que bebia ficava pensativo, suspirava fundo, sacudindo os punhos crispados:

— Tutuuuca... — seu brado de angústia era o susto dos amigos.

Se, como pretendiam, não o amava por que voltava sempre? Voltava quando não havia outro — antes ele do que a solidão. Muita vez aceitou proposta de terceiro e com ele partia, amigada seis meses com um delegado de polícia. Desiludida, retornava para João, que a esperava com uma rosa no vaso, a torta de moranguinho na geladeira, a pecinha vermelha sobre o travesseiro. No seu ombro chorou a traição do outro. Ele a consolava, empenhado em fazê-la sentar, não alcançava a boca sem que ela se inclinasse. Dançavam sobre o tapete, Tutuca descalça cantava-lhe no ouvido, rouca e fora de tom — nem por isso menos querida. Beijava-a em pontinha de pé e, tanta ânsia, o morango inteiro passou de uma para outra boca.

Na cama fazia loucuras para os seus sessenta anos, arrancando suspiros sinceros ou fingidos nunca soube. Ela apenas gemia, entre mil beijos fogosos João falava sem parar. Como era, aos olhos da fria e lúcida Tutuca — um velhinho, sim, guapo e galhardo, peito forte?

Valorizada pela sua paixão, os amigos a assediavam — e um por um a desfrutaram, logo decepcionados. Moça qualquer, alta demais, que desfazia no famoso coronel dos velhinhos. Se deixasse a mulher pelos braços rapinantes da Tutuca não lhe davam três meses de vida.

— Dona Maria é uma heroína.

Mais gloriosos três meses de vida seriam. Sua danação pela Tutuca permitiu-lhe entender Lucrécia Bórgia, Madame Bovary, Ana Karênina. Ah, se pudesse apagar o sol — presente de aniversário dar-lhe noite sempiterna.

— Seja bobo, meu velho. Ela recebe os gostosões, promove bacanais. Bebem a sua bebida, comem a sua comida, deitam na sua cama. Deixe essa bandida que o está arruinando.

Com o risco de perdê-la refloria a paixão. Oculto na esquina, espiava a janela iluminada. Atrás da cortina os vultos abraçados, retalhos de música, certo riso canalha. Sem coragem de irromper no apartamento, menos o receio do escândalo que o pavor do abandono. Dia seguinte os discos arranhados, livros rasgados, lençóis revolvidos — o violão de corda rebentada.

— Tem mais: é lésbica!

Com a revelação jurou que, antes de voltar para a Tutuca, daria um tiro no ouvido. Insistiam os amigos que dona Maria era santa, ele rato piolhento de esgoto. Santa podia ser, mas imprestável na cama.

— Não sei de nada. Só quero a minha Tutuca — e o grito lancinante de saudade. — Tutuuuca...

Era lésbica? Melhor, mais excitante, das outras não tinha ciúme.

Chegou para jantar, a mesa nua, o fogo apagado: *João: Papai está doente. Não me espere — Maria.* Obrigado a fritar dois ovos, roeu naco de pão. Alguns dias sem beber, cedo para casa. Maria diante da televisão, ele no quarto com um livro. João diante da televisão, ela no quarto ouvindo rádio.

João: papai precisa de você — Maria. Acompanhou o velhinho ao hospital. Queixou-se ao doutor, ele também, tontura e sangue pelo nariz. Tão desgraçado, comia demais, engordou seis quilos.

Censurar a pobre velha não podia. Nem arrepender-se de amar a sua Tutuca.

Como não amá-la se era o sal na gema de ovo? Sem João que seria da coitada? Além de bandida...

Além de bandida, lésbica e, se fosse pouco, sofria de ataque?

Os velhinhos

Mais um dia sem amor... — canta e geme o primeiro velhinho no rumo do banheiro. Ao bater a porta (é do velho não fechar a porta mas batê-la com estrondo) extingue-se a frase seguinte. Ninho fervilhante de escorpião a cama do velho — ao furtivo clarão da janela, arrasta-se no chinelo de pelúcia para o corredor. Às três da manhã, farto de rolar nos carvões acesos do inferno, entra na sala e liga a televisão, sentadinho diante da nuvem chuviscante, sem programa.

Surge no fundo do corredor a camareira gorda. Embora feia e nariguda, atrás de cada porta um velhinho quer agarrá-la, perde mais tempo em se defender que arrumar os quartos.

— Só um beijinho, tentação.

— Não se enxerga, velho sem-vergonha?

Por uma gorjeta ergue a saia devagarinho acima do joelho grosso.

— Mais um pouco... Só um pouquinho!

Estalo de bofetão, passo ligeirinho, porta que bate.

Sentados à mesa esperam pelo café da manhã. Os minúsculos potes de louça, onde é servida a manteiga, nem todos do mesmo tamanho: um velhinho inveja o pote do outro, que é sempre maior. Esganados reviram o olho, estalam a língua, chupam o dente. Ainda catam as migalhas, carregam os restos no guardanapo de papel. Dois compram um bolo em sociedade, para evitar briga um corta, o outro escolhe o primeiro pedaço.

Jamais um oferece nada ao outro, que recorta a laranja sem partir a casca. Os demais se babando, sem desgrudar o olhinho vidrento. A laranja devorada com bagaço para a prisão de ventre, cuspida a semente no medo de apendicite. Sempre descontentes do intestino preguiçoso. Todas as horas são gemidos: minha hérnia, tua próstata, nossa hemorroida. João só urina sentado:

— O que pode ser?

Vontade louca de, sai uma gotinha. A cada quinze minutos José corre para o banheiro.

Brigam para ler primeiro o jornal. Ranhetas e socarrões odeiam o resto da humanidade. Mulherinhas já não são o que eram. O futebol de hoje não é mais aquele. Deliciam-se com anúncio fúnebre, crime passional, estupro de menor. Discutem entre si, unidos contra terceiros — o velho tem sempre razão.

Impávido um, lamurioso outro, enfrentam mais um dia — a chaga podre nas partes secretas. Que fazer do dia inteiro, eterno feriado? O mais pequeno, gravata-borboleta, colete, bengalinha, corre lépido para a melhor poltrona:

— A visita de minha velha.

Esquecido que vinte anos morta. Outro instala-se ao lado do antigo elevador de grades, à espreita de uma hóspede.

— Eu vi tudo — de pescoço torto vangloria-se para os demais. — Sem calcinha!

Afogados no vagalhão do tempo fugitivo, só lhes restam os dias de aflição — dá uivos, ó testículo quebrado, grita, ó maldito vaso de água choca, suspira, ó árvore retorcida de dores. Posto reneguem o banho (já imaginou escorregar no piso e quebrar a bacia?), barbeiam-se diariamente — velho que se preza usa navalha.

Refugiados no pobre quartinho do Grande Hotel Moderno, ali na esquina a trombeta do anjo vingador, os muitos gritos da cidade inimiga. Sentam-se desolados no colchão duro, uma auréola negra de moscas zumbindo sobre a careca. Na mesinha o copo de água com a dentadura, o vidro de laxante, um naco de rapadura, a maçã bichada, três pedrinhas de sal grosso, duas fotos eróticas, umas poucas broinhas de fubá mimoso, emulsão de fígado de bacalhau, o famoso anel mágico, outro copo de ameixa-preta na água e, debaixo da cama, o eterno penico.

Os salvados de uma vida inteira cabem na caixinha colorida de sabonete no fundo da mala.

Única diferença de um para o outro quarto é a morrinha de cada velho, ali a catinga do cachorro molhado, aqui a tristura do papagaio piolhento.

Na saleta um deles tira o sapato, a meia e, sem cerimônia, recorta a unha grossa e recurva. Um desbasta calo arruinado de outro — um favor em troca de outro. Se um empresta o sabonete é não mais que a metade. Permuta o livro pornográfico pela revista de nudismo.

Nunca a visita de parente, jamais uma simples carta, embora sempre escrevendo para os amigos. Com meses de antecedência escolhem os cartões de Natal. José rabisca o seu diário. Os demais, intrigados pelo mistério: em cada página uma data e ora uma cruz ora um círculo (símbolos não de aventura com mulher, mas das corridas ao banheiro).

Lavam na pia o lenço, a meia, a cueca, estendidos para secar no barbante sobre a cama. Louco de solidão, Candinho introduziu escondido um gato. Queria segurá-lo o tempo inteiro no colo, debatia-se, arranhava, miando pelos cantos. Os outros se queixavam de invejosos. Um deles empurrou o animal no poço do elevador, o bichinho uivava desesperado. Ninguém queria descer para resgatá-lo. Ficou dias lá no fosso. O dono aflito atirava migalha de pão e retalho de carne crua. Na ponta de um cordel baixou latinha com água. E armou um laço para o bicho, que subiu meio estrangulado. Baboso descrevia-lhe o programa de televisão:

— Olhe lá, meu filho, o outro gatinho!

Dia seguinte morto diante da porta, o pires de leite envenenado.

De dois ou três velhinhos, que não pagavam a conta, confiscadas as malas pela gerência. A mesma chave servindo em todas as portas, esses que, durante o dia, se confundem com os demais, insinuam-se em um e outro quarto vazio, com a cumplicidade do antigo porteiro.

Odeiam a morte, a criança barulhenta e o pagador de aposentadoria mais do que tudo no mundo — por causa dos descontos na pensão. Perseguem no corredor a nova arrumadeira — bando de moscas brancas em volta do torrão de açúcar preto. Um deles atraiu para o quarto um cachorrinho felpudo; a gritaria da dona, que o acusou servir-se do bichinho como instrumento de prazer.

Nem um cruza por uma porta sem olhar pelo buraco da fechadura. Frestam moça, menina, até velha (espelho abominável que os reflete). Frestam mulher e frestam homem. Um fresta o outro para descobrir-lhe o segredo vergonhoso. De manhã a camareira veda com papel a fechadura dos banheiros, logo picado no chão.

Têm a obsessão do canto escuro. No canto escuro do corredor, aquela vez, a moça mais linda. No canto escuro da igreja, uma loira se chegou, se encostou, se ajoelhou. Frequentam novena, seguem procissão (Verônica a desenrolar o sudário na esquina é de todos o suspiro secreto) não por sentimento, para esfregar-se nas beatas.

Comida a gordura, bebida a doçura, no cantinho escuro lambem as migalhas esses que, um dia, poderosos e terríveis, foram os reis da terra. Sós ou em grupo no corredor, na sala, debaixo do elevador, estralando o nó do dedinho gelado. Cada vez que um vai ao banheiro, crucificado pelos demais.

— Aposto que não puxa a descarga. Não tem pontaria, o porco. Vai molhar a tampa.

Decerto foi beliscar a goiabada no quarto. Outro descasca no bolso uma bala azedinha, denunciado pelo estalido do papel — é a última!

— De pescocinho fino, hein?

André exibe-se de camisa nova.

— Viu a camisa do defuntinho? O enxoval do enterro.

João espirra e agarra com força a hérnia que o estrangula.

Lavam os trapinhos, devoram os restos do café, cerzem as meias no ovo de madeira. Esfregando as escamas do olho, pregam um e outro botão. Costuram o rasgão da cueca. Engraxam o sapato. Aparam o esporão nos calos. Escarafuncham o ouvido peludo com o palito guardado no bolsinho do colete. Cada um com seu elástico a caçar mosca — o recheio espirrado na parede. Esquecidos do caruncho, da ferrugem, da lepra roedora, ruminativos cabeceiam. Um fio de baba no queixinho trêmulo. Os dentes postiços vagando sobre a língua.

José com acesso de asma, quem escondeu a bomba salvadora?

— Como vai o fole? — o outro apalpa o peito chiante.

— Bronquite não é doença.

Basta ter uma crise anginosa, todos sentem falta de ar — o inferno é quartinho negro e gelado com dois grandes olhos fosforescentes no canto? André passa a noite sentado, abanando a brasa viva no peito. Se abre a porta, devorado pelos pernilongos.

— Sabe quem morreu?

Um imagina logo que o defunto é o outro. Nenhum velhinho ocupa o quarto onde o outro morreu. Vez em quando um achado morto pela manhã. Retirado pela escada de serviço, por ele ninguém pergunta, nunca tivesse existido.

Enfim cai a noite, por mais comprido que seja o dia. Nos corredores um furioso vento encanado estremece as farripas e vibrissas dos velhinhos que, diante do espelho, beliscam a bochecha murcha, apertam o colarinho puído, capricham o nó da gravata desfiada. Mais que se enfeitem, não passam de velhinhos sebosos, quando muito lavados a seco.

Aranha de cinco patas azuis, a mão tremente folheia na portaria o livro de registro, quem entrou, quem saiu, o número do quarto ocupado por mulher. A primeira janela que se ilumina no edifício vizinho encontra-os no canto escuro, passando o binóculo um para o outro.

Na sala de televisão, monstros de gentileza, oferecem o lugar para a nova hóspede. Sempre que tem mulher, um deles de braguilha aberta; senta-se, pigarreia, cruza a perna, até que a dona olha escandalizada.

Insinuam bilhete sob a porta da hóspede: *Ó tentação, morro de paixão! Quem me consola no quarto 73?* No canto do papelucho um singelo contorno obsceno. Em pânico, indicam o número do vizinho, aflitos que o convite seja atendido e o outro premiado.

— Sabe o que eu fazia com essa gorducha?

Não sonham possuir a mulher, basta levá-la para o canto escuro. Palavras inocentes — umbigo, sovaco, panturrilha — sugerem deliciosas loucuras.

Às dez da noite bocejam ruidosamente e retiram-se da sala, último olhar suplicante para a mulher, horrível que seja. Na copa improvisam o mingauzinho de aveia, a papinha de pão no café requentado, o chazinho de erva-de-bicho e, no sábado, a gemada com vinho branco. Batem na porta do quarto, apenas de sapato e cueca, alguns de capa, descem e sobem pela escada de serviço. Um espreita o buraco da fechadura.

Entram dois e três no banheiro, cada um com sua toalha no ombro, de lá espiam o quarto fronteiro. Espionam as silhuetas na janela e na porta envidraçada.

Toda noite que a arrumadeira não recolhe a roupa, um deles surrupia do varal uma calcinha ou sutiã. Cada um leva no bolso a sua calcinha preferida. Os mais viciosos chegam a vesti-la debaixo da capa.

Correição de formiguinhas do prazer — onde as lancinantes dores reumáticas? —, ligeirinho circulam de capa, cueca (ou calcinha) e chinelo de pelúcia. Querem ver pela fechadura, pela réstia da janela, pelo basculante do banheiro. Nenhum pretende assaltar a mulher nem atraí-la para o quarto. É suficiente olhar, espiar, frestar. Não sozinho, na doce companhia tenebrosa dos outros, sem fôlego dos degraus e da paixão: mais excitante que a dona a sombra do vestido na janela.

Vigiando um casal de jovens, agita-se pelo corredor o frascário e miúdo povo, tão inquietos socorrem-se das gotas de coramina. Às vezes denunciados por um espirro ou tossinha nervosa. É de vê-los perante o porteiro na manhã seguinte, solenes e dignos, assistindo aos protestos do marido indignado, da velha ofendida, da solteirona ruiva e de óculo.

Apesar do perigo que enfrentam, nada se arrependem do que fazem, aborrecidos tão só do que não fizeram, de mais não terem feito, antes do horripilante fim no quartinho, o ventre inchado de terror, as vergonhas comidas de bichos. Um deles evoca a loirinha de vestido vermelho com quem cruzou na rua — trinta anos atrás. A camareira do hotel Bom Pastor perdida por um almoço de negócio. Todos os compromissos que deveriam ter esquecido pelo encontro com uma simples mulherinha. Recuando até à primeira lembrança da infância — o idílio com a galinha branca de estimação.

— Como é que ela cacarejava? — quer saber André, saudoso do peru bem gordinho.

Por sua culpa a família não teve peru naquele Natal.

Imitam o cacarejo e o grugulejo eróticos, cada velhinho incorpora à sua glória a conquista de todas as órfãs e viúvas:

— Ai, João, como é grande o teu pinto!

E a petiça louca, toda rendida, o vestido acima do umbigo:

— Aqui tem bastante, meu velho, para a tua fome?

Invejosos do rei Davi, uma virgem para aquecê-lo no inverno — ai deles, braseiro não há no seu úmido quartinho. Em grupos de dois e três seguem uma e outra dona gostosa.

Enxame fervente de baratas leprosas na cinza do fogão, nem um deles se afasta, perdido longe do hotel e dos demais. Descansa um pouco no banco da praça, quem sabe arrimado na bengalinha, e já de volta. Repuxa o pé frio, esfrega na mão descarnada o sinal dos últimos dias. Sem falar na verruga, panariz, unha encravada, fístula, pinta cabeluda, pereba, antraz maligno. Ainda soberbo e pimpão, olho lacrimoso mas cúpido, a eterna bolha de escuma na boquinha torta, lá vem o velho soprando forte. Bem vivinho para a ronda dos corredores.

Paixão de palhaço

— Me leve embora daqui, João. A comida é muito ruim.

Foram as últimas palavras da velha. Desolado, ele sacava o enorme lenço vermelho:

— Ai, Mirazinha... De mim o que vai ser?

Mais que saudade, era remorso.

— Como é que se distraía à noite, João?

— De noite reinava com a Mirazinha. Até proibida de beber água da moringa.

— Essa água, não.

Sabe o que é, aos sessenta anos, não ter uma velha para infernar? O maior passeador de carro e nunca a boa senhora foi vista com ele no carrão azul — lugar de mulher é no borralho.

— Meus olhos choram a noite inteira por minhas tristezas.

Assoava as lágrimas no lenço festivo e abraçava-se no barbeiro:

— A vida tão sozinho, André, não suporto. Cadê o mingau para a minha úlcera? Olhe, a calça não tem vinco.

Cara redonda, sanguíneo, olho saltado, feio sapo sem dentes, a língua babosa sobrando da boca — um sapo de sessenta e três anos.

— Não faça isso, meu amigo — o barbeiro era velho freguês do elixir 914.

Viúvo sem vergonha, João não é convidado para nenhuma casa, nem mesmo a do barbeiro. Durante o jogo de cartas, descalça debaixo da mesa o sapato e esfrega o dedão na perna das mulheres — tanto susto elas nem se mexem. Cabecinha baixa, mão trêmula, suspiroso, e os maridos de nada desconfiam.

— O compadre precisa casar.

Caspa na sobrancelha e intrigante, o barbeiro levantou lista de três possíveis noivas. Dona Cotinha, viúva gorda, e duas solteironas, Josefa e Petronilha. Com a última, João se ofendeu:

— É minha morte, André, que você quer?

Visitou a dona Cotinha que, além de gordíssima, tinha voz grossa e bigode negro. Depois a Josefa, verruga pilosa no queixo, lhe ofereceu licor de ovo com broinha de fubá mimoso.

— Eu caso, João. Com uma condição. Mamãe mora com a gente.

— Interna a velha no asilo ou nada feito. Enterrou o chapéu e bateu a porta.

— Ele não é avarento? — comentou a Josefa.

— Avarento é pouco — disse a velhinha. — Precisa inventar outra palavra.

Ao sentir a picada, o barbeiro se iluminou:

— Por que não pensei na Maria?

Prática de farmácia, trinta anos e mão leve para injeção, de óculo, cabelo ruivo crespo, dentinho de ouro.

— O João procura mocinha séria.

Ela, quieta.

— Ficou braba com a proposta?

— Que proposta?

— De noivado com o João.

Para a surpresa do barbeiro:

— A gente um dia tem de casar.

— Pode falar com você?

O viúvo fungava de alegria, os olhos espirravam lágrima gozosa:

— Que tal um beijinho na menina?

E deu.

— Que tal um carinho?

Ela não queria outra coisa.

— E eu, hein? Saudoso de galar a menina.

Já viu? Só depois de casado.

Maria consultou advogado: casamento com separação de bens. Daí pediu uma casa em nome dela, carro novo, tantos cruzeiros por mês. Dinheiroso mas velhaco, João regateou. A casa reduzida a um cheque, mais o carro azul, entregaria na véspera das núpcias.

Ao menos uma concessão a moça consegue. Há anos ele cultiva longuíssima a unha do mindinho esquerdo — ó Deus, suprema distinção? Promessa às almas do purgatório? Titilar a grande orelha peluda?

— Te dou um beijo. Te dou tantos beijos. Essa unha, João... Que horror! Tem de cortar.

Aos olhos indignados da cidade passeiam no famoso carro em que nunca subiu a finadinha. Sem respeito pelas famílias, cobre a menina de beijos, o monstro que negou um copo de água na hora da morte.

Maria não pode atender o telefone:

— Cuide-se, sua sirigaita. Casa com um tarado!

João se delicia com as cartas anônimas, o culpado pela morte da vítima, da heroína, da mártir. Palavrões medonhos rabiscados a carvão no muro. Espetado na porta acha um morcego de cigarro na boca.

— Casar com Maria e morrer — ele se vangloria fogoso para o barbeiro. — Um guri depravado de sessenta anos.

Pinta de rosa e amarelo o bangalô, põe dentadura dupla, apara os tufos grisalhos na venta arreganhada — o feio que no espelho se olha, bonito não se parece?

— Seja mais discreto, João. Casar, sim. Mas não se exibir.

— Cinquenta anos tem o compadre? Que bela idade! Tanta bandalheira por fazer...

Na despedida de viúvo, sambiquira regada a vinho e bailarico na casa de mulheres, ele baba no charuto:

— Toda cidade tem seu palhaço. Agora sou eu. Amanhã tua vez, André.

Casa e na manhã seguinte a moça fica na cozinha, ele passeia de carro. A Josefa surpreende-a na janela:

— Muito tristinha. Boa coisa não é.

João desce no barbeiro, corado e lépido, o vinco da calça perfeito. No mesmo dia deixa a unha do mindinho crescer.

O coração

Fiquei um tempinho assim
junto com ela
no velho mocó
aí pelo conhecimento
que tenho do boteco
nós começamos a beber

aí ela disse bem assim
começou assim
uma conversa boba

eu só falei
sua besta
que que cê fica só olhando
pra esse cara
pelo jeito até parece
ô diaba
que tá afim dele

daí não me ligava
rindo e se engraçando
já viu que não gostei
aí ela disse bem assim
não sei quê
não sei o quê

com essa conversa aí
de birita e droga
o que eu podia fazer
num ia bater nela né?

cheirava pó
queimava pedra
chapadona da peste
isso desde criança
podia falar com ela
nem tava aí

espancar num ia não
este meu corpinho
não é de guerra
ele foi feito pro amor

daí que fiquei doidão
fora do limite
ela olhando e piscando pro tipo
ali na minha cara
a pior desfeita

duma cachorra
pra homem qualquer

se ela seguisse o que eu falei
nem eu tava aqui
nem ela tava lá
num é isso?

de começo eu não pensei
a gente juntinho no mocó
bem que eu pedisse
ela num queria dar

daí o que mais
macho tem brio num é?
eu matei mesmo

enfiei facinho a faca no peito
o peito engoliu a faca
até engasgar no fundo
aí abri pelo meio
tirei fora o coração
arranquei com tudo
aí eu juntei ele
ainda batendo
guardei na bolsa preta

fui pra favela Zumbi
lá tem o cara

que morou com ela
um tempo atrás

aí eu mandei fritar
no óleo do bom
bem torradinho

daí sentamos
traçando uma pinga
comemos com gosto

o pedaço maior
eu quis pra mim

Mulher em chamas

Um dia tão bonito, o sol radioso, melhor gozá-lo na praia. A sogra sugeriu que a filha dirigisse, muito distraído era ele, avançava sinal, invadia a contramão.

— Não admito — protestou João. — Na minha casa quem manda sou eu.

As crianças rebolaram na areia, os dois boiavam na tranquila água verde — essa pança é uma vergonha, João! — e, casados havia sete anos, mergulhavam de olho aberto para se beijarem debaixo da água. Uma delícia o empadão de palmito e a galinha com farofa, aos grandes goles de cerveja bem gelada. À sombra do carro amarelo cochilavam — um marulhinho em surdina na barriga, a comichão da água salgada na pele branca —, ofuscados pelo imenso bicho ofegante, a língua de espuma fervendo na areia.

— Olhe um avião — o grito de susto da moça, o braço estendido. — Um avião caiu no mar!

O grande avião dourado precipitava-se em chamas na piscina azul.

— Desculpe, meu bem.

Sonho ou miragem? Nada de avião, uma simples gaivota. Do mormaço ou dos copos de cerveja, João queixou-se da cabeça, com pressa de voltar. O sol faiscava no espelho sem ondas, ardia no brasido da areia, reverberava na nuvem branca sobre o asfalto.

Uma gota de suor escorria na longa perna nua:

— Se a gente esperasse a fresca... — ela ronronou, cheia de preguiça.

— A estrada será um inferno de mil carros.

Os bancos de couro abrasados, desceram todas as vidraças e, com último olhar para a água fresquinha, partiram. Sonolenta, ela cochilava com o guri no colo, as duas meninas enrodilhadas no banco traseiro. Na serra João a acordaria para vigiar as curvas. Logo ela dormia com o piá febril nos braços — sol demais na cabeça. Três da tarde, o carro avançava no incêndio negro do asfalto.

A longa reta deserta, João baixava as pálpebras, asas de fogo tatalando no céu e, quando percebeu, o calhambeque saía da estrada. Pisou com tanta violência no freio que as portas se abriram e as meninas foram cuspidas. Só não esmagou o peito porque, agarrado ferozmente à direção, e sendo o carro antigo, a barra enterrou-se entre os pedais. E a moça, sem largar o filho, caiu de costas numa pedra. As crianças gritando e correndo ensanguentadas, Maria quis erguer-se para acudi-las. Apalpou as pernas — inteiras, perfeitas —, não sentia as pernas. Sentada ali no chão, não se sentia sentada. Rodearam-na vozes confusas, nos braços de alguém conduzida ao hospital.

— Trauma — explicou o médico de óculo e máscara.

Em choque, ouvia os comentários:

— A coluna esmagada... Operação, não resiste. Inválida. O resto dos dias...

A porta sacudida de uivos medonhos — era o marido.

— Estou morrendo... — ela queria se agarrar sem poder. — Em chamas... vou explodir...

O avião dourado caindo em chamas era ela que aspirou o éter e perdeu a consciência.

Não morreu, suportou a operação e mais outra, a terceira e mais uma quarta, além da hemorragia interna, da broncopneumonia, da flebite.

Primeiros dias rodeada pela família, parentes vinham de longe visitá-la e, como afinal não morria e passavam-se os meses, aos poucos esquecida no seu cantinho, ao lado da janela: uma entrevada a mais.

De repente o prurido no pé — e por que no esquerdo? Insensível da cintura para baixo — pobre cambito da bruxa de pano foi a coxa poderosa da campeã de tênis —, por que a insofrida coceira? Lá no jardim os gritos dos filhos brincando ao sol. O marido, esse, por onde andará? Quanto tempo a culpa o defenderia de se consolar com outra?

Dobrou-se para coçar o maldito pé e o novelo de lã rolou no tapete — já não poderia apanhá-lo. Chamar a criada era antecipar uma injeção e dois comprimidos. Melhor escondesse as lágrimas, cadela de perna estropiada — escorregando da cadeira, arrastar-se no tapete, rastejar pela rampa e, no meio da rua, debaixo das rodas do primeiro caminhão?

Inclinou-se no braço da odiosa cadeira: com a ferida do cotovelo sentia-se *sentada* (ao ser estendida na cama, pesando sobre o ombro dolorido, sabia-se *deitada*). Embora sofresse as mesmas dores, à noite entorpecida pelas drogas, ninguém a visitava. Dando tempo à progressão da paralisia, tudo faziam para esquecê-la.

Ela está bem — recomendou o doutor à família. — O certo é não mimá-la.

Manobrou a cadeira diante do grande espelho oval: o rosto ainda lindo, o busto soberbo, mulher já não era, objeto de piedade, nojo ou ridículo.

A moça trêmula no espelho devolveu-lhe o sorriso. Nem sonho nem miragem: a praia no domingo de verão, ali na pele o arrepio da água salgada. De volta na tarde tranquila, a estrada deserta, o céu brilhante de calor. Feliz, é um avião dourado pairando sobre as aflições do mundo. Bem acordada — cotovelo esfolado, ombro em chaga viva —, jura a si mesma que não adormecerá. Aperta o filho nos braços enquanto o carro avança mais depressa pela estrada faiscante de sol.

Roupinha de marinheiro

O pai da gente não carrega flores na rua.

— Você vem comigo.

A mãe enfeitou o menino na roupinha de marinheiro. O ramo de cravos envolto em papel de seda branco.

— Segure as flores para cima.

Marchavam em silêncio, pai não conversa com filho. Soberbo de cachinho loiro na missão de portador de cravos ao lado do senhor solene, chapéu e bengala, gravata-borboleta.

Vizinhos na calçada, coroas no corredor e, ali na sala, o primeiro defunto. Nunca mais esqueceu o cheiro: flor murcha, vela derretida, cigarro apagado. No canto o espelho oval coberto de pano preto. Nos grandes castiçais quatro velas acesas.

O sol em cheio no caixão roxo de enfeite prateado — o sapato de verniz, sola preta imaculada para andar no céu.

— Deposite as flores.

O menino arrumou as flores ao pé do caixão. Deu a volta, cuidado não esbarrar na tampa — e se esmaga o nariz do morto? Ergueu-se na ponta do pé: era o mesmo João, cara azulada, boquinha torta para a esquerda — de tomar um café com leite na réstia de sol.

— Sai da réstia, menino — a avó ralhava. — Olha o João.

Como é que beijava a linda noivinha com a boca torta? Barbeado, cabelo retinto, a brilhantina fulgurando de sol. Que é estar morto, João? Se o menino gritasse, ele não acordaria? Brincalhão como era, não se fazia de defunto?

O lenço lilás amarrado no queixo, orelha tapada com algodão. O rosário sobre as mãos e, com arrepio, o menino reparou na unha suja do polegar — tão caprichosa toalete, esquecida a unha do finado.

Mulheres de preto cochichando, abanando-se com leque, suspirando. Cada um que entra, olha o morto, sacode a cabeça:

— Parece que está dormindo.

Persigna-se e, braço cruzado, encosta-se na parede.

— Descansou o triste.

Ao lado do caixão a tia espanta as moscas e enxuga uma lágrima fingida. Da cozinha, amparada, arrasta-se no chinelo de feltro a pobre velha. No canto da boca um resto de broinha de fubá. Debruça-se no caixão:

— Fale comigo, João.

Nunca mais o cálice de vinho rosado e a broinha de fubá mimoso.

— Que está sentindo, meu filho?

Distraída com o quadro de dor, a tia não viu a mosca azul enfiar-se ligeirinha pela narina do defunto: pra onde se foi? Será que ela sai? E se João espirrasse? Nem se mexeu, todo de preto, camisa branca de seda, abotoadura dourada.

— A noiva não veio.

Foi você que ouviu o riso alegre da moça?

— O riso argentino da Lili.

— Nem sentiu, a ingrata.

O menino queria ter pena, mas não conseguia.

— Ele deixou uma carta.

Preparou-se com a roupa do enterro. Dobrou o óculo, guardou no bolsinho. No meio da noite o tiro no ouvido direito.

— Ninguém sabe o que diz.

— Sinto pela dona Mirazinha. Só ele no mundo. Já não podia engolir. Ela molhava o algodão na água de marmelada e pingava na língua.

Três compridos dias de agonia. A botija de água quente nos pés:

— Mãezinha, não sinto minha perna.

O frio subindo pelo joelho:

— Ai, mãezinha, não me deixe morrer.

A velhinha chorava, mão crispada na cortina branca da janela.

— Tanto que sofreu...

O caixão forrado de jasmim-do-cabo.

— ...foi para o céu.

— Não durma com flor no quarto, menino — era sempre a avó. — Jasmim-do-cabo mata numa noite.

A velha não deixou limparem a mesinha:

— Olhe o xarope que ele tomou.

— Olhe a colher.

O coraçãozinho aflito do menino.

— Não coma tanto queijo, Zezinho. Lembre-se do doutor Paixão. Comeu o queijo inteiro. Andou uma hora no corredor, deu um grito, caiu de costas. Deixou a mulher entrevada, um bando de filhos.

Quando vovó morreu, a tia Zezé consolou o menino, aninhado no seu roliço braço nu, o peitinho estalando a blusa de cambraia — ai, que bom se o vovô morresse todo dia.

— Cada manhã abria a janela. Se a glicínia em flor.

Com a glicínia em flor o filho de volta da faculdade. Campeão de bilboquê da nossa cidade. É nunca mais jogar bilboquê? Nunca mais ouvir a corruíra debaixo da janela? Nunca mais na língua o doce azedinho da bala?

— A cesta de costura cheia de retratinho do João.

— Depois do almoço tocava o violino na sala.

— Ele se matou para não casar.

Entrou a negra com a lata de brasas e punhado de erva — o incenso do mate queimado. Morto tem catinga de copo-de-leite?

— Levou o segredo para o túmulo.

Com o tiro ele caiu sobre a mesa. Derrubou a caneca de louça com a inscrição *Amor*. Escorria leite encarnado no soalho.

Na nuca arrepiada a unha medonha de luto:

— Meu menino lindo.

Boquinha bem torta, voz rouca:

— Veja como é quentinho.

Afastando o jasmim, sentava-se no caixão e piscava o olho vermelho:

— Não conte para ninguém.

Só brincava com os cachinhos, mão fria e úmida no joelho, bolso inchado de bala azedinha. Se não contasse ganharia o canivete novo de madrepérola. Três lâminas, até saca-rolha!

Epa! De quem esse fantasma que se insinua ali no velório? Com os dedos tateantes na busca do teu bimbim.

Agitavam-se as mulheres para beijar a testa do mortinho. Empurrado, o menino não viu fecharem o caixão — lá dentro a mosca azul?

Disfarçando cheirou a manga de riscas brancas: morrinha melosa de cravo murcho e água podre. O enterro saía e o pai beliscou-lhe a nuca:

— Para casa, menino.

Dobrou a esquina, enfiou pelo beco. Ao pular o muro sujou a manga e esfolou o joelho. No pomar o Chico e André.

— Caqui verde amarra a língua.

O fantasma sabe a quem aparece — nunca se livraria da avó? Um queria comer mais figo verde que o outro.

— Figo dá boqueira.

Já era tempo de gavirova. Apostaram quem cuspia mais longe a semente. Zezinho ganhou.

O quarto de espelhos

Saiu ao pai: jogo, bebida e mulher.

— Perdido como o pai. Só que bonito.

Trabalhador a semana inteira, bêbado no sábado, o velho era um palhaço de botequim.

No maldito vício, o moço desviou dinheiro do caixa. Até horas mortas na mesa de baralho. Descoberto, perdeu o emprego, ameaçado de cadeia. O velho hipotecou a casa por quinze anos de juros.

— Agora posso contar — no boteco o pai se vangloriou. — Tudo eu paguei. De novo as mãos limpas.

Cabeça baixa, o rapaz fechou-se no quartinho do sótão. A mãe deixava diante da porta a bandeja: copo de leite, um sonho de creme, outro de marmelada.

— Lembra-se do sangue? — a velha para a vizinha. — Na mão do Joãozinho? Não foi acidente. Quando ela subiu a escada, João se esvaía em sangue — os pulsos cortados. Testinha caída na mesa com migalhas de sonho, do copo virado ainda escorria leite.

Com o desespero da mãe e o sacrifício do pai, ele jurou de joelho diante da Nossa Senhora: jogo e bebida nunca mais. Empregou-se na loja do padrinho, em seis meses era o gerente. Recuperado, noivou com a filha de dona Eufêmia, professorinha, gorduchinha.

De repente desaparecido por uma semana.

— Amante da loirinha do Quatro Bicos.

— A famosa Zezé do Bordel das normalistas.

— Não merece a Maria. Primeiro o jogo.

Depois a bebida. Agora a loirinha.

— Sabia o segredo do cofre. O padrinho deu queixa à polícia.

— Onde é que esse desgracido com a cabeça? Tão moço e tão perdido.

— Uma semana inteira no Quatro Bicos. Na maior orgia. Só para os dois o quarto de espelhos dourados.

— Até o dinheiro acabar.

Uma semana depois, acabado o dinheiro, desceu do táxi no bar da esquina:

— Hoje quem paga sou eu.

Mandou abrir uma garrafa de conhaque.

— Já é tarde, moço.

Contou as últimas moedas:

— O fim da festa.

Deixou de lado um copo cheio. Alegrinho conversou com os borrachos. Duas da manhã, vazia a garrafa, saiu de copo na mão:

— Depois eu devolvo.

No quartinho do sótão, a irmã acordou com vozes — assustada, seriam os espíritos? Saltou da cama, espiou pela janela: um vulto deitado na calçada. Meu Deus, quem seria? Afastou a cortina e, à luz do poste, reconheceu o moço.

— Credo, o João voltou.

Que fazia estendido na rua? De chinelo e camisola, no meio da escada ela ouviu o tiro.

O vizinho, que sofria de insônia, em pijama pulou a janela. Deu com o rapaz de olho branco se afogando no sangue. Ao chamá-lo, rolou o copo vazio... Cinco envelopes espalhados pelo chão.

Voltou-se para a mocinha aos gritos:

— Não se chegue.

Bateu na primeira porta:

— Acuda. O João está atirado.

Entregou os papéis para a irmã:

— Isso é da família.

Surgiu um carro, João conduzido ao hospital, o vizinho de pijama ensanguentado.

Cabeça trêmula, a mãe se abraçou no velho. No sótão a moça abriu o primeiro bilhete:

Mãe querida: Chegou a minha hora. Me perdoe as vezes que fui ruim. Sei que chorava por minha causa. Agora deixo todos em paz.

Outro dizia:

Ao Pai: Não me queira mal. Eu gosto muito do senhor. Só deixe de ser o palhaço do botequim.

O terceiro para ela:

Mana do coração: Fiquei bem doidinho. Adeus. Entregue a carta da Zezé no endereço.

Para a noiva o seguinte:

Maria: Me perdoe, se puder. Não merecia o teu amor.

O último (três folhas escritas dos dois lados) a irmã leu chorando e queimou sem mostrar a ninguém.

Ao ser deitado na maca, João firmou-se no cotovelo e cuspiu na bacia: placas de sangue e cacos de dente. Do corredor chegou uma voz:

— Tomara que morra, esse desgraçado.

Ele pediu ao vizinho um cigarro.

— Nada de cigarro — disse o doutor.

— Não sei por quê...

Cuspiu mais sangue e mais caco branquinho de dente.

— ...não morri.

— Não pensou no pobre velho?

— Foi a vergonha, doutor.

— Por tão pouco fazer essa bobagem.

Uma careta para se livrar do pigarro:

— Sem o conhaque eu não...

O médico pensava a orelha direita.

— Uma tentação, doutor. Depois que encostei o cano... Até ali era brincadeira.

— Agora não fale.

No corredor o médico fechou a porta:

— Esses moços não sabem se matar. Um tiro no ouvido é o mais difícil. Tem que voltar o cano para cima.

Mal rebentou o tímpano e três dentes, saiu a bala pela bochecha esquerda.

— Senão você não morre.

Indicou para o vizinho a posição correta:

— Não morre. Fica meio surdo. E de boca torta.

Essa maldita senhora

Minha culpa, reconheço. Na ambição de ficar rico, esqueci da baixinha. *Que é isso, João?* Ela me perguntou. *Tudo você quer. Nunca se contenta?* Que posso fazer, me diga. É a maldita ganância. Bem me convidou: *João, uma nova lua de mel?* Você aceitou? Nem eu, bobo de mim. Pote de merda viva o coração do homem.

Grande implicante, não posso ver uma cadeira fora do lugar. E a baixinha, relaxada como é, não aprende. Não dá segunda volta na chave. Esquece a luz acesa. Cigarro queimando no cinzeiro.

Longe de casa, você não me deixa mentir, alegrinho e cordial. Dentro, um escorpião de fogo. Que monstro sou eu? Escravo do rei de espadas?

Dá licença? Falta de ar, o velho enfisema (tira o paletó, abre o colarinho, respira fundo). Sei que os dias contados. Ao menos as filhas crescidas (recurva o dedinho trêmulo até estalar). Três anjinhos inocentes. A menor dormia em nosso quarto. Não lhe disse: Mudá-la daqui? Pode acordar de repente. Pensa que ela queria?

Demais a frieza da baixinha. Eu a procurava. Graças a Deus, sempre atiçadinho. Só alegava que não podia. Bobo não sou. No banheiro pelas rendinhas e babados que era mentira.

Tem cigarrinho? Proibido, não posso deixar. Prometo que não trago (o beicinho bem roxo). Homem vivido, conheci todos os prazeres. Na cama outra não existe. Sei que ela fala na dona Marta, a babá das meninas. Uma santa senhora, sem pintura, até descalça. Uma filha de três anos. Sabe o que inventou a baixinha? Que o pai sou eu. Fui dado à conquista, não nego. Só que o lar é sagrado. Dona Marta despedida, chorando com a trouxinha.

Cada vez mais fria e indiferente. Mil desculpas: dona Marta, doença de mulher, a perna engessada do acidente. Se queixou que primeiro cuidei do carro. Dela depois. E o seguro, me diga. Quem discute com o seguro?

Tudo intriga de dona Zezé. Essa é minha maior inimiga. O marido, coitado, grande manso. Me desgraçou, essa maldita, ares de rainha da primavera.

No começo brigava com a baixinha, ela baixava a cabeça, chorava bem quieta no quarto — de noite a reconciliação na cama. Ah, com a dona Zezé, ela mudou. No seu peito um ninho de cobras. Já de cabelo branco, quarenta anos é a idade da tentação?

Uma noite a visita de dona Zezé. Eu com o marido na sala, as duas fechadas lá no quarto. De madrugada uma bulha na janela procurei o revólver na gaveta. Quem pegou o revólver?

Se não foi dona Zezé, quem foi? Até hoje não achei, era de estimação, cabo de madrepérola.

Só reclamei o resto de água no copo. Sabe o que respondeu? *Nojo de você, João.* De mim, nojo, o pai de suas filhas? Meu médico a preveniu: *Bem doente, o João. Enfisema. Úlcera no duodeno, se não chaga maligna. Precisa de ter pena.* Ela mais que depressa: *Quinze anos sou casada. E quinze anos infeliz. Que dona Marta faça o mingau.*

Sempre a dona Marta. O médico ainda insistiu: *Canja de galinha e sossego.* E ela: *O doutor dormiu com ele? Eu sim. Se dormisse, toda a pena de mim.*

Não sou o rei da casa? Essa senhora eu proibi de pisar na minha porta. Quer me roubar a mãe dos três anjinhos. Ela ou eu. E o que disse a baixinha? *De você não quero nada. Só você bem longe.*

Mais um cigarrinho, será? Uma coisa que confessar. Ela tomava café com leite na cozinha. Assim que entrei, já de pé, a xícara pela metade. Fique, benzinho. Por quê...? despejou o café na pia e bateu a porta. Não chorei porque sou homem. Mas não tenho sentimento?

Bobagem minha dizer: Só quero te avisar. Estou na força do homem. Se não tenho em casa procuro na rua. Qual foi a resposta? Três vezes a bendita dona Marta.

No acidente de carro o que, cego, eu não vi? Dona Zezé chegou com a baixinha nos braços. Não era a perna quebrada. O caso com aquela senhora... Imagine o que descobri. Ainda dando graças a Deus. Não ser com homem. Minha honra não foi atingida.

Naquele dia com a baixinha nos braços. Para fugirem do guarda de trânsito. As duas bêbadas. Eu cuidava do carro, ela da baixinha. Quem briga com o seguro, você?

Os seios da baixinha sempre durinhos. Gosta de carinho, com delicadeza. E agora, me diga, os seios como estão? Murchos e cansados, de maus-tratos. Ela tem manchas no corpo. Será que mancha não prova?

Por favor, um só. Desta vez não trago (resfolegante, testinha brilhosa de suor frio). Prova concreta? Maior prova que foi seduzida? Essa senhora também gosta de menino. Um dos vizinhos, senhor de confiança. Quem me contou. O que fui descobrir. Ai, triste de mim.

Na última viagem a dona Zezé dormiu lá em casa. As duas bebiam. A baixinha toca violão e canta com sentimento. Todos os vizinhos são testemunhas. A festinha até as quatro da manhã. Ele espiou por cima do muro: *Puxa! A mulher do João, hein?*

Que faziam? Duas senhoras casadas, já imaginou? Com filhos. Pensei de matar. Que fim levou meu revólver? As duas rolavam na grama. Se abraçavam. E se beijavam. Um homem com outra mulher. Na boca.

Desculpe. Já mais calmo. Sem ela, como não tragar? Um cigarrinho, o último. Livrar a baixinha dessa senhora. Também gosta de garoto. Para uma amiga se vangloriou: *Bem doidinha por menino loiro...* Que a baixinha era uma flor murcha. Nos seus braços o galho seco refloriu.

A todo custo eu quero a baixinha. Sempre fui bom de cama. Aqui entre nós, dona Marta é a prova. Não tive culpa.

Me segurou a mão. E ficou apertando. Só uma vez. Minto: duas ou três. Margarida descalça do banhado, não é meu tipo. A baixinha que é. Não quero outra. Quando penso no seio durinho.

Uma senhora de família, mais de quarenta anos. Seduzida depois de velha. Exigiu quarto separado. Ao menos fique perto de mim. Noite de Natal, cheguei a me ajoelhar. Pedi perdão de joelho. Pense nas filhas, querida. Sabe o quê? Me deu as costas. *Agora sou mulher livre.*

Ah, pudesse arrastá-la para o quarto. Só meia hora com ela — outra vez minha. Aí, perdão da palavra, estava perdida. E bem perdida. De coração e alma, eu lhe garanto.

Não pode me dar o desprezo. Tudo o que houve entre nós. As duas no quarto. Bati na porta, enfiei a cabeça: Dá licença? Uma olhou para a outra. De vestido vermelho, peruca loira, franjinha no olho azul: *Entrar o senhor não pode. Espere lá fora.*

Ah, ingrata, mais que marido eu fui pai. A baixinha, dela me lembro no uniforme de normalista, gravatinha rosa. Da noite no baile. Ela dançava com os rapazes, eu sentado à mesa, um velho. De repente, o conhaque na língua, olhei para ela: João, sabe que essa baixinha é bonita? Essa baixinha vai ser minha. Quer me dar o prazer? Ao rodopio da valsa nasceu o nosso amor.

Sozinha no quarto, eu no sofá da sala. Para ficar só com essa senhora. Da paixão pela senhora o ódio por mim. *Só tenho ódio*, ela me disse. Odeie, se quiser. Só não me abandone. Hoje elas se amam, não faz mal. Há de se arrepender. Eu sei esperar.

Esquecidas até de trancar a porta. Dona Marta despedida porque as surpreendeu. As duas lá no quarto. Abriu a porta, o que viu na cama de casal? Às três da tarde, já imaginou? Nem se incomodaram de chavear. As crianças no colégio. O que ela viu? As duas na cama, nuazinhas, uma nos braços da outra. E a baixinha com a mancha no seio roxo.

Agora o vinho doce e a broinha de fubá mimoso. Depois o fastio e a náusea. Bem a sortista me avisou que não pegasse a dama. Puxei devagarinho a carta sebosa — o barbudo de espadas. E caí no choro. Até o desgracido contra mim. Minha mão, como treme. Desculpe a cinza no tapete.

Depressa envelheço. Muito grande a diferença entre nós. No mesmo ano duas vezes mais velho que ela. Só quer viola, amor e bebida. Através da porta, dona Marta ouviu gemidos e suspiros. Um grito abafado: *Tire, ponha. Só não me mate.* Essa maldita é selvagem, quer deixar a marca. Não só a baixinha. Diabólica e insaciável, de mais duas eu sei: a Lili e a mulher do Pestana.

A baixinha de óculo escuro. Não tira nem dentro de casa. Para esconder as olheiras. O mais triste é que parece feliz, até mais bonita. Bebem champanha uma no sapato dourado da outra. Viciada em bolinha. Escrava dessa maldita senhora. As duas brincando na espuma da banheira. Se apanha, não sei, de chicotinho. Grandes orgias e bacanais, poxa. Essa maldita, poxa, me roubou a mulher. Como posso não fumar? Me ajude, poxa, a salvar a baixinha.

O vizinho e dona Marta são testemunhas. Só penso no seio durinho, agora murcho, de tanto abuso. Mordida não é prova?

Meu pai, meu pai

Ao mudarem-se para a cidade, o deslumbramento do anúncio luminoso no posto de gasolina. Em vez de broa caseira e a rosquinha de fubá, o pão branco de água e o sonho de creme polvilhado no açúcar. Na casa de madeira, cada vez que chovia, a mãe e o menino correndo com latas para não manchar o linóleo novo. O pior era o barro vermelho da rua.

O menino adorava o pai. Bigodinho, cabelo repartido no meio, negro de brilhantina. Suspensório de vidro, o fino da moda. Longo dedo branquíssimo, cuidado na manicura. Nunca erguia a voz, delicado e manso. Trazia bala, revista, coçava-lhe a nuca, o seu bichinho de estimação.

No almoço a eterna disputa. Chegava afogueado, olho distraído. Laurinho baixava a cabeça esperando o protesto da mãe. Por que o pai tinha de beber?

Atrasado para o jantar. Sentava-se à cabeceira, ciscava o garfo no prato. Qualquer assunto — as crateras da lua, o primeiro canto da corruíra, os monstros cegos do fundo do mar — acabava em feroz discussão. Na tarde amena de primavera uma chuva repentina de pedra.

— Já sei. Regalou-se com pastel e empadinha.

E a escrava que...

Trazia sanduíche de pernil que repartia em três pedaços, o maior para o menino. Sua porção a mulher deixava no canto do prato.

Bêbado, incapaz de recolher o carro na garagem. A mãe descabelada e aos gritos, com medo que o roubassem.

Condenados a crucificar um ao outro na mesma cruz. Quanto mais ela brigava, mais ele bebia — uma aposta entre os dois, quem cansava primeiro?

Nunca o menino esqueceu da medonha noite chuvosa. O velho chegou às dez horas. Cambaleante, abateu-se no sofá vermelho da sala. Primeira censura da mulher, quis enfiar o sapato barrento e sair outra vez. Mão trêmula, sem poder com o nó do cadarço. Resmungando, babão e lamentável. De repente irromperam os dois tios:

— Você vai com a gente.

Urros do pai indignado, que se debatia sem força:

— Filhos da mãe. Lazarentos.

A dona chorando de pé na porta. Foi arrastado debaixo de chuva até o carro. A pobre enxugou as lágrimas do menino:

— Não é nada, meu filho. Com esse tratamento ele fica bom.

Quantos dias não viu o pai? Sem perguntar para a mãe, de joelho diante da Nossa Senhora, confabulando com os tios debaixo do São Jorge e o dragão.

Um domingo com a mãe visitá-lo no hospício. O pai de pijama, pingos de café na lapela — em casa tão faceiro. Sentado na cama, lia de óculo — nunca o vira de óculo!

Pela janela gradeada o menino espiou no pátio os hóspedes, todos de pijama e chinelo, algum gesticulante e falando sozinho. A voz baixa e suave do pai:

— Nunca mais te perdoo.

A mãe chorando pela rua desde o asilo até a casa.

Um dia o pai voltou e ficou dez anos sem beber. Começou a viajar a negócio. A mãe discutia menos; pudera, ele mal parava em casa. Mudaram-se da rua de barro para um bangalô azul. O pai comprou geladeira, máquina de costura, carro novo. Combinava o suspensório com a gravata cada dia diferente.

Surpreendido aplicando-se injeção debaixo da pele: agora diabético, era de família. Nem assim renunciou às delícias do pastel de camarão e palmito, cortado quadradinho, igual ao do bar.

O rapaz folheando o velho dicionário, ali na bonita letra: *Faz hoje dez anos que larguei o vício.* Ao pé da página: *Duas pessoas que nada mais têm a se dizer e toda noite se dão as costas no mesmo leito.*

Celebrando o aniversário do filho, tão alegre, bebeu uma dose de uísque. A mãe, de voz tremida e mão no coração:

— Ai, Jesus Maria José. O pai já reinando.

Daí ele bebeu todas as doses.

Três goles bastavam, já desconfigurado — aquele sorriso que a família odiava. Carão purpurino, olho meio fechado.

Nenhum dente em cima, dois ou três embaixo. Bigode mais longo para disfarçar. Maior o pavor do dentista que do choque elétrico no asilo. Nunca o rapaz lhe viu a boca por dentro. Curioso, até comia bem — moela, coração e sambiquira.

Sobre a geladeira coleção de vidro colorido, vitamina e extrato hepático. Embora comesse menos, barrigudo, sem ser gordo. Perna fina, muito branca, de nervuras azuis.

Desconfiado que a mulher misturava droga na comida, não resistia ao divino torresmo de lombinho, na sua língua derretendo-se em surdina, quebradiço nos dentes rapaces do filho. Efeito do remédio ou força de vontade (no silêncio da sesta o sentido suspiro lá do fundo), algum tempo sem beber.

Dores da idade, o rapaz desafiava o pai, atirava os talheres no prato, saía batendo a porta. O velho ficava lívido, sem voz. Riscava o garfo no prato e, arrastando o chinelo de feltro, fechava-se no quarto.

O moço tinha vergonha do pai diante das visitas. Afável, queria conversar, dispensava pequenas atenções. A voz babosa, olho vidrado. O sorriso de êxtase quase um insulto.

A família em sobressalto, chegaria bêbado ou sóbrio? Sempre de pilequinho, não mais que duas cervejas, cada vez menos resistente. A mãe na porta, ora dragão flamejante, ora São Jorge trespassando o dragão.

Descia do táxi com os braços cheios de pacotes.

— Lá vem o velho bêbado.

Mais que saquinho de pinhão, quarto de carneiro, pacote de fubá mimoso para desarmar a sua fúria. O filho, possesso:

— Que inferno.

O velho trôpego, uma perna mais curta? Direto para o banheiro e, posto escovasse as gengivas, persistia o bafo — vermute com quê?

Dia do noivado, suplicou o moço:

— Pai, não beba. Por favor. Só hoje.

Ofendido e digno:

— Exijo mais respeito.

Fim de noite um chorou nos braços do outro, pai e filho bêbados. Se Pedro, que era Pedro, três vezes negou a Jesus, por que não podia ele renegar o pai?

Noite seguinte, enquanto a mãe se benzia, o moço aos murros na mesa:

— Não aguento mais... Quando vai acabar? Me sumir desta maldita casa.

O velho confuso e sincero:

— Que é que há, meu filho?

Pior que as palavras o silêncio acusador, os suspiros abafados, o olhar de censura do próprio Cristo na Santa Ceia à cabeceira.

Após o almoço, a sesta na cama em pijama de listas. Suando muito, dois banhos de manhã e à tarde.

— Esse aí com alguma vagabunda...

E a mãe, gemendo das cadeiras, escoava o paletó usado, que pendura no varal.

Cruel com o velho por amor ao filho? Como podia o filho não ficar ao seu lado? Se não era ela, quem enchia a água do filtro? Sempre lavando e chorando, varrendo e rezando, quem sabia fritar o ovo dos dois lados? Passional, o grito nascia do soluço. Agarrava a sombrinha e batia a porta. O dia inteiro sumida na casa da irmã.

— Onde que foi a mãe?

Em nenhuma das gavetas o saca-rolha. Garrafinha de cerveja. Dois copos de vinho tinto. Balofo, vermelho, caladão.

— Não sei como é tão engraçado. Com os amigos. O palhaço do botequim.

Bom provedor, sempre um cacho de banana dourada na despensa.

Raro se permitia uma palavra:

— Trinta anos de guerra.

Em surdina:

— Nem consegui que ela desse a segunda volta na chave.

Só se referia à sogra Cotinha:

— Como vai dona Eufêmia?

— Poxa, pai. Tem dó. Assim não dá.

Bem falante, brilhava na roda de amigos. Cada cerveja queria o novo copo geladinho.

— Isso é moda do doutor.

Famoso piadista, longe da mulher.

— Teu pai lá no bar.

Ainda alcançava os risos da história divertida. Cruzava duas e três vezes a porta. Ganhando coragem:

— Vamos, pai. A mãe mandou chamar. A janta esfria.

Domingo ia à missa, sempre na catedral. Amava o esplendor dos altares dourados. Na boca meio fechada o bigode grisalhava:

— Quando eu entro as matracas batem sozinhas.

Tangiam pelos seus pecados. Quais podiam ser? Do amor demais? Muitos anos para saber que copiava as notas do filho na secretaria da faculdade:

— Esse aí vai longe — anunciava para os amigos.

Pobre velho... Eterno menino triste, infeliz, humilhado. No circo de baratas leprosas, que era o doce consolo de um e dois tragos?

Bem casado, o filho escutava um disco, rolava o gelo no copo. Se nada lhe faltava, por que ensaiava a mulher as primeiras censuras? Bebendo mais que o pai, era diferente: nunca daria vexame. De quem a expressão dolorosa: a noivinha que o olhava ou a mãe para o monstro do pai?

Ela atendeu o telefone:

— Teu pai desmaiou na rua.

Carregado pelo amigo para o hospital. Acenou ao filho, que se debruça na cama:

— Mandou consertar...

— Sim, pai. O relógio.

— Desculpe...

Sorriu agradecido.

— ...o perdigoto.

De repente gaguejou frase desconexa. Pensava uma coisa, a boca torta dizia outra. Cômico sem querer. Aflito até as lágrimas no esforço de falar.

Recusou a comadre. Contra as ordens do médico, foi ao banheiro. Lavou as mãos. Penteou o cabelo. Abriu a boca — e, antes do grito, caiu fulminado.

Ao vê-lo em sossego no caixão, o filho reconheceu como eram parecidos. O mesmo pavor do dentista. A mesma graça que divertia os parceiros de bar. Só que ele tinha todas as desculpas e o velho nenhuma.

Como se faz para pedir perdão ao pai? Ainda não era tarde. Reconciliados, agora se dariam bem. Pouco importava um estivesse vivo e outro morto.

Questão de herança

Para o inventário do velho a descrição de bens e a relação de herdeiros. Em volta da mesa, alguns sentados, a maioria de pé: a viúva, o filho varão, as três filhas, nora e genros.

— O ranchinho, doutor. Um palmo de terra.

Na ponta da cadeira a velhinha seca e mirrada, mais de setenta anos. Vestido preto desbotado, chinelo novo de feltro xadrez. Cigarrinho de palha na boca sem dente.

— E as benfeitorias, dona Biela? De praxe...

Galinheiro, barbaquá, chiqueiro.

— ...são da viúva. Sem pagar imposto. Quando ela falta passam para os filhos.

— Se elas não entram...

Era a Rosa, vestido azul de bolinha, sarda no roliço braço nu.

— ...ele não assina.

Com o pretexto de que não tinha lugar, o genro fumava lá fora.

— Muito me admira. Se é a voz do pai — *as benfeitorias não* — ninguém contesta.

Envergonhada, baixou os olhos. Bateu na mão do menino, pirulito na boca:

— Seu porqueira. Não se lambuze.

— Ele que entre — ordenou o doutor.

Ali na porta o moreninho, chapéu na mão, o olhinho falso parou na gravata do doutor.

— Que bobagem, Miguel. Tudo será de vocês.

A praxe é que a viúva use.

A moça esfregou a sandália no chão:

— Se ela usasse, estava bem.

O caboclinho olhava para ela colocando as palavras na boca.

— Quem se aproveita é o João.

A mão no encosto da cadeira da velha, o filho de grandes bigodes e botas vermelhas de pó. Olhou firme para o cunhado, mas não falou.

— Então um compromisso de honra. Assina que não vende. Só ela que usa.

Daí a velhinha:

— Não assino.

— A senhora tem preferência pelo João?

Sem responder, uma funda tragada, as bochechas murchas se beijaram.

— Sou a caçula — insistiu a moça. — Para ela não fosse filha.

Dente risonho de ouro, interveio o genro Tadeu, o único de paletó:

— Eu concordo. Não quero nada. Só não quero encrenca.

Canivete de madrepérola, esgravatou o luto das unhas:

— Se os outros venderem a terra, eu compro.

O doutor para o filho:

— João, você abusaria da sua mãe?

Voz rouca de brabo:

— Eu tenho o que é meu. Não careço.

— Os filhos são os dedos da mão. Um não vale mais do que o outro. Não é, dona Biela?

A velhinha mansa e doce:

— É isso, doutor.

Outra filha, gorducha, uma criança se debatendo no colo:

— Mãe, a senhora está aposentada. De nada precisa.

— Eu é que sei. Com meio salário mínimo.

— Então a viúva assina. O papel eu guardo no cofre.

E para os demais:

— Usar o que o finado deixou? É direito da viúva.

— Só não quero que o João...

— A senhora concorda?

O ninho escuro de rugas com duas gotas azuis.

Mais uma tragadinha:

— O doutor faça. Que eu assino.

— Essa velhinha vai longe...

E a Rosa saiu a confabular com o marido na varanda.

Tadeu esperançoso do bom negócio:

— Se der certo, eu compro a terra.

Todos, até mulheres, fumando; alguns, cigarro de palha. Na fumaceira as crianças choramingavam e esperneavam.

O doutor batia na máquina a declaração (nenhum valor jurídico). Uma das moças abriu o vestido, sacou do volumoso seio, dois dedos no negro bico, que o piá sorveu esganado.

— Está pronto.

A velhinha se ergueu, lépida:

— Onde é que eu? Minha vista não presta. Não repare a letra, doutor.

— Aqui nesta linha.

O queixinho seguia o desenho do nome — a mão firme.

— Muito bem, dona Biela.

Deixou para o fim o pingo no i, o traço no t, o rabinho de enfeite.

Outra vez a Rosa com o recado:

— Ele só assina a procuração se registrar o compromisso.

— Que venha aqui.

Ressabiado chegou-se à porta, barbicha rala, olho vesgo de traidor. A velha afastou a cadeira e deu-lhe as costas. João esfregou a mão na calça de brim riscado.

— Como é, rapaz? Se não confia em mim, tudo acabado.

E para os outros:

— Compromisso moral dispensa registro.

O moreno todo mansinho:

— Não é por mim. Pela Rosa e o filho. A herança é dela.

A moça, quieta.

— Não é só a benfeitoria.

Miguel pigarreou:

— Tem a carrocinha.

A viúva acudiu, sempre de costas:

— Sem um aro na roda.

— Tem a mulinha.

— Estropiada de velha.

— A porquinha...

— ...sem leite.

— O milho no paiol.

— Todo carunchado. Só esqueceu da cachorrinha...

Riso nervoso geral.

— Uma perna mais curta — do coice da mula.

Os que não tinham dente exibiam a gengiva. Saciado, o nenê dormia, bico no lábio, um fio de leite no queixo. O moreninho pálido de despeito:

— É vergonha falar, doutor. Mas a velha bebe.

Tadeu ainda pulou, derrubando a cadeira.

— Epa, que é isso?

João foi mais rápido. Com as duas mãos alcançou o pescocinho:

— Miguel, seu carniça.

Sacudia com vontade:

— Lazarento.

A espuma do ódio na boca torta de fúria.

— Conhece que está morto.

— Deixe disso, João — bradou a velha, ainda sentada.

Todos gritavam e se atropelavam. As mães escondiam os filhos nos braços. O doutor com murro na mesa:

— Aqui é lugar de respeito.

João soltou as mãos trêmulas:

— Desculpe, doutor.

O moreninho roxo, língua de fora, a manga arrancada da camisa.

— Se é assim, doutor...

Meio afogado com o anel do lenço vermelho.

— ...eu assino.

A velhinha imperturbável.

— Não ligue, doutor. O hominho é fraco de ideia.

O doutor recolheu a parte de cada um. O caboclinho mandou o dinheiro pela mulher. João pagou por ele e pela velha que, na porta, coçava o pé de grossas veias azuis:

— Não quero mais saber dessa raça.

— De quem? Do Miguel?

— Não, da minha filha.

Falar em filha chegou-se a terceira, essa, magrela e nariguda.

— Só eu que não assino.

Um menino pendurado na saia.

— Meu marido bebe. Lá em casa o doutor sabe como é.

— Que venha aqui. Amanhã sem falta.

Ela bateu com força na mioleira do piá:

— É meu castigo. Limpe o nariz. Pior que o pai.

A longa noite de Natal

Cinco da manhã, babando de bêbado, bate na porta do amigo:

— Esta noite nunca mais...

Perdido de casa, sem dinheiro para o táxi, fugitivo do último inferninho: a catinga de cadela molhada.

— Tua mulher telefonou três vezes.

— Ai de mim.

— Deu parte à polícia.

— Só não me conte!

O amigo, que dormia vestido, cede o lugar no sofá da sala, obrigado a deitar no quarto com a sua corruíra nanica.

Meio-dia, Laurindo braceja no abismo de areia movediça. Uivo lancinante, suor frio na testa, abre meio olho:

— Que sorte! Não é o Hotel Carioca!

O fel espumante no canto da boca, gemendo, volta-se no estreito sofá. Nos seus braços, graças a Deus, nenhuma bailarina nua. Tateia no tapete, põe o óculo, espia no pulso: Que é do relógio?

Ruídos furtivos pela casa, fecha depressa o olho — na fonte azeda das entranhas floresce o lírio vermelho da azia. Insinua-se no banheiro e, sem baixar a cabeça — antes o torcicolo que a língua saburrosa de remorso —, agarra o copo cheio na prateleira de vidro. Só no último gole sente o podre de água choca.

— Ai, mãezinha do céu!

Ali, na cesta a seus pés, a rosa amarela que murchou no copo.

Ao sair, dá com a mesa posta: dois pratos na toalha imaculada. Entende o recado da corruíra e raspa-se de fininho.

Do fulgurante espelho do elevador o mergulho no fundo negro do poço:

— Mudaria o Natal ou mudei eu?

Sob o dominó de cetim escarlate guarnecido de arminho, apenas em camiseta e cueca. No alucinante striptease da meia-noite, a quem atirou a calça, a camisa, as luvas brancas de algodão? Onde perdeu o longo cajado que o amparava rumo a Belém? O precioso barrete de pompom em que cabeça enfeita a bandeja sangrenta a Salomé?

Na adoração das nascidas rainhas da noite aberto o saco de presentes e distribuídos seus tesouros. Os três magos num só, em busca da estrela do Oriente, a quem ofertou o reloginho de pulso? Todo o ouro para a gorda do Tiki Bar? A mirra para a que era o palácio dos prazeres? O incenso para a Ritinha dos quatro mosqueteiros?

Ó falso profeta de fantasia enxovalhada, ali na mão esquerda a máscara de barba branca que, ano passado, incendiou o terror na alma das filhas. Era ele Raquel chorando as suas meninas que já não existem? Ao longe o tropel dos guardas do rei e os gritos da matança dos inocentes.

Além do trono perdido e da dorzinha de cabeça, a maldita bota apertada. Na porta o estrépito das rodas de fogo do sol. Capengando, entre sorrisos dos fariseus, esconde-se no primeiro táxi.

Já na esquina de casa, anunciando o fim do seu reino, lamentação, choro, vozes aflitas no peito.

Surpreendido pela vizinha na janela, puxando da perna e assobiando — ó Papai Noel do meio-dia —, enfia-se ligeiro na cozinha.

Manso e humilde, pede que a criada pague o táxi (esquecida no banco a famosa máscara). Mão trêmula, alcança a garrafa de água gelada, bebe no gargalo, um filete escorrendo pelo queixo no peito nu.

— Oh, não, meu Deus.

Sobre a geladeira as duas garrafas do champanha preferido.

— Querida. O champanha para gelar. Toda nua no vestido vermelho. Esta noite você e eu... Que não se arrepende!

Ao maior tarado da cidade ela seria apresentada. Nove da noite em ponto quando telefonou do primeiro bar. Se pudesse ao menos lembrar... Melhor não.

Aos trancos e barrancos na fuga do Egito com o anjo torto do Senhor.

Na boca os mil beijos da paixão, sabendo uns a amendoim torrado, outros a batatinha frita.

No ouvido a flauta doce da linguinha titilante e o chorrilho de meigos palavrões.

No olho o clarão de coxas fosforescentes e lombinhos corcoveantes.

Guiando seus passos a vaga estrela do pastor. Ora sumida no vale das sombras de seios pares e ímpares. Ora resplandecendo na testinha da bailarina ruiva.

Caminho do banheiro, arrasta-se na sala. A mesa enfeitada com nozes, frutas, castanhas. E, intocado, o glorioso peru no recheio de ameixa-preta.

Debaixo do pinheirinho prateado o eterno presépio. No tapete a pilha de pacotes coloridos, ainda fechados.

E, trancando o corredor, a grande mala negra.

Essa não. Tudo outra vez? Nunca a mulher aprenderia?

Já proibido o santuário do banheiro — sarça ardente no olho, está diante dele a heroína, a mártir, a santíssima.

— São horas de chegar!

Duas vezes imponente, além do vestido vermelho, a cabeleira tingida de loiro. São Jorge no fogoso cavalo branco investe para banhar-se no sangue do mísero dragão.

— Onde é que o senhor esteve?

Logo atrás, multidão ululante dos soldados de Herodes, a sogra furiosa de espada em punho.

Ó cordeiro inocente, escolhido para o sacrifício, suspira fundo. Entrega o pescoço ao carrasco e abate-se na poltrona:

— Sou um desgraçado. Triste de mim. O que aconteceu...

Mão no rosto, a manga de arminho rasgada e imunda, soluça mais alto:

— Ai, se você... soubesse. Ai, ai... Meu Jesus... Cristinho.

Maria de eu

A bulha ligeira da tábua lavada do corredor. Exigência da velha, ele deixava o sapato e botava o chinelo, que não manchasse o soalho branquinho.

Surgiu a cabeça na janela:

— Ah, é você?

Em seguida na porta, uma gorda lágrima no olhinho raiado de sangue.

— Passando bem, seu João?

Cinco anos atrás, aquela dor enjoada na nuca. De repente esquecido de um lado, rolou de costas no fogão, ainda bem apagado. Três dias em coma. A velha escovou o terno azul, os filhos caiaram o túmulo. Eta velhinho desgracido, não é que se recuperou? Vinte e um dias puxou da perna esquerda, outra vez lépido e fagueiro.

Lépido, fagueiro e brioso. Ai da vizinha que, o maldito galho de pereira sobre o muro, lhe faltou ao respeito:

— Ó seu João do saco murcho!

Surrou tanto com o rabo de tatu que a deixou estirada.

— André, não me conformo.

— Paciência, seu João.

— Em remédio, a pobre, desde janeiro. Mas não se entregou. Bem que eu dizia: Chega de lidar, velha. Essa menina aí (e apontou para a cozinha) eu quis pegar. Ela se deitou quinze dias. Só gemia: *Tire essa dor...* Daí eu chamei o médico. Corri até a farmácia. Já estava de vela na mão.

Escorria uma e outra lágrima que, ao tocar o queixo, ele enxugava no dedo bem torto.

— Eu não aceito. Sabe o que é?

Afagando no pescoço o lombinho cada dia maior.

— Depois de sessenta e cinco anos! Não são sessenta e cinco dias...

Até uma bruxa velha faz falta? Brigaram desde o primeiro dia. Desconfiado que, mocinha, o enganava com o escrivão e o sargento.

— Que vai ser da minha vida?

Sem a escrava, a cozinheira, a guardiã do filho mongoloide.

— Olhe as pobres violetas... Estão murchando.

A velha maníaca por flores. Toda a casa um jardim perfumoso. Nas asas douradas do sol zuniam abelha, borboleta, colibri. Às violetas na janela quem lhes dará carinho e água na boca?

— E os filhos nem a velha esfriou... Já queriam o inventário. Antes da missa de sétimo dia.

— Do Beto o que vai ser?

Em resposta, no fim do corredor escuro o uivo retumbante. Focinho rubicundo, cabeleira grisalha no ombro, longuíssima unha amarela, sacudia-se furioso nas grades da janela. Era apresentado às visitas:

— Este é o filho tarado.

Um bicho só domesticado pelo amor implacável da mãe. Sábado ia sozinho ao barbeiro — de piteira branca na boquinha desdentada. A piteira sem cigarro era o prêmio por fazer a barba.

Deixava-o dar uma voltinha. Era atravessar a rua, já sumido. O aviso aflito pelo rádio: *Perdeu-se um débil mental, quarenta anos, atende por Beto. Levava um radinho na mão...* Manhã seguinte achado na cadeia.

— Como é que foi? Conte, Beto, para o homem.

— Na 'unda... na 'unda...

O gesto de levar pontapé e bofetão nas duas faces.

— De nada não sofre. Só os pés que incham. Ainda vai longe.

Agora um ganido de cachorrinho para a lua.

— Cisma dele é a mãe. Não sabe o que é morrer. Primeira coisa de manhã, ficava na ponta do pé, um beijo molhado na testa. Se ela saía, já fazendo beicinho: *A Maria? Onde foi a Maria?* Quieto, seu peste — eu ralhava. Foi ali e já volta. Ela servia o café com leite na caneca de *Felicidade*. Tirava a casca do pão. Cortava o pedaço no tamanho certo. Doidinho por mel. E agora?

Virou o rosto para esconder o lábio tremido.

— Chama por ela o dia inteiro. Daí eu levo ao cemitério. Sábado quis ir duas vezes. Mas não deixei: Hoje não. Só amanhã. Com aquele bruto sol? Chapéu ele não usa. Fica me puxando a manga do paletó.

— Não compreende, o coitado.

— Beija o túmulo. O rosto lambuza de baba. Foi para o céu, que eu digo. Ela já volta. Chega em casa, espia atrás da porta: *Onde a Maria de eu?*

Coçou com força o lombinho vermelho no pescoço.

— *Maria, quem dá banho eu?* Ela abria o chuveiro, mandava-o entrar. Nem se lavar ele sabe. Fica se molhando, rindo e se exibindo.

Cruzou a perna, batia o chinelinho no cascão branco do calcanhar.

— Não é a Maria, quem cuida dele? Tenho de prender no quarto. Daqui ouço os gritos: *Maria, quem corta unha eu?*

Duas vezes fugiu para o cemitério. Aos uivos por entre os túmulos, sem achar a mãe. Perseguido e arrastado para a rua, a touca verde de crochê enterrada na orelha.

— Você não procure mais. Ela foi para o céu. Não chame que você atrapalha. Daí ela não volta.

Inútil explicar, Beto não entende, asinha esquece. Ali na janela a coleção de violetas murchando nos vasinhos:

— *Onde a Maria de eu?*

Ó rosa ó petúnia ó lírio que perfumam no escuro o quarto vazio.

Desolado, o velho baixou a cabecinha trêmula:

— Onde a Maria de nós dois?

Tristezas do viúvo

— Como vai a vida, nhô João?

Perna cruzada, o chapéu sobre o joelho. Acende o cigarrinho de palha.

— Estou viúvo.

— É recente?

— Faz cinco anos.

Queixo bem escanhoado. Dente amarelo, porém natural. Olhinho azul aceso.

— Não sabia. Que pena. Qual é a sua idade?

— Setenta e um.

— Ela era mais moça?

— Da mesma idade. Engraçado. Diferença de um dia.

— Ficaram muitos filhos?

— Criamos nove. Nunca tivemos filho. Ela não podia.

— Estão com o senhor?

— Filho é bicho ingrato. Cresceram todos. Foram se afastando. Uma está em São Paulo. Escreve de vez em quando. Outro é barbeiro em Curitiba. Todos espalhados por aí.

— Tinha algum preferido?

— O André. Mas esse falhou. Um carro atropelou na calçada. Já casado. Esse eu registrei. Pegamos bem pequeno para criar. Era sobrinho de sangue da falecida. Daí eu disse: O menino está perecendo, Maria. O padrasto judia muito. Ela disse: *Já criamos oito, João.* E mais um faz diferença?

— O senhor está forte. Nem cabelo branco.

Alisa a mecha sobre a orelha peluda.

— É de raça.

— Não pensou em arrumar companheira?

— Vivo bem sozinho. A viúva do André mora a par. Leva meu almoço. Lava minha roupa. À noite gosto de ficar em paz. Faço café com salgadinho. Só, eu me governo.

— De que morreu a velha?

— O diabo da diabete. Doença desgraçada.

— Devia ser gorda.

— Sabe que era? Ela vinha ao especialista. Um médico de Curitiba. Como é mesmo o nome?

Bate na testa, intrigado.

— Ali do Portão. É bem conhecido. Como é mesmo?

Cabisbaixo, estrala o nó dos dedos.

— Debaixo de dieta. Estava bem melhor. Ela mesma fazia o exame da fita.

— Que fita é essa?

— Aquela fita que mergulha. Mostra quanto tem de açúcar. Naquele dia ela me disse: *Sabe que eu estou boa? Eu sarei, João. A fita não acusa nada.* Então mecê tem de voltar ao médico.

— Mas continuou com a dieta?

— Nunca deixou. Está fácil, eu disse. O André vai junto. Ela saiu de manhã, bem animadinha. Em Curitiba o doutor achou que tinha melhorado. Mudou a receita. Deu umas pastilhas. Uma ela tomou na viagem. A outra quando chegou em casa.

— Devia estar alegre.

— Bem alegrinha. Mas já quis ir deitar. Daí vieram as vizinhas. Ela ficou entretida, conversando. A noite estava meio fria. Quando as comadres saíram, entrei no quarto. De repente ela disse: *Estou com uma ânsia, João. O que será?* Isso é do frio, eu disse. Ela sentou-se na cama, aflita. Isso é do frio. Mecê cubra as pernas. Já melhora.

— O cansaço da viagem.

— E eu fiquei em volta. Ela repetiu: *Estou com uma ânsia, João. Acho que não passa.* E punha o dedo na garganta. Aí alcancei o urinol. Peguei na testa, molhada de suor frio. E disse: Mecê se cubra. Isso é da friagem.

— E ela?

— Daí ela disse: *Não estou melhor* — e fez assim. Travou a língua. De repente. um olho fechou. O outro bem aberto. Ela ouvia. Mas não enxergava.

— Como é que sabe?

— Corri a mão diante do olho. Ele não tinha vida.

— Ela ouvia?

— Ouvia e entendia. A maldita diabete. A perna ficou inteirinha dura.

— O senhor sentiu?

— Apalpei tudo. Da cintura para baixo estava esquecida.

— Ela chegou a dar algum sinal?

— Ergueu-se da cama e fazia assim.

— Ela pedia...

— ...um cigarro.

— E o senhor deu?

— Certo que dei. Dei e acendi.

— Será que...

— Mas caiu na colcha. Quase queimou.

— O que o senhor fez?

— Bradei pelo André. Que fosse buscar o farmacêutico e o padre. Filho da mãe do padre.

— Eles vieram?

— O Carlito chegou com o termômetro. Nessa hora ela quase não se mexia. Ele examinou bem. Olhou pra mim: *Não adianta nada, seu João. Essa mulher morre.*

— E o padre?

— Já na extrema-unção.

— Ela conseguiu engolir a hóstia?

— Com uma colher e água. As mulheres deram o jeito. Daí foi ficando quieta. Era só aquele ronco.

— Morreu logo?

— Durou poucas horas. Com o último suspiro a lamparina apagou no copo. Na sala o relógio bateu as cinco. Um sabiá cantou na pitangueira.

— Sofreu para morrer?

— Ali na cama já não era ela. Foi uma boa morte.

— Onde foi sepultada?

— Mandei abrir o túmulo da mãe. A par da outra cova. Onde está agora o André. Esse morreu um mês depois. Bem triste perder um filho.

— Nem me fale, seu João.

— Já veio no caixão. Preparei a cova ao lado. Fiz um túmulo bonito.

— Com retrato?

— Retrato colorido e tudo. Cruz bem alta.

— Descansam em paz.

— Não se fie, meu velho. O desgranhento do padre botou na cabeça do prefeito. Desmanchar o cemitério velho. Vender com lucro. Fecharam o portão. O capim foi crescendo. Achei que era desaforo. Rebentei o cadeado. Sete capinadores deixaram tudo limpinho.

— Bem feito.

De lá o prefeito tirou o pai. Levou para o cemitério fora da vila.

— Bandido.

— Mandei aviso: quem bulir nesse chão sagrado leva chumbo. O prefeito leva chumbo se balançando na cadeira da varanda.

— Quem é o culpado? O padre ou o prefeito?

— O filho da mãe do padre. Traidor só ele. À missa desse aí eu não vou mais. No domingo visito a outra capela.

— Alguém mais desmanchou o túmulo?

— Os do partido do prefeito. Os meus garraram coragem. Agora todos sabem. Quem mexe leva chumbo.

Gesto mando, a voz baixa. Aprumado na cadeira. Doce olho azul.

— Gostei de ver, nhô João.

Quieto e sossegado. Como todo matador.

— Nos ossos da Maria ninguém bole.

João é uma lésbica

— Do Pretinho um fungo na cauda. Com a tesoura, tlic. Cortei a pontinha. Pingo de iodo, já saltou na água. A manchinha branca sumiu. Veja, está bom, no maior gosto.

O aquário atacado por bactéria assassina. Os queridos peixinhos girando de costas e cabeça para baixo. Em desespero, descabelada, ela roía a unha. Só o pretinho escapou.

— Sabe que peixe se suicida?

Alucinado de ciúme, ao vê-la entretida com a Dolores, pulou fora do aquário. Ela ouviu o baque e correu. Achou-o no tapete e, mal o apertou no coração, o último suspiro. Conserva-o na caixinha redonda, forrada de pétalas de rosa, ali sobre o piano.

Para consolo, Dolores mordia-lhe docemente o dedinho. Toda manhã o banho de sol na varanda. E mergulhava na bacia à espera da folhinha de alface.

— Uma coruja? Tão triste.

— Para mim é linda. Já viu olho igual?

Amarelo e azul. Do campo, essa prefere inseto. Na caça de mosca sou campeã.

— Não prende na gaiola?

— Credo. Solta pela casa. E tem gente capaz de atirar. Dolorosa, não se mexe. Grande olho adorando o seu matador.

De repente, os filhos dormindo, tocava o telefone.

— Alô.

— …

Era o velho taradinho.

— Alô?

Não como os outros: sem palavrão, gemido, simples suspiro. Só ouvia, nem um pio. Decerto com a mão no bocal.

— É o mudinho? Foi bom ligar. Estava na fossa. Quais as novas, meu bem?

E disparava a falar. Ou senão:

— Benzinho, agora não posso. Tenho visita. Me desculpe. Tiau.

Vez em quando perdia a paciência:

— Seu taradinho de merda. Teve meningite em criança? Nada mais que fazer? Por que não liga para tua mãe?

Chorrilho de nome feio e batia o fone. Três da manhã, assustadíssima:

— A essa hora, Mudinho? Está bem. Espere um pouco. Faço um café. Volto já. Alô, Mudinho? Está aí? A noite é criança. Sou toda tua.

Excitada pelo café e pelo cigarro, falou demais. João com o menino. O pobre doutor André. O suicídio passional do Pretinho. Após quarenta minutos de monólogo:

— Já disse tudo de mim. Agora a tua vez. Fale, Mudinho.

— …

— O que você quer. Não sou bonita? Me ver nua?

— …

— Diga quem é você. Responda, Mudinho.

A mão tremeu no bocal? Um soluço em surdina? Única vez que ele desligou primeiro.

No aniversário o enorme ramo de rosas brancas. No cartão a tremida letra de velho: *Cada pétala é uma lágrima de saudade do meu eterno amor — André.*

— Sabe, Mudinho, quem é esse? De manhã o mate com a velhinha. À tarde cabeceia diante da tevê. De noite ele bebe. Sabe o quê? Conhaque puro. É o fim. Borracho, me telefona.

O grito de angústia acende a luz do quarto:

— Mariinha, posso voltar?

— Não pode. Tudo acabado entre nós.

— Então mando o cheque pelo mensageiro.

Noite seguinte:

— Ai, Mariinha. Tão deprimido. Quero morrer.

— Por que, meu bem?

— A Lili casou, você sabe. Não fui porque ela não te convidou.

— Está louco, André. Se eu estivesse com você, não havia motivo. Ainda mais separados.

— Era a filha preferida. Sem ela e sem você. Não tem pena? Muito doente. Com os dias contados.

— Não pode viver nesse quarto de hotel. Por que não faz uma viagem?

Dias depois:

— Posso ir aí?

— Você está bêbado. Sinto muito. Não pode. Se vier começa tudo de novo.

Na própria sexta-feira da Paixão:

— Maria, tenho uma proposta. Te dou um carrinho vermelho. Aprendi uma porção de posições novas.

— André, chega de conhaque. Olhe a pressão.

— Se não quiser, eu corto a mesada.

— Por mim de fome não morro.

— Passe bem, sua cadela — e bateu o fone.

Domingo, duas da manhã:

— Posso ir? Agora? Por favor, Mariinha.

— Aposto que não fica em pé. De tão bebum.

— Um boi patético atolado no brejo. Perdido não se mexe. Sem força de mugir.

— Quem está com você, sua puta? É o João?

— Quem pode ser? Ninguém.

— Então eu já sei. É o Mudinho. Há, há, há.

— Seja bonzinho. Vá dormir.

— …

Uma hora depois, língua mais enrolada.

— Maria, eu amo você. Não posso viver longe.

— Você não me ama. Está bêbado. Confunde amor com orgulho. Muito ferido. É um leão que lambe as feridas.

— Ah, leão, é? Quer saber? O que eu sou?

— …

— Um boi morredor atolado no brejo. Perdido, já não se mexe. Sem força de mugir.

— …

— Não é que uma brisa mais doce alivia o mormaço, espanta a varejeira, promete chuva?

— …

— A brisa é você, Maria.

Aceitou encontrá-lo à uma da tarde no salão do Lux Hotel. Barbicha amarela, óculo embaçado, mãozinha fria — um caco de velho.

— Tanto me olha. Que tem a minha blusa?

— Ai, pombinha de cinco asas. É a minha perdição.

— Por favor, André.

— Quero voltar. Não sinto atração por outra mulher. Só você.

— Tanta moça de programa.

— Com elas não posso. Já tentei.

— Só conheci dois homens: você e o João. Eu, quando gosto, me entrego todinha.

— Por que não uma vez por semana?

— Você escolhe. Quer passar uma noite comigo? A noite inteira? Me desfrutando à vontade?

— Poxa, você deixa? É só que...

— Só que a última. A despedida. Para nunca mais.

— ...

— Ou prefere ser um bom amigo?

— É que eu sinto falta.

— Ainda se queixa. Você que é velho. E eu, moça, acha que eu não?

Ele tirou o óculo para enxugar o olhinho raiado de sangue:

— Tão saudoso, não dormi esta noite. Galo cego pinicando no peito. Um pigarro. Perna trêmula. Três vezes fui ao banheiro.

— Me dá pena, André.

— Será a próstata?

— Não é de mim que precisa.

— Olhe a mesada.

— Não tenho preço.

— Que eu...

— O que você quer é uma segunda mãezinha.

Em casa, furiosa, prepara dose dupla. Acende um cigarro no outro. Zanzando, copo na mão, até as seis da manhã. Dorme sentada na poltrona e acorda com dor de cabeça.

— Que me aconselha, Mudinho? Macho se eu quisesse... Basta ir à janela e assobiar.

— ...

— Se alguém disser: *Eu fui com ela para a cama*. Pode dar uma gargalhada. Que é mentira.

— ...

— E você, mudinho? Gosta de mulher? Ou prefere homem?

Mais que o provocasse (*sim*, bata só uma, *não*, duas vezes), quieto e calado. Seria o João? Não, já no tempo de João ele telefonava.

— Olhe, Mudinho. Você não tem nome? Então fica sendo João. Tenho de desligar, João. Tiau.

Cada vez mais aflita pela falta de resposta:

— Não sei se é homem ou mulher. Não acredito seja homem. Quem sabe você é lésbica. Não é, Mudinha? O João é uma lésbica. Então ouça bem. Se você quer ajuda eu te ajudo. Toco piano. Acordeão. Sou boa na bateria. Quer aprender música, Mudinha?

— ...

— Quem sabe o problema é com teu marido. Homem a gente prende pelo estômago. Sou grande cozinheira. Te ensino tudo. Até o pozinho que se põe no fim da comida. Aquele pozinho mágico.

Quando não se irritava:

— Não fala, maldito? Por que me tortura? De mim não tem pena? Agora vou desligar, Mudinho. Para nunca mais.

De repente sem chamar dois, três, sete dias. Ela xingava o telefone:

— Fala, taradinho. Fala!

Arregalava bem os olhos:

— Fala, meu escravo. Não sou feiticeira? Não sei encantar os bichos? Vou contar até três, ouviu? Daí você me toca. Toca, desgracido. Conto até sete. Se não toca eu te arrebento. Um, dois...

Contando e recontando até o fim da noite.

— Alô. Alô?

Pelo silêncio era ele. Ou ela?

— Mudinho? Meu amor. João, o que aconteceu? Por que não chamou? Não podia mais de tanta saudade. Eu te amo. Quem é você, seu bandido? Por que judia de mim? Não vê que estou chorando? Não aguento mais.

— ...

— Você ganhou. Eu sou tua. Faça de mim o que bem entenda. Pode vir. A porta está aberta. Te espero toda nua.

— ...

— Mudinho ou Mudinha, seja quem for. Se não vier, eu morro de tristeza. Bebo formicida com guaraná. Ateio fogo às vestes. Me atiro da janela.

— ...

— Deixo um bilhete. Que você é o culpado. Está ouvindo, João? Venha depressa. Não posso mais. Venha, seu grande puto.

— ...

— Por favor. Por favor. Por favor.

Em nome do filho

— Dá para ver tudo o que ele fez.

Com o morto lá na sala, a viúva de mão no queixo, a filha que espanta a velha mosca.

— Está vendo esse caderninho aqui? Olhe o óculo. E a caneta. Vício da palavra cruzada. Sozinho, às seis da tarde. Daí levantou para ligar a tevê. E caiu de joelho. Sem um grito.

Na cozinha a criada ouviu a bulha. Chegou à porta, acendeu a luz, deparou o quadro. Correu chamar o tio André, que nem piscou:

— Está morto e bem morto.

Ao cair, quase virou a mesinha. As palavras resolvidas, menos uma: três quadrinhos em branco.

— Sou muito nervoso, ai de mim. Sabe o que disse para a viúva?

Em busca do milagre, a mulher com a filha na tenda divina de Madame Zora. Só foi avisada duas horas depois.

— Dona Maria, eu disse, meus parabéns.

— Não é nervoso. Isso é lapso.

— O susto quando me telefonaram. *Uma notícia muito triste.* Você imagina logo o pior. Respirei fundo e, se ele demorasse muito, quem morria era eu. *O pobre João se foi.*

Abriu lata de sardinha, a garrafa de vinho. Quando se descuidou, a Maria derramou-o na pia. Aos vizinhos chegavam as vozes da mulher, os gritos do filho. João falava mais baixo. Abriu a segunda garrafa, que ela derramou. Então abriu a terceira. Ela quis despejar, daí apanhou — e apanhou muito. Chorando se queixar ao tio André. Brabo, ele foi lá, deu com o João. Comendo pão e sardinha na mesa nua, a garrafa pela metade. Ao vê-lo, João encheu o copo, bebeu, bateu na mesa:

— Poxa, eu não tenho, poxa, o direito de beber, poxa?

Tio André ficou bem quieto.

— Batia na mulher e apanhava do filho.

— Tão violento que obrigado a internar no asilo.

— Já não podia deixar a Maria sozinha com o rapaz.

— ...

— Se deixasse, ele queria agarrar a Maria.

— Ele me conhece desde menino. Até hoje não sabe quem eu sou.

— Veja o que é mãe. Não perde a esperança. Acha que é mau-olhado, sei lá, feitiço.

— Naquele bicho vê o filho mais lindo.

A luz cortada, por dívida. O telefone desligado. Quase todo mês. João gastava com o filho o que não tinha.

— Nada pedia para ninguém.

— E, se pedisse ao André, ele negava.

— O pai não deixou nada. Deu tudo para todos.

Menos para o pobre João.

— Com um soco o doidinho quebrou-lhe o óculo.

Grunhido em vez de palavra. Barba cerrada, parrudo, perna cambaia. O sapato rangia — por que do louco range o sapato?

— Vazou o olho da gata na agulha de tricô.

Com o lencinho a mãe enxugava-lhe a baba no queixo.

— Ela meio variada. Moça e de cabelo branco.

— Em nome do filho capaz de tudo.

Cada um que chegava o cuidado de evitar o morto.

— Não tive coragem de olhar.

Tomando cafezinho e contando anedota.

— Só vi as mãos do João. Pela primeira vez que não tremiam.

— Dá para ver tudo o que ele fez.

— Cafezinho me faz mal. Não tem conhaque?

— O João bebeu tudo.

— Está vendo esse caderninho aqui?

— Será que o idiota vem para o enterro?

— Bem capaz de sacudir o pai: *Acorda, velho. Chega de dormir.*

— E aquela porta? Vê a marca? Ele que arrebentou. Com um pontapé. De minha casa, que é longe, ouvia os berros.

— Esse rapaz que matou o João.

— Não foi só isso.

— A mocinha, quando viu o pai sobre a mesa, foi aquela gritaria.

— Dona Eufêmia não vem?

— Ela está de bengala. Oitenta anos, já pensou?

— Sabe o que ele me disse? Da última vez enxugamos três garrafas. *Sou um velho,* ele disse. *E velho não merece de viver.*

— Traga mais um cafezinho.

Assim que a criada se afastou.

— Foi ela que o encontrou. Bem aqui.

— O louquinho jogou-lhe o vinho tinto na cara. No meio do almoço. Na frente das visitas.

— A Maria passeia com ele. Bem arrumadinho. Cabeça rapada e gravata de bolinha. Só atravessa a rua se lhe dá a mão. Largar depois não quer.

— Sozinha com ele não pode ficar. A irmã, então, só passa de longe. Trancada no quarto.

— Ainda não casou. Loirinha como é. O namorado conhece o idiota. Pensa que de família.

— O João obrigado a internar. Depois da última cena. Da visita ao hospício chorando pela rua.

— Bebendo muito. Fumava três carteiras por dia.

— Sofrido demais. Não havia remédio que fizesse dormir. Acordado às três da manhã. Acendia a luz para ler.

— Veja o óculo. Olhe, como ele deixou.

— Eu não vou chorar. Está no céu.

— Dá para ver tudo o que fez.

— Se houver céu, o anjo mais popular.

— Eu é que não choro.

— Só de anjo que era gordo.

Chora, maldito.

Sofri um abalo, meu velho. Vinte e um dias fiquei desligado de tudo. Desastre de carro? Muito pior. Perdi minha patroa. Faz hoje setenta e cinco dias.

Morresse de doença, aos poucos, eu me conformava. Você a conheceu, mulher sã, oitenta quilos, corada.

Não ocupou o médico, nunca esteve doente. Quinze dias antes finou-se minha mãe. Enterramos a velha. Já foi um sofrimento. Na volta ela me apertou a mão: *Tome cuidado, João. Está muito nervoso. Não invente de morrer. Sem você* — e me deu um beijo molhado — *que será de mim?* E quinze dias depois, quem me falta?

Era domingo, recebemos o compadre Carlito. Sempre despachada, estalando o chinelinho. Fez almoço especial, galinha com polenta, salada de agrião. De noite deitei mais cedo. Me lembro, ela saiu do banheiro, a camisola de fitinha. E disse: *Pegue aqui, João. Veja que bate depressa.*

Tinha bebido, a pobre, um copo de vinho tinto. Maldito, sabe o que pensei? Bem eu queria. Botei a mão trêmula. Casado tantos anos, seis filhos, e perto dela ainda tremia. Levei um susto: o coraçãozinho latindo. Quem sabe chamo o doutor. *Não carece, João* — e alegrinha sorria. *Não dói.*

Não estava pálida nem nada. Marcou o despertador para as cinco horas. Na velha camisola rosa desbotada. Ainda beijei, quando ia desconfiar, as queridas sardas na bochecha e no colo arrepiado de cócega. Muita noite ali descansei a cabeça aflita.

Outra igual não existe. Nunca brigamos. Aqui cheguei de cesto vazio. Me ajudando, ela costurava para fora. Quando melhoramos de vida, falei: Agora você tem de parar. Mas você parou? Nem ela. Até o último dia.

Duas da madrugada. Acordei com gemido feio. Acendi a luz. Dei com ela: sentada na cama, cara roxa, grande olho branco.

Olhei para ela e não podia acreditar. Lábio azul, o dente cerrado. Tentei abrir — saiu gosma de espuma com sangue. Daí me pus a gritar. Chamei de volta, não me ouviu. Lutei com ela, que se mexesse. Uma dona daquelas, oitenta quilos, não é fácil.

Acordei a família. Acudam, ela morreu. De cueca e descalço correndo para a rua. Quando voltei com um vizinho os filhos ali no quarto. O mais pequeno subiu nela aos gritos: *Acorde, mãezinha. Fale comigo, mãezinha.*

A gente não se convence. Ainda chamaram médico. O que ele fez foi me dar bruta injeção. Fiquei meio bobo. Não sei quem a vestiu. Lembro mal e mal do guardamento. Ao enterro não fui, minha sogra não deixou.

Ficamos sós, eu e os seis filhos. Menos mal já estão criados. A mais velha é casada. Noventa quilos, puxou à mãe. Sabia que era avó? De uma netinha. Com dois meses quando ela se foi.

Pior a primeira noite sem ela. Acendi todas as luzes. Rodeei a cama de filhos. No lugar dela o menor de doze anos. Fiquei vinte e um dias sem prestar para nada. Até hoje esqueço tudo. Às vezes não sei fazer uma conta. O médico pensou até no asilo. Já me viu no meio dos loucos?

Hoje são setenta e cinco dias da morte. E vinte e dois anos de casamento. Dela não guardo queixa. Tão econômica, do dinheiro usava só a metade. Por que não gastou tudo? *Não deu,* ela acudia. *Não tive coragem.* Essa roupinha sabe quem costurou? Existe dona igual?

Candidata é o que não falta. As filhas acham que devo. Viúva moça, solteira de prenda. Até com dentinho de ouro. Alguma que nem mereço. Tão enfeitada e viçosa.

Se foi plano de Deus, bem sei, devo me conformar. De dia me distraio na oficina. Mas de noite? Pensando nela me bato a noite inteira. Minha cama, nela eu deitava. Colcha de pena de colibri, com ela me cobria. Doce cadeira de balanço, nela me embalava. Apagada a luz, erguia a camisola. Cego, de repente eu via — no lombinho tão branco duas luas fosforescendo.

Saudade judia do corpo? Sinto a vista cansada, mal posso ler. Toda manhã faço a barba, ainda aparo o bigode. Ela morreu — e ainda não raspei o bigode. Três dias que o olho está seco. Me esbofeteio com força. Chora, maldito.

A rolinha, o gavião, a mulher

— E o Mudo — quem diria? — roubou a filha do Juiz.

— Todo mudo não é feio?

— Se fosse feio ela não fugia.

— Era filha única. Ele, surdo e mudo.

— Guapo no lenço vermelho. Bastante mímica para seduzir a moça de finas prendas.

— Se o pai desconfiasse...

— O Mudo pôs a moça na garupa.

— ...ele castrava.

— De madrugada. Quando o Juiz acordou os dois já tinham cruzado a ponte.

— Você anulou? Nem ele.

— Casaram e foram felizes.

— Outro que fugiu, o André.

— Não conheci. Dele ouvi falar.

— Roubou uma freirinha no colégio. Era viúvo moço. Visitava a filha interna. Todo sábado. Eram aqueles agrados com a doce freirinha. Até broinha de fubá mimoso ele trazia. No sábado, três da tarde, ergueu a freirinha na garupa. E foi embora.

— E a menina...

— De cabeção branco e tudo.

— ...ficou no colégio?

— Que é que ele havia de fazer?

— Pobre menina.

— Só que esse não casou.

— E a Zezé? Aquela coitada não fugiu.

— Mais coitado o João.

— Se ela não mandasse o bilhete.

— Homem bom e simples estava ali.

— Logo na garrafa do leite.

— Ora, quem entregava o leite? Era eu. Na garrafa? Só se eu não vi.

— Então quem foi?

— Foi nhô Bastião. Um negro velho.

Dona Maria entrou de repente na cozinha.

— Achou o João com o bilhete na mão. Mais que depressa ele engoliu.

— Não dizem que foi ela? Para esconder a vergonha?

— Foi ele. Em pânico. Era dona muito braba.

— É certo que dias antes ela treinou a pontaria?

— Que nada. Sempre foi disposta. Sem medo de enfrentar bandido.

— E a pistola de quem era?

— Era dela. Grande atiradeira. Um chimite de sete tiros.

— Ela, que já desconfiava, teve a certeza.

— Na mesma hora, sem nenhuma palavra, ao encontro da irmã.

— Foi só atravessar a praça.

— Oito da manhã. Abriu a porta. Deu com a outra, que varria o corredor. Parece que ergueu a cabeça e sorriu.

— Não errou nenhum tiro?

— Acertou todos. Foram sete tiros e oito feridas.

— Oito? Não pode ser.

— Ao ver o revólver a Zezé cobriu o rosto. O primeiro tiro furou a mão. Depois o olho direito.

— Dona Maria jogou a pistola e disse: *Assim que se mata uma rolinha.*

— E quem ouviu?

— É o que contam. Chegou a ver a morta?

— Não. Essa hora eu estava longe. Sei que ficou muito sangue no corredor.

— Água não há que lave. Até hoje lá está a mancha.

— Só vi o João. Chorava de dar pena.

— E a mãe?

— Para que lado a pobre velha ia pender?

— Duas únicas filhas. E a Zezé era bonita?

— Mais que a dona Maria.

— Além de mais moça.

— Dona Maria se apresentou ao sargento.

— Foi aquele luxo com a presa.

— O primeiro dia passou na cadeia.

— Na grade até cortina para o povo não ver.

— Afinal era dona Maria. Senhora de grande família e muita posse. Depois transferida para o hospital.

— Ao visitá-la o coronel Bentinho lhe beijou a mão.
— Um ano presa. Com toda regalia.
— E o júri?
— Não assisti. Sei que o famoso advogado entrou com ela de braço. Absolvida por sete a zero.

A guardiã da mãe

— Essa não. Você trouxe a menina?

— Não pude me livrar. A guardiã da mãe, não é, filha?

Vestidinho branco, uma fita vermelha em cada trança bem preta, sapato prateado.

— Com quatro aninhos. O pai que exige. Sentada quieta, mãozinha cruzada. Sob a franja o grande olho esperto, rabinho que o cão acena sem parar.

— Soube da Zefa?

— Vi de longe, outro dia. Na janela.

— Acharam caída perto da cama. Assim que soube, fui lá. Fomos de carro.

— Como estava ela?

— Nunca vi a casa tão limpa. Os irmãos pagaram uma criadinha. A Zefa mesmo doente se arrenegava. Reclamar do quê? Tudo tão arrumado. Nem parecia a mesma sala.

— Pronta para o velório. Não é difícil. Tão pequena.

— Nem tanto. Quem varre todo dia é que sabe.

— E a água? Como se arranja?

— Tem uma torneira.

— E o resto?

— O resto é a casinha. Pobre Zefa, é do tempo da casinha.

— Ela te conheceu?

— Conversou bem.

— Do que vive?

— Ninguém sabe. Os vizinhos acodem.

— Ela caiu de fome. Estava comendo água. Não fala de morrer?

— Engraçado. Doente, morte é assunto proibido. Melhora, é só no que fala. Para fazer dó. Nela tudo é teatro. Se chego de ônibus, e sabe que não pode vir comigo, sou filha ingrata. Desta vez fui de carro. Vim te buscar, Zefa. Daí não quer.

— Quem cozinha?

— Ela mesma. Carrega no sal. Esta menina...

Olhinho lá longe, faz que não ouve. Balança no ar a perninha gorducha, exibe o sapato novo — melindrosa que nem a mãe.

— ...uma vez comeu uma asa de galinha e passou mal.

— Ainda faz cocada e pé de moleque para vender?

— Agora, não. Uma aguinha no fogão. Miserável. Lá da cama gritando com a moça.

— O dinheiro escondido no colchão de palha?

— Comida indigesta é com ela. Bolinho de feijão. Quanto mais gorduroso, melhor. Linguiça. Com torresmo.

— Assim ela não dura.

— Será que alguma coisa não mereço? Ela me criou. Muito me judiou.

— Te batia?

— Ai, me perseguiu.

— Nada impede que dê a você o que tem. Já falou com ela?

— Tem medo dos irmãos.

— Se ela quiser, não podem proibir. A idade que atrapalha.

— Quase oitenta anos.

— Está bem da cabeça?

— Passou quatro dias lá em casa. Só dormia. Tomava café e dormia. Almoçava e dormia. De noite, sim, acordada. Pitando e resmungando a noite inteira. Daí fiz uma experiência.

— O que você fez com a velha?

— Peguei um papel: Zefa, assine aqui. Com aquele óculo torto, molhando a caneta na língua, ela me olhou: *Já não sei meu nome. Esqueci o nome.*

— Ih, assim não dá. Como vai de único dente? É o canino esquerdo?

— Botou chapa. Só em cima. Embaixo não se acostuma.

— Não mexa aí, menina.

A mãozinha viageira rondando o copo de canetas coloridas.

— Sabe ontem quem eu vi?

— ...

— O André. Passou por mim e não me olhou, o bandido. À noite sonhei com ele.

— Sonho na cama?

— Você, hein? Ele aparecia falando ali na rua.

— E foi bom?

— Nem queira saber.

— O tal que ensinou a gozar?

Ele olha a mãe que olha a menina — sempre de olhinho perdido.

— Foi com ele?

— A gente era muito bobinha. Aprendi depois.

— Nos bons tempos de nhá Lurdinha?

— Ela nos fazia passar fome. Que dona ruim. Quando vinham os doutores, aquela gente fina, eu dava graças. E as outras gurias também. Se você soubesse, um bife com batatinha frita, como é bom.

— Bem que eu sei. E o viúvo da Travessa Itararé?

— Há muito que não vejo. Fica todo vestido. Já não pode, o infeliz. Só aprecia. Eu que faço tudo. Copio de uma revistinha.

— Ele não...

— Depois te conto. Tive um encontro, outro dia. Um velho conhecido.

— Não me diga que o nhô João.

— Que nada. Um vizinho.

— Velho conhecido de cama?

Os dois olham a menina que olha o quadrinho na parede.

— Ele que te procurou?

— Eu telefonei. Estava precisando. Sabe como é.

— Onde foi?

— No motel. Pena que tão depressa.

— Ele funciona?

— Pudera. Tem filho de três anos.

— E você? Com teu marido? Nada entre os dois?

— Engraçado. Mulher que amarra a trompa fica fria para o marido. Para os outros, não. Você me entende. Por que será?

— Eu é que sei?

O doutor aflito com a mãozinha rapinante que rodeia o boizinho amarelo de barro.

— Não bula aí, menina.

— Te contei do carpinteiro?

— Acho que não.

— Foi lá uma tarde consertar o balcão. Eu passava pela sala, sentia o olho atrás de mim. Mulher sabe, ela adivinha. Não foi dita uma palavra. Voltei da cozinha, olhei aquele braço mais peludo. Me deu uma coisa.

— ...

— Ele deixou o martelo no assento da cadeira.

— Com dois pregos ainda na boca?

— Não brinque, você. A cama estava perto. Só fechamos a porta. No berço ao lado esse anjinho dormia.

— Foi bom?

— Melhor por causa do perigo. Duas da tarde, já viu. Bem que gostei.

— Foi por cima?

— Como eu gosto.

O doutor estende o braço por entre os códigos na mesa.

— Pena que não voltou.

Ela pega com os dedinhos ligeiros, que se fecham — o roxo da unha descascando.

— Decerto ficou com medo.

Não é que, sem aviso, a menina avança a mãozinha, abre os dedos da mãe, agarra a nota amassada?

— Dá pra mim.

A dona quer protestar, em vão.

— É minha.

Repete a menina. Gesto tão natural, não parece a primeira vez. A guardiã feroz da mãe.

A fronha bordada

O João foi sempre namorador. As três noivas de Curitiba não sei se foram quatro. A Lili, a mais famosa. Bonita não era. Vistosa, sim. Na hora em que se envenenou, bordava uma fronha com o nome dele. Mas não foi amor. Por causa do pai o suicídio. Queria obrigá-la a casar com um primo. Velho e feio, por sinal.

Não que o João fosse louco por mulher. Gostava mesmo do idílio — era uma lenda na família. Foi quase noivo de uma filha do Carlito. Já o chamava de pai, se regalando com o vinho rosado e a broinha de fubá mimoso. A Laura não, foi a Beatriz. Acho que ainda é viva. Não diria bonita. Para quem gosta de gorda.

Ele sempre incomodou muito. Até revoltoso foi. Numa dessas revoluções, para não ser preso, se escondeu no mato. Um ano depois descobrimos que o professor Pestana, dono de uma escolinha perdida no interior, era ele. Cada fim de ano ia ficando sorumbático. Cabeça meio de lado, uma tristeza sem fim. Nem bem você perguntava, vinha a resposta: *Sem dinheiro casar não posso.* Isso repetia-se todos os anos.

A perdição dele foi essa ruiva. Não gosto dela. Nem ela de mim. Mania agora é diminuir a idade. Quantos anos você tem, Maria? *Ainda não fiz cinquenta.* Então a Joana, tua filha, que já tem cinquenta, será de outra encarnação? Com mais de setenta, essa aí.

Uma tarde ele chegou lá em casa. Foi anunciando da porta: *Estou noivo, Lúcia.* Eu nem liguei. Tuas noivas, João, são sempre falsas. *Desta vez não. Caso em maio. Você e Tito são os padrinhos.* Parabéns então. Em abril quem trazia pela mão a ruivinha de barriga? *Casei antes, Lúcia. Não deu para esperar.*

Casamento pior ninguém fez. Essa aí lhe atormentou a vida. E agora inferna a memória. Os últimos tempos foram os mais tristes. Era inimiga feroz. Dessas bandidas que ficam atrás do toco. Uma vez cheguei de manhã à casa dele. Não sei por que tão cedo. A criada abriu a porta. Míope, fui entrando pelo corredor. Quem estava ali dormindo de lado no sofá vermelho da sala? É uma vergonha, João. Ele esfregou o olhinho inchado: *Que aconteceu?* Isso é um escândalo, João. *Ela me tocou do quarto.* E tudo você aceita? Ela refestelada na cama, com dossel e cortinado, e você encolhido nesse velho sofá? Seja homem, João.

Desde esse dia dormiu em quarto separado. Sem que ela o deixasse em paz. Nem ao barbeiro podia ir. A cadela estava em todas as esquinas. Espreitando o pobre velhinho trôpego. Qual ciúme, só ruindade. Ah, se ela soubesse... O nome Lili de uma das filhas era em memória da que se matou bordando a famosa fronha.

Se mentiroso ele já era, pior ficou. Uma noite bateu lá na porta, de capa e malinha. *A Maria pensa que viajei. Vim pousar na tua casa.* Tirou da maleta duas garrafas de vinho tinto e o pijaminha azul de pelúcia. Na varanda até bem tarde, falando alto, no maior gosto com a velha cozinheira. Alegria de estar longe da maldita ruiva.

Logo depois ele faltou. De volta de São Paulo, disse que não operava a úlcera, tinham de conferir as plaquetas de sangue. Eu adivinhei tudo. Não, ele não sabia. Acho que nem desconfiava. Pouco antes do fim, o doutor Alô entrou no quarto. O João de olho negro, muito pálido, branco o bigode. Ergueu a cabeça da fronha com o nome bordado, tirou da mesinha o revólver. Até assustou o médico. Só disse: *Aqui um santo remédio para o câncer.*

Nunca ele seria capaz. Era covarde. Como eu. E todos os heróis da família. Nosso avô passou a revolução dentro de uma barrica. Ali quietinho, sem respirar. Só saía para beber água.

Depois da rendição até se ofereceu para lavrar a ata. E assinou entre os primeiros.

Bem alegrinho.

O pão e o vinho

O Tito é falso profeta da igreja dos últimos dias. Viciado na velha Bíblia. O dia inteiro fala em versículo e parábola. Desde os dois anos odeia o pai bêbado e mulherengo. Com a morte da mãe dolorosa, fez de mim a segunda mãezinha.

Ah, minha vida nem lhe conto. Sabe que engravidei virgem? O coitado, mais que precoce. Do terceiro filho me obrigou a abortar. *Outro gaguinho? É o que você quer?* Dez anos que a pouca intimidade acabou. Nossa vida é de dois irmãos. No leito entre nós o fantasma da mãe e do pai. Dormem conosco. Isso o João não quer entender.

Afinal são vinte anos. O Tito, ele sim, me compreende. Gênio manso, tudo perdoa. Demais depende de mim. Eu que lhe faço o prato. Se quero me vingar diminuo a porção, nem assim reclama. Quem de manhã lhe prepara a roupa? Sem mim não escolhe meia, camisa, gravata. Sabe que é tão vergonhoso? Sofreu acidente com fratura de costela. Eu o assisti no hospital. E você não acredita. Que se recusa a mostrar as partes íntimas. No quarto alcancei-lhe o papagaio. E ele: *Na sua frente, querida, eu não consigo.*

(Para trás derruba a cabeça e dispara no riso furioso.)

Decerto que sabe do João. Mas não pode me perder. Dele sem mim o que será? É o terceiro menino, esse o mais desamparado. Todo encolhido na cama, bem pequeno, sem me tocar. Faz de conta (segunda gargalhada espirra uma lágrima no grande olho verde) que o João não existe.

Dois filhos e não conhecia o prazer. Nos braços de João soube o que era volúpia. De mim fez uma nova mulher (sacode orgulhosa a cabeleira com os primeiros fios brancos). Em nosso ninho de amor.

A quatro mãos pintamos de azul. Avenca suspensa na varanda. Uma sala em miniatura. O nosso quartinho. E a cozinha toda branca. Com o banheiro ao lado. João instalou o chuveiro elétrico. E eu? Fiz a cortina azul de peixinho. Com cimento colei a pastilha na parede. Os dedos em carne viva — a operária do ninho fui eu. Três meses da maior felicidade.

Se lhe digo que ele, o Tito, com medo de choque, toma banho de touca, luva e sandália? De manhã eu dava ordens em casa. Deixava os meninos no colégio. E às nove horas corria para o ninho. Quem já me esperava, aflito? Amorzinho bem gostoso. Eu o chamava de meu pão, meu vinho. Que me fez mulher de verdade. Pobre de mim, aos quarenta anos.

Em casa para o almoço, oficiado por Tito com versículos. Minha vez de esperar o João à tarde, quando saía do escritório. Tudo branco e limpo, fogão e geladeira, o cantinho de pufes e almofadões.

Ele morria de ciúme, já viu? Logo de quem não precisava. Chegou a me bater. Doeu, não é que gostei? Tantos anos com o Tito, um dos hábitos é tratá-lo de pai. Maldito dia em que ao João chamei de paizinho. Outra vez, por distração (explode o medonho riso de um minuto inteiro), de Tito. Possesso de fúria que espuma. Nu, de pé, aos berros: *Não posso mais. Não aguento mais.* Me arrastou pelos cabelos, bateu com gosto: *Tem de dormir no quarto da empregada.*

João, meu querido, ele não passava de um velho. Entre mim e ele, no leito, você sabe disso, estão a mãe e o pai. Somos dois irmãos. Inocentes. Cada um no seu canto. *Acha que sou bobo, acha? Que eu acredito? Jure, sua grande cadela. Jure.*

Boba de mim, falei na parábola da Madalena. Quem não pecou atire... Se o João lá estivesse, Jesus que se cuidasse — já duas pedras zunindo no ar.

Desculpe a minha risada. Choro e rio com a mesma facilidade. Puro nervoso. O ciúme, a tortura, a perseguição. Por isso fui internada. Já estou melhor. Não precisei de choque. Explicou o Tito que fiquei histérica, quase louca. Citando três versículos — ai que enjoo os tais versículos — chegou a dizer: *Saia de casa. Saia, se quiser. Mas deixe os meninos.* E quando perdi o sapato, correndo na chuva, quem me acudiu? O Gaguinho, que é o preferido. Meus filhos não abandono. E como eu posso?

Que idade você me dá? (Feroz risada de todos os dentes — brilho furtivo de ouro?) Pois é, não pareço. O João mentiu que era desquitado. Sei que está fugindo da mulher. O pivô da separação nunca fui. Que enfrente o sogro, você não acha? Eu o amo. João de minha alma. É força que tudo cabe? Destruidora de lar não sou. Nem pobre mulher fatal. O ninho, esse sim, acabou. Por causa do muito ciúme e briga demais. No último dia ele andava no quarto, as lágrimas rolando no rosto. Olhava a cama, de tanta dor estralava os dedos.

Na vertigem do adeus me encostei na parede. Ele soluçava: *Da eguinha fogosa não mais sentir aqui a glicínia ali o jasmim. Pastar os olhos nesses cabelos.* E caindo de joelho: *Cuide bem das unhas. Não esqueça: o esmalte carmim.* Não da mão, as do pé. Fixação no meu pé grande. E na minha coxa leitosa. *Não deve apanhar sol.* Quer muito branca. Nem uma pinta. *Ai, coxa branquinha lavada em sete águas.*

Chorando nos abraçamos. Tirei da parede o quadrinho de Modigliani. Recolhi os bibelôs. Na despedida me beijou a testa: *Sou uma barata leprosa.*

Ao descer do táxi com pufes, elefantinhos, almofadas, quem correu me ajudar? São presentes de uma amiga, eu disse. O Tito bem finge que acredita. Como não hei de perdoar? Agora me entende? Sente o meu drama, você?

O nome do jogo

Os dois jogam buraco na casa da Dinorá. Ele, aos berros:

— Por que essa carta? Não sabe que...

E ela, mãozinha trêmula:

— Estou confundindo as coisas — e um tapinha na testa. — Ah, é. Onde estou com a cabeça?

* * *

Telefona para a amiga:

— Sibila, venha depressa. Aproveite que ele está dormindo.

Dali a cinco minutos:

— Não adianta, Sibila. O homem acordou.

— A Maria não está bem.

— Eu é que sei. No dia em que papai teve a trombose, quem menos ligou foi ela. O pobre me telefonou. Sozinho em casa. Não podia falar, um gargarejo lá no fundo. Estava mudo, ele que era só gritos. Corri lá. Chamei o doutor Alô.

Mamãe como sempre no cabeleireiro. Sabe o que disse? Quando contei o que acontecia? *O médico não saia daí. Quero tirar minha pressão.*

— E sobre ele, nada?

— Nem perguntou se ia morrer. O mundo existe por causa dela. Já viu criança dengosa? Mamãe está assim.

* * *

Proibidos pelo médico de saírem sozinhos. Ela não se conforma:

— Que bom se a Colaca fosse viva. Daí me convidava para uma volta de carro.

— Aceita um figo cristalizado?

Ela, um caco de velha, vaidosa da cintura fina:

— Para mim, não.

Ele sempre guloso:

— Me dá um.

Pescoço estendido de cavalo antigo no cocho.

— Você, não, homem. Não seja esganado. De noite é indigesto.

Deliciada em poder negar.

* * *

— O eletro seguinte é meu. Já dei a vez para o homem.

* * *

— Sabia da Júlia? Igualzinha à pobre Maria. Alegrinha. Tocando piano. Só pensa em passear. Toda enfeitada, de luva e bolsa. Pronta pra sair. A luz da varanda acesa. À espera de quem não vem, morto há muitos anos.

— Era assim o Juca. Arrumava a malinha. *Quero ir para a chácara*. Reinava, se não atendido. Punham no carro, dormindo já no portão. Uma volta na quadra e recolhiam o velhinho ferrado no sono.

* * *

No guardamento da velha:

— Deu no que a Santinha queria. Isso que ela gostava. Casa cheia. Velório com garçom.

* * *

— Biela, vamos juntos. De carro com chofer no enterro. Comendo broinha de fubá mimoso.

* * *

— Cadê a Maria?

— Lá na cama. Depois de cada discussão corre se deitar. *Apague a luz que vou morrer* — e cobre a cabeça com o lençol.

— Só de fiteira.

* * *

— Tão ruim, o meu velho. Já não calça o sapato. Caduca às vezes. Pergunta se tem banheiro na casa. Sentadinho, só quer dormir.

— E o meu, então? Não fala direito, com meia boca. Chora feito criança. Para essa viagem tive de arranjar dinheiro com os vizinhos. Mais um pouco vendendo a criação.

— Um boizinho?

— Que nada. Cabritinho, era o único. E as galinhas.

* * *

— É uma chantagista. Quando viajei, ela me disse: *Está beijando tua mãe pela última vez.* Eu, mais que depressa: Nada disso, mãe. Meu avião é que vai cair. Beijou pela última vez o teu filho.

* * *

No telefone:

— É o Pedro?

— Não. O Tito.

— O Tito está aí?

— Está falando com ele. O teu irmão.

— O Tito é muito bom. Gosto tanto dele.

* * *

— Mamãe montou na alma do pobre. Tudo é culpa dele. Os dois vendem a casa de campo. Daí ela: *Burro você foi de vender a chácara.*

— Brigam o dia inteirinho. *Não presta este apartamento. Aqui não aguento ficar. O culpado é você. Que alugou a nossa querida casa.*

— Só anda de táxi. Por quê? *Você não se desfez do carro? Quem manda ficar cego?*

— Com os berros dele no intervalo. Ela, de joelho e mão posta. Epa, cai de costas no tapete.

— Onde vai, ela cochila. Se acha um lugarzinho, deita e dorme quietinha.

* * *

— O Raul, pintor de aquarela no domingo, judiava da Lili. A triste era diabética. Passava fome. Quando morreu, tão pobre, foi enterrada com o vestido emprestado pela vizinha.

— Ele judiava de que maneira?

— De todas. Deixando-a só. Negando comida. Até surrando.

— É vivo?

— Com mais de oitenta. Vivo e reinando.

* * *

— Se você continua gritando, homem, eu vou embora.

— Por que não vai? Azar teu.

Olhando para a visita:

— Veja o que esse aí me faz. Quer me matar.

Não aguento mais. Me acuda.

Desmaio fingido no sofá vermelho da sala. Aos berros de João. Ela abre um olho:

— Para de gritar, homem.

* * *

Chorando, ela disca todas as combinações possíveis. Mas não acerta o número da própria casa.

* * *

— Sabe o que ela diz que o João teve? *Não ficou mudo. Cego não ficou. Logo não foi trombose. Uma gripe forte. Mas já sarou. Basta ouvir os gritos.*

— Assim não precisa ter dó.

— Chegou aflitinha: *Me leve até lá embaixo, Sibila. Não sei andar sozinha de elevador.*

— Sempre a mesma...

— *E pegar táxi não sei.*

— ...tapeadeira.

— Descemos o elevador. Ela toda exibida de bengalinha. Onde é que vai, Maria, tão elegante? *Ao circo de cavalinhos.* Dia seguinte abro o jornal, dou com ela, faceira no chá das cinco.

* * *

Liga para a mulher do Pedro.

— Quem fala? É a...

Essa ouve que Maria cochicha para o João:

— Como é o nome da mulher do Pedro?

O João, aos gritos:

— Pedro.

— Não, seu surdo. Não o Pedro. A mulher?

Mais gritos. Sem descobrir o nome, desliga.

* * *

Não há sonífero que derrube o velho Duca:

— Vê se sou bobo de dormir — e cochila noites inteiras sentado no sofá. — Não acordo nunca mais.

* * *

— A Maria passou a tarde comigo. Tão desgraçadinha, a pobre.

— Já viu o João como está encolhendo? Cada dia mais pequeno.

— Sabe o que aconteceu com ela no táxi? No meio da viagem não sabia quem era nem para onde ia.

— …

— Esteve lá em casa. Tive o cuidado: a levei até o carro, entreguei ao chofer o endereço escrito, pus o dinheiro na mão dela. Vá com Deus, Maria. Esse dinheiro aqui — e fechei a palma da mão — é para você pagar a corrida. Ela me olhou alegrinha, quem tinha entendido tudo.

— …

— Já avisei: não quero a Maria à tarde lá em casa. Depois eu não durmo. De peninha dela.

* * *

Agoniada, telefona para uma.

— Espere um pouquinho, Maria. Logo chego aí.

E para outro.

— Maria, já vou te pegar.

Sentadinha na ponta do sofá, pintada e de bengala nova. Gemendo, trôpega, afasta a cortina, espia da janela. Acendem as luzes da rua, negras árvores de sombra redonda na calçada, os pardais pipiam perdidos entre as folhas.

Mas você vai buscá-la? Nem eu.

* * *

Ela se aproveita da visita do amigo.

— Já não posso com esse homem. Qualquer dia me atiro. Por essa janela. É o que ele quer.

— Seja doce, Maria. Há que ter coragem.

* * *

Ela se aproveita da visita do amigo:

— Já não posso com esse homem. Qualquer dia me atiro. Por essa janela. É o que ele quer.

— Seja doce, Maria. Há que ter coragem.

* * *

Na hora de assinar, o velhote muito fraco, com aquele oclinho torto: *Como é o meu nome? Quem mesmo eu sou?*

* * *

Não seja bobo de se enterrar ao lado do João. Ele grita muito.

— ...

— Troque você com ele. Ponha o João no túmulo de nhô Eliseu.

— ...

— Fique com o Vavá. Ele é quieto e calado. E de noite tem a musiquinha.

— ...

— Bem saudoso no violão.

Um bicho no escuro

— Morto o braço esquerdo. Perdida a esperança de acordá-lo. Nem o massagista vem mais.

— Mas não se entrega. Amassando o lenço na mão direita.

— Muito brioso para se queixar. Às vezes se obra inteirinho. Quando abusa do virado com torresmo. Do lombinho de porco.

— A gula é o triste pecado do velho.

— Ele, o rei da casa, ser lavado da cintura para baixo. Sem força para se arrastar ao banheiro.

— E o troféu sob a cama?

— O último orgulho. Recusa-se à humilhação do papagaio verde de plástico.

— É um castigo para a família?

— Dá pena de nhô João. E da velha também. Os filhos, o senhor sabe como é. Chegam na porta e pedem a bênção de longe.

— Isso dói.

— De sua meia boca ninguém ouve: *Não aguento essa vida. Que Deus me leve.* Quase não sai de casa. Lembra-se da última visita? Lá na cozinha.

— Lenço vermelho no pescoço, poncho e botinha de sanfona.

— Não quer deixar a cama. O triste pijama de pelúcia, manchado de café com leite. No ombro a manta xadrez de lã.

— A distração é o radinho ligado o dia inteiro.

— Eu e a velha pensando um jeito de contar. Entrei no quarto, esfregando as mãos. Ele atalhou: *Já sei. Ouvi a notícia. O Lulo se foi.* É o quarto parente que falta. O sobrinho Antônio já disse: *Eu não visito o tio João. O próximo não quero ser.*

— Esse o maior ingrato. O preferido de nhô João.

— *O que dói não é a vida,* ele me disse. *Não é estar assim. Meu sentimento é ser um estorvo. Se ainda houvesse um jeito de quebrar o pescoço.*

— ...

— *E não me diga, Tito, que Deus é grande.*

* * *

— Uma feiticeira baixa e gorda. Ajudava as pessoas a morrer. Com um galhinho de arruda.

— Havia disso naquele tempo? Não eram só as carpideiras?

— Ela ficava na beira da cama. Sentadinha, rezando. E o doente...

Cai na risada, tosse, perde o fôlego.

— ...não tinha outro remédio.

— Dessa eu não sabia.

— Nas Porteiras tinha uma. Famosa. Também negra velha. Branda era o nome. Um alemão ficou muito mal. Chamaram a Branda. Na beira da cama ela sacudia a arruda: *Diga Jesus, seu Alfredo.*

Embrulha a língua, tanto que ri até lacrimeja.

— Que é isso, nhô João?

Tosse mais um pouco.

— Um nome feio em alemão. Que a negra não entendia. Cada vez que ela invocava — *Diga Jesus* —, o pobre acudia: *Vá à merda*, em alemão. E assim foram até o fim.

— ...

— Quase a negra arrepia carreira.

— E o alemão não disse — *Ai, Jesus*?

— Morreu, mas não disse.

O Tito que volta com o chimarrão.

— Mulher desse tipo mecê dispensa, não é, nhô João?

— Morrer é fácil. Com Jesus ou sem ele, não é o que todos fazem?

— ...

— Medo não tenho de bicho no escuro. Impávido na força dos setenta e três anos.

— Preciso de quem me ajude a viver.

O Tito, apontando a parede:

— De preferência uma daquelas.

Ali a folhinha da moça nua — o velhote bem aprecia.

— Com uma dessas valia a pena.

— Viu o velho? Como é gabola?

— Senti a falta da criação, nhô João.

— Mecê fala do portão aberto.

— Não é estranho?

— Mandei consertar a cerca. A criação está na chácara do Emílio. Sabe onde é? Aquela que foi do Nonô Pacheco.

— Me lembro do velho Pacheco. Marido de nhá Zulma. Viúva, casou de novo. Com seu Joca Pires.

— E viúva fica outra vez.

O Tito:

— Um mulherão, nhá Zulma. Na segunda viuvez aqui o velho pensou nela.

Sombra de tristeza, olhinho lá longe.

— Não é mentira.

Na mão válida, para ativar a circulação, machuca o grande lenço azul.

— Estive com nhá Zulma outro dia. Quase setenta anos. Um jeito de quem foi bonita. Só meio cadeiruda.

— Isso que era o bom. A modo que mecê não gosta.

Envergonhado da pouca sabedoria:

— Como é a história de nhá Zulma?

— A chácara foi da Maria Pacheco, mãe do Nonô. Essa mulher era minha amiga como se fosse um homem. Eu, ela e o Firmino sempre à caça de tatu.

— Em noite de lua cheia.

— Ela trazia a cortadeira. Ao sinal do cachorro, abria o buraco. E puxava o rabo do tatu. Se eu não fosse ligeiro, quem carneava o bicho era ela.

— Famosa no facão.

— Certa manhã eu e o Firmino, pelas bandas do Mato Queimado, demos com um veado viçoso — era uma veada. Sem chifre. O bicho acabou no terreiro de nhá Maria. Nós e os cachorros atrás. Achamos o veadinho amarrado ao pé da cama. Ela acuou o bicho numa cerca e laçou de um golpe só.

— Por que levou para o quarto?

— O oitão da casa em reforma. E a cama estava na cozinha. Ela dormia a par do fogão. Enquanto preparou o mate, demos a polenta aos cachorros. E passamos a tarde na maior prosa.

— Ainda não entendi o caso da Zulma com o Nonô.

— Era filho único. O encanto da Maria Pacheco. Tinha uma bodega de beira de estrada. A Zulma, um mulherão, deixou o marido e foi viver com o Nonô.

— Isso que é amor.

— Nhá Maria de desgosto não comeu mais. Morreu de não comer.

— E durou quanto?

— Uns dois meses. Nunca mais pôs nada na boca. O farmacêutico uma vez esteve lá. Depois falou: *Ela não tem achaque. Doente não é. Por que a senhora não come?* E a velha: *Porque não me apetece*. Assim ela definhou.

— Isso que é ser braba.

— Daí o Nonô se instalou na casa. Nhá Zulma ali reinou até ele morrer.

— Ah, se pudesse, nhá Maria lhe puxava a perna grossa.

— Deve ter tentado. E ficou enroscada no oitão.

— Dos Pacheco quem deixou fama foi o Carlito. Aquele que se matou.

— Debaixo do pinheiro. Uma cruz, a cerquinha em volta, o mato cresceu. Quem chega perto vê no medalhão o retratinho apagado. No meio da coroa de papel crepom — lembrança do último Finados.

— Ali a par da estrada. Lado esquerdo.

— Sempre que passava, cuidei da cruz do Carlito. Túmulo engraçado.

Outra vez a tosse do riso.

— Sem defunto.

— Moço lindo que por amor se matou.

— A noiva fugiu com outro. Morreu de saudoso. Sentou-se debaixo do pinheiro, fumou um cigarro de palha, enfiou a pistolinha no ouvido. Foi achado pelo Zé Mudo.

— E o Mudo mecê conheceu?

Como bebia, esse aí. Negro alto, que gingava o bumba meu boi.

— Lá em casa, antes de abrir a porta, pelo cheiro a gente sabia quem era.

— Bom dançarino. Todo sábado havia fandango.

— Mecê também bailava?

— Onde já se viu? Espiava os negros saracoteando.

O Tito:

— E as negras rebolando. O interesse era pelas negrinhas.

— Nunca fui muito apreciador. Mas não enjeitava.

— E do Zé Mudo aqueles tocos de dedo?

— Golpe cego de facão. Uma vez deram um tiro no infeliz. Muita noite dormia bêbado no campo. Como um bicho, agachado. Quando me contaram do tiro, pensei logo: aposto que foi o Tibúrcio.

— Como desconfiou?

— O velho Tibúrcio era muito medroso. E a pistola dele não valia nada. Na bodega do Nonô apontou no cachorro branco dormindo ali no degrau — e o chumbo nem varou a orelha.

— Que judiação.

— Com o Mudo foi assim. O Tibúrcio era guardião. Voltava para casa, ainda no escuro. Deu naquele bicho de croque, um ronco esquisito. Achou que fosse visagem. Atirou de pertinho e saiu correndo: *Eu vi a morte. Foi a morte que eu vi.*

— Mecê acudiu o Zé Mudo?

— Uns perdigotos ficaram na mão. E outros mal furaram a camisa. Grudados no cascão da barriga. Ele gemia, mais que dor, na aflição de gritar: *Foi o Tibúrcio. Peguem o carniça do Tibúrcio.*

— ...

— Sabe que o coronel Bide me intimou? *Foi mecê que atirou no Mudo?* Bem eu que não fui.

Cara fechada na presença do feroz delegado.

— Primeiro, que não saio à noite. E segundo, a minha pistola não nega fogo.

* * *

Decide ir à festa dos setenta anos de nhá Zulma. Enfeita-se de chapelão, lenço vermelho e botinha — só dispensa as esporas prateadas.

— Que imprudência, nhô João — arrisca a velha.

Nem se digna responder. Com a ajuda do filho, monta pesadamente na famosa égua pintada. A mão inútil na tipoia, envolto no poncho cinza de franja, a rédea firme na destra.

Na meia hora de viagem não diz uma palavra — o filho estranha a palidez do velho que, por duas vezes, enxuga o suor da testa. Mal chegam à porteira:

— Vamos para casa, filho. Não quero fazer feio.

Já se ouve a sanfona ali perto.

— Estou com uma dor no braço. Caminha até o pescoço. E dói mais no peito.

Cruzam a ponte e o fim da tarde. Agora a viagem é mais longa. Começa a gemer baixinho. O filho, ansiado:

— Passou a dor, pai?

Boquinha torta, só resmunga:

— Haaam... haaam...

Entrando em casa, o filho o ampara até o quarto — nhô João vai andando, não é homem de se entregar.

— Pai, quer passar uma água nos pés?

— Hoje não carece.

Deita-se e cobre-se. Mal o filho fecha a porta, repuxa o lençol, esconde o rosto. E quietinho morre. Até o fim não fez feio.

Moço de bigodinho

— Diga uma coisa, tia Naná. Verdade que o doutor João desfrutou a Maria Pires?

— Quem te disse? Faz tanto tempo.

— Foi minha mãe. Ela tem mais de oitenta. Velha como a senhora.

— Quero ver teus olhos, menino. Se não está mentindo.

— *O André nunca mente*, diz mamãe. *Só enfeita*. Juro que foi ela. E o coronel Duca, irmão da ofendida, deu vinte e quatro horas para o sedutor deixar a cidade.

— Não foi bem assim. Eu já era mocinha. Tinha quinze anos.

— Então me conte.

— O doutor João era bonito. Parece que foi casado. Não tenho bem certeza. Moreno de bigodinho. Chegou à cidade com a mãe, que foi logo embora. A paixão dele não era a Maria. Era outra moça, de nome Rosinha. As duas eram primas.

— Rosinha é aquela que morreu tísica.

— Bem coradinha. Por causa da febre. Loira, de olhos verdes. Linda como você não viu.

— E a Maria Pires?

— Só engraçadinha. O doutor e a Rosinha se beijavam no caramanchão de glicínia azul. Na chácara de dona Eufêmia.

— Abusou também da Rosinha?

— Dessa, não. A Maria Pires tinha ciúme da prima. Não por muito tempo. Rosinha, a triste, se finou. Na terceira hemoptise.

— Morreram todos na família. Não acreditavam em contágio. Um foi pegando a tosse do outro.

— A Maria Pires começou a provocar o doutor. Quem viu tudo, a culpada de tudo, foi a Filó. Gorducha e pérfida. Que morava na pracinha. No fim de tarde, a Filó, já casada, estava na janela. E viu o doutor João encostado no coreto. De chapéu, encolhido na sombra. O casarão dos Pires, ali em frente, tinha um corredor escuro. Escondida atrás da cortina, a Filó espiava o jeito do doutor. E viu quando a Maria, lá da porta, acenou o lencinho branco. Ele se esgueirou rente ao muro e sumiu no corredor. Dia seguinte a cidade inteira sabia.

— Barbaridade.

— O alvoroço foi tão grande assim houvesse uma Filó em cada janela.

— E o coronel deu prazo para o doutor sair da cidade.

— Aí que está enganado. Ele se foi por causa do escândalo. Pegou o carro do Zeca das Neves e desapareceu.

— A senhora que se engana, tia Naná. Nessa época o Zeca das Neves nem tinha carro. Era carruagem. Não acredito que o doutor fugisse na velha traquitana sem tolda. Se fugiu, isso sim, foi de trem.

— Seja como for, arranjaram um marido para a Maria Pires. O pobre do Tadeu. Casaram, ele foi infeliz, tiveram um bando de filhos.

— Uma das moças, a senhora sabe, tinha furor. Louca por homem. Casou com um dentista. Já era dele em solteira. Depois, de pé no corredor, a vez do leiteiro e do carteiro.

— Decerto puxou à mãe.

— Não leve a mal, tia Naná. O doutor João não se engraçou com a senhora? E as outras filhas de vovô?

Dengosa, fez uma boquinha redonda de bailarina. Apesar dos oitenta, ainda um dente aqui, outro ali.

— Mais respeito, seu moço.

— Por tia Rita não ponho a mão no fogo.

— Não seja irreverente. Ela é morta. Nada mais é sagrado?

Com o facão, dói

Mal a pobre se queixava:

— Ai, que vida infeliz.

Ele a cobre de soco e pontapé:

— E agora? Está se divertindo?

A família vive em constante desespero com as atitudes violentas do homem.

— Ele parece louco. Mais de ano que não trabalha. Não é capaz de pegar um copo de água. Tudo tem que ser dado na mão.

Para ganhar um dinheirinho, dona Maria se arrebenta de tanto que bate roupa.

— Sou uma escrava. As duas filhas mais velhas sustentam a casa. Uma é caixeira e a outra doméstica.

A última cena de fúria na noite de sábado. João começa a bater em Rosinha, de treze anos. Vendo que já está bêbado, ela pede que não convide o vizinho para jogar víspora. Além de ser muito tarde, o pai continuará bebendo, ainda mais raivoso.

Como o pai espanca a irmã, que nada fez, a caixeira Odete, de quinze anos, tenta acalmá-lo e acaba também apanhando. Em defesa das filhas, acode dona Maria, a maior vítima. Alcançando o cabo de vassoura, o João surra tanto que a deixa de cabeça partida e o braço direito quebrado.

— Só o começo, sua bandida. Para você aprender.

Além das duas meninas, o casal tem mais três filhas menores, que também apanham, dia sim, dia não. Todas são vítimas dos ataques de João. Depois de surrá-las sem piedade, promete matar uma por uma se não obedecem às ordens.

— O distinto vive como um rei. Ao acordar chama as filhas. Que uma lhe lave os pés. Outra penteie o cabelo. E, todo nu, façam massagem pelo corpo.

— Não sou o galã do barraco?

Agarra e beija as mais velhas — com força e na boca. Você piou? Já viu: apanha sem dó. Ele passa o dia bebendo, chega em casa, reina por um nadinha. Decidido a se vingar na mulher e nos cinco anjinhos.

— João vive de porre. Sempre mais bêbado que são. Já cai na valeta antes da porta. Se não bastasse, até fome a gente passa.

Sem sossego, ele se queixa de Maria, que lhe roubou a paz de espírito.

— Não aguento mais. Ela faz uma ligação no meu corpo. Me usa igual um telefone. Enrola o meu intestino, puxa para um lado e para o outro. Assim toma conta da minha mente.

Quinze anos ela sofre com o seu querido carrasco, explorada até o último cigarro.

— O pobre bebe desde criança. A mãe que ensinou. Quando o conheci, já no copo. Eu tinha esperança que mudasse.

— São um bando de feiticeiras. A polícia tem que tomar alguma providência. Isso tem de ser proibido.

Outro dia ela atende no portão um piá que pede prato de comida. João pela rua aos gritos que é dona infiel.

— Me tapou o olho com um bruto soco. Me atropelou fora de casa. Dormi no sereno, encostada na parede. As crianças ele chaveou dentro. Bateu na mais velha com um cabo de facão. Sacudida pelo pescoço. Jurou o fim de nós todas.

— Essa mulher faz arte de bruxaria. Quer me arruinar. Tem de haver alguma lei que proíba essa ligação. Eu sou sadio. Não é que me internou no Asilo Nossa Senhora da Luz? Onde estou ela me persegue, toma conta da minha cabeça, só me azucrina.

Dona Maria, sofrendo maus-tratos do companheiro, não sabe como resolver o seu problema.

— Eu gostava dele. Depois desse bendito sábado, quero distância. Quanto mais longe, melhor. De mim e dos anjinhos. Já trabalhamos, eu e as duas meninas. Que ele me dê o barraco, é das crianças. Mais a pensão delas. Casada não sou. Sei que tenho direito.

— Para se apossar da casa, ela rouba a minha vida. Torce a minha memória, amarra o meu intestino, quer mandar em mim. Isso não pode acontecer.

Desanimada, Maria sonha ficar em paz, na companhia de Odete, Rosinha (a ponta do mindinho por ele decepada com a faca de pão), Suzana, sete anos, Filó, três, e das Dores, um ano e seis meses. Todas registradas da Silva, o sobrenome de João.

— Essas eu fiz para mim. Qualquer dia me sirvo. Filha minha para outro não engordo.

— Ele diz que não pode sem a velha. Quem gosta faz o que me fez? Me rachou a cabeça. Partiu o braço, logo o direito. Agora como é que lavo roupa?

João sabe que é difícil explicar sua história. Como não é fácil para os outros entenderem.

— Quando são, é um homem e tanto. Bêbado, só dá desgosto. Quebra tudo. Barbariza as filhas. De mim tira sangue.

Ele não perde a esperança de se livrar da famosa bruxa Maria.

— Ainda seja preciso acabar com ela. E uma por uma das diabinhas.

Suzana, a preferida, bem gaguinha dos croques na mioleira.

— A ele eu dou tudo. É calça de veludo, é sabonete, é cigarro.

Os vizinhos já não dormem com tanto grito de criança.

— De volta ganho mais porrada.

Entre os berros de João:

— Isso não pode continuar. Estou desesperado. Que alguém me acuda.

Só de traidora ela se queixa:

— Ai, que vida infeliz.

João revida com soco, pontapé e cabeçada.

— E agora? Está se divertindo?

Apanha ela (grávida de três meses) e apanham as cinco pestinhas. Uma das menores fica de joelho e mão posta:

— Sai sangue, pai. Não com o facão, paizinho. Com o facão, dói.

Foquinho vermelho

Faz quatro anos eu a conheci na boate Mil e Uma Noites. Tinha dezesseis aninhos, loira de olho azul, bem como eu gosto. Grávida não sabia de quem. Por ela fiquei perdido. Resolvi tirá-la daquele ambiente e passou a viver na minha companhia. Dei casa e comida, registrei o garoto no meu nome.

Nada lhe faltava, embora eu fosse pobre. A gente vivia bem, eu trabalhando com o táxi, ela cuidando da casa e do menino. Começaram as brigas quando a Maria decidiu voltar para o inferninho. Eu não queria e depois ela não precisava.

Com a crise, mais difícil a vivência, me obriguei a vender o sofá e a televisão. Assim que o dinheiro acabou, Maria já não era a mesma. Aluguei um quarto na Pensão Bom Pastor, ela achou de voltar para a zona. Essa vergonha não aceitava, era minha mulher, eu gostava dela. Desprezou o meu pedido e partiu para a vida noturna. Quando o ciúme era demais, eu ficava bêbado e, na esperança que mudasse, batia nela de mão fechada.

Uma noite os vizinhos chamaram a polícia, fui parar no quinto distrito. Maria me procurou, arrependida. Ficamos juntos outra vez. Só frequentar uns dias o famoso Foquinho Vermelho e ganhava mais um pouco. Já tinha comprado o fogão e a mesa de fórmica xadrez. Eu a levava às nove da noite e ia buscar às cinco da manhã. Me roía de aflição, dividi-la com um tipo qualquer.

Aquele dia maldito passei correndo no táxi. Estive na casa de minha mãe, que chorou desgostosa, eu era bom moço e a Maria minha desgraça. Cheguei para almoçar, nem pão seco na mesa, ela bebia licor de ovo com uma colega. Riam-se dos clientes que as apertavam na dança, uns queriam beijo na boca, outros passavam a mão no seio. Achei que era demais, falarem na minha frente de outros homens. Pedi que a tal amiga fosse conversar lá fora.

Mãe do céu, por que não mordi a língua. Maria gritou que estava cansada de minha cara feia. Não via futuro com um pobre motorista de táxi. Furiosa, me tocava do quarto. Jogou no chão a minha roupa.

— Cuidado comigo, menina.

Por causa dos assaltos, ela sabia do punhal na cinta.

— Não me abuse que sou nervoso.

Até uma camisa e duas cuecas molhadas no varal foi apanhar.

— Assim não precisa mais vir. Já brigamos outras vezes. Sempre você voltou e eu aceitei. Agora nunca mais.

Juntei a roupa e uns tarecos que ela atirou. Saí chorando, eu não pintava e beijava a unha do seu pezinho? Uma dor na nuca, botei a trouxa no carro, fui para o serviço.

Lá pela meia-noite entrei no inferninho. Cansado, queria a chave do quarto e dormir um pouco. Logo vi que tinha bebido e tomado bolinha. O grande olho azul, linda no vestido vermelho de cetim e sapatinho prateado.

— Não dou as chaves.

Muito deboche e pouco-caso, ria-se no dentinho de ouro.

— Não entende, ô cara? Já não quero a tua companhia. E não gosto mais de você.

Se eu insistisse me faria passar vergonha.

— Está vendo essas meninas? Escolha uma. Todas que quiser. Menos eu.

Não fosse ela, quem me espremia os cravos das costas?

— Meu único amor é você.

— Qual é a tua, cara? Já não te conheço. Para mim nunca existiu.

Soberba de perna cruzada no sofá, eu de croque ali a seus pés.

— Volte, Maria. Não me deixe fazer um crime. Pense no teu filho.

Não precisava me humilhar na frente do garçom, das bailarinas, da gorducha tia Olga, do velhinho que bebia cerveja no balcão.

— É a última vez que te peço.

Mandou que comprasse cigarro. Quando voltei, já estava fumando. Soprou na minha cara a fumaça:

— Agora vá até o cemitério, João. E procure um túmulo para chorar.

— Não seja ingrata, amor.

— Faça de conta que sou eu. Já morri para você.

Fiquei de pé, saquei do punhal. Um golpe, outro, mais outro. Sem um grito, ela caiu, derrubou copos e garrafas ali na mesa. Pronto se calam as vozes.

— Me acuda, João.

Ainda conseguiu se levantar. Cambaleou três passos na direção do banheiro. De frente, enfiei o punhal. Mais fundo e de baixo para cima. Ela me abraçou:

— Não me mate que eu volto.

Molhado de sangue o peitinho branco. Estendeu a mão esquerda, as bijuterias buliram no pulso:

— Me leve para casa.

Arrastou-se ali a meus pés.

— Agora é tarde. Você tem que morrer.

Caiu de lado numa poça de sangue.

— Tua casa é o inferno, querida.

Bufando, a gorda cafetina me empurrou, ergueu-lhe a cabeça:

— Ritinha.

Na boate esse o nome. Gemeu baixinho. Perdido um sapato, perna dobrada, mostrava a calcinha de malha amarela.

— Me responda, Ritinha.

Ritinha suspirou, virou o branco do olho, botou sangue pela boca.

As mulheres tinham se encolhido nos cantos. O velhinho bem quieto no balcão. Ninguém se mexia.

Punhal na mão, apanhei as chaves. Tonto, fui contra a parede, quase caí.

— Corto o primeiro que se chegar.

Lá fora corri até a esquina. Antes de subir no táxi, olhei para trás. O garçom parou com os braços abertos no meio da rua.

Balada do vampiro

Deus por que fez da mulher
O suspiro do moço
Sumidouro do velho?
Ai só de olhar eu morro
Se não quer
Por que exibe as graças
Em vez de esconder?
Imagine então se
Não imagine arara bêbada
Pode que se encante com o bigodinho
Até lá enxugo os meus conhaques
Olha essa aí rebolando-se inteira
Ninguém diga sou taradinho
No fundo de cada filho de família
Dorme um vampiro
Muito sofredor ver moça bonita
E são tantas
Bem me fizeram o que sou

Oco de pau podre
Aqui floresce aranha cobra escorpião
Pudera sempre se enfeitando se pintando
Se adorando no espelhinho da bolsa
Não é para me deixarem assanhado?
Veja as filhas da cidade como elas crescem
Não trabalham nem fiam
Bem que estão gordinhas
Gênio do espelho existe em Curitiba
Alguém mais aflito que eu?
Não olhe cara feia
Não olhe que está perdido
Toda de preto meia preta
Repare na saia curta upa lá lá
Distrai-se a repuxá-la no joelho de covinha
Ai ser a liga roxa
O sapatinho que alisa o pé
E sapato ser esmagado pela dona do pezinho
Na ponta da língua a mulher filtra o mel
Que embebeda o colibri alucina o vampiro
Não faça isso meu anjo
Pintada de ouro vestida de pluma pena arminho
Olhe suspenso a um palmo do chão
Tarde demais já vi a loirinha
Milharal ondulante ao peso das espigas maduras
Como não roer unha?

Por ti serei maior que o motociclista do Globo da Morte
Uma vergonha na minha idade

Lá vou atrás dela
Em menino era a gloriosa bandinha do Tiro Rio Branco
No braço não sente a baba do meu olho?
Se existe força do pensamento
Ali na nuca os sete beijos da paixão
Já vai longe
Na rosa não cheirou a cinza do coração de andorinha
Ó morcego ó andorinha ó mosca
Nossa mãe até as moscas instrumento do prazer
De quantas arranquei as asas?
Brado aos céus
Como não ter espinha na cara?
Eu vos desprezo virgens cruéis
Ó meninas mais lindas de Curitiba
Nem uma baixou sobre mim o olhar vesgo da luxúria
Calma Nelsinho calma
Admirando as pirâmides marchadoras
De Quéops Quéfren Miquerinos
Quem se importa com o sangue de mil escravos?
Ai Jesus Cristinho socorro me salve
Triste rapaz na danação dos vinte anos
Carregar vidro de sanguessuga
Na hora do perigo aplicá-las na nuca?
Já o cego não vê a fumaça não fuma
Ó Deus enterra-me no olho a tua agulha de fogo
Não mais cão sarnento comido de pulgas
Que dá voltas para morder o rabo
Em despedida
Ó curvas ó delícias

Concede-me essa ruivinha que aí vai
A doce boquinha suplicando beijo
Ventosa da lagarta de fogo é o beijinho da virgem
Você grita vinte e quatro horas
Estrebucha feliz
Tão bem-feitas para serem acariciadas
Ratinho branco gato angorá porquinho-da-índia
Para onde você olha lá estão
Subindo e descendo a rua das flores
Cada uma cesto cheio de flores rua lavada de sol
Macieira em botão suspirosa de abelha
No bracinho nu a penugem dourada se arrepiando
Aos teus beijos soprados na brisa fagueira
Seguem a passo decidido
Estremecendo as bochechas rosadas
O aceno dos caracóis te pedindo a mordida no cangote
Ao bravo bamboleio da bundinha
Até as pedras batem palmas
Sei que não devo
Muito magro uma tosse feia
Assim não adianta o xarope de agrião
É tarde estou perdido
Todas elas de joelho e mão posta
Para que eu me sirva
O relampo do sol no olho
Ao rufar dos tambores
No duplo salto-mortal reviro pelo avesso
Sem tirar o pé do chão
Veja o peitinho manso de pomba

Dois gatinhos brancos bebendo leite no pires
Chego mais perto quem não quer nada
O que é prender na mão um pintassilgo?
Sou fraco Senhor
O biquinho do pintassilgo te pinica a palma
E sacode de nuca ao terceiro dedinho do pé esquerdo
Derretido de gozo
Uma cosquinha no céu da boca
Prestes a uivar
Estendo a mão agarro uma duas três
Já faço em Curitiba um carnaval de sangue
Ai de mim
Quem me acode
O soluço do pobre vampiro quem escuta?

Quem matou o Caju

Bom comportamento, faz quinze dias saí da cadeia. Um já sangrei e esfolei. Por um pedaço de osso na sopa do albergue.

Foi ontem. Eu, o Penha, o Negão e o Caju, lá no velho cemitério. Que vergonha, doutor. Só despacho, já viu, no meio dos túmulos.

Bebemos umas nove garrafas de pinga. Era da boa. Certo que o Caju botou a língua de fora. Sei lá quem o arrochou. E jogou na cabeça o vaso de copo-de-leite. Bem que o Negão estava com a gente.

Não sei por que foi morto o Caju. Nem quem foi. De bronca nenhuma lembro. Dele não apanhei, só uma transa com a china, de todos não é?

Lá na Cruz das Almas enxugamos sete, oito garrafas. Todos borrachos. Quase me sentando de bobeira. Epa, uma confusão entre o Caju e o Penha. De boa paz, fui apartar. Acho que no Caju dei umas porradas. Tão bebum, quem se lembra?

Apanhei dos tiras pra contar. Sei lá o que aconteceu. O Caju caído entre os túmulos, sem o boné. Se eu dei com o vaso de flores na cabeça? O doutor sabe? Nem eu.

* * *

Encontrei o Penha, o Zé, o Caju. Lá na Cruz das Almas. Um mais pinguço que o outro. Já se atracavam o Penha e o Caju. Por causa de um boné velho. Daí a vez do Caju e o Zé. Bem no túmulo da santinha Maria Bueno.

O Zé e o Penha derrubaram o Caju. Só fiquei olhando. Tão borracho, de pé quem parava? Já não fosse coxo de uma perna. Ninguém se entendia. Do Caju até gostava, nunca brigamos pela china faceira.

Sei lá o que aconteceu. Pudera, nove, onze garrafas de pinga? Da boa, doutor. Se dormi ali mesmo, se fui embora, não me lembro. A mãezinha na janela enquanto não chego.

* * *

Maloqueiro não sou. Faço pequenos biscates. Descarrego caminhão na feira. Ontem estava com o Negão, Zé do Osso e Caju. Lá no cemitério, a par da Cruz das Almas. Um carnaval de frango com farofa, charuto e cachaça. Da macumba largada nos túmulos.

Mais três garrafas perto da velha capela. Era pinga da boa. De repente o Zé e o Caju não se entendiam. Uma vez o Caju afanou o meu boné. Quis trocar pela china. Mordeu minha orelha esquerda, o sinal até hoje.

O Zé dedou o Caju de enrustir no saco uma garrafa cheia. Riam os dois, mal trocavam soco e pontapé. Cada um caía sozinho. Sem querer o Zé acertou uma cacetada. O Caju não conseguiu se levantar. Bem machucado, botando sangue pela boca e pelo nariz.

Fiquei ao lado do Zé. Uma china, doutor, não vale boné velho de couro. O Negão de pé não podia parar. Só xingando e cuspindo de longe. Mesmo sentado, chutou o narigão vermelho do Caju. Chegava de briga, para todos tinha cachaça.

Cansados de malhar, deixamos o Caju lambendo o sangue. Meio escondido atrás de um túmulo. Catamos duas ou três garrafas na cruz da madrinha Bueno. Mais uns goles, o Zé me convidou para acabar o serviço.

Lá estava o bichão, caído e gemendo, ainda vivo. Tirei dele a cinta de couro sem fivela. Raiva não tinha. Afoguei devagarinho o pescoço. Até achei graça no olhão vesgo do Caju, a bruta língua de fora.

Bufando, ergueu o Zé um grande vaso de barro. Esmagou a cara do Caju. Daí pisava na cabeça e no corpo todo. Só parou com o ladrão bem quieto.

Cadê o Negão da perninha dura? Eu e o Zé botamos o saco nas costas. Cada um do seu lado.

Hoje pedia pão numa casa. Fui dedado pelo Zé do Osso, no carro da polícia. Isso aí, doutor. Cuspi no Caju e arrochei a goela com o cinto. Mas o Zé acabou o serviço. Com o vaso de flores moeu a cabeça. Tirou sangue da boca sem dente. Chutou a barriga-d'água. Um grande suspiro, o Caju se apagou.

O diabo no corpo

Catorze aninhos eu tinha. O João esperava na esquina do colégio. Um mês depois, me pediu em noivado. Meus pais não gostaram, apareceu bêbado lá em casa. Inocentinha, tanto que chorei, eles deixaram. O noivado pouco durou. O João de cabeça quente, o ano da formatura na faculdade, sumiu sem adeus. Quando fiz dezessete, ele voltou e casamos.

Dois filhos mais lindos, a garota com oito, o piá com cinco. Desde noivo, para acalmar os nervos, o João bebia. Nasceu a menina, queria que o imitasse. Com umas e outras, a gente ficava em doce bobeira. Às vezes discutia, quem se lembra por quê? No começo era uísque, depois a velha pinga. Queixava-se de não conseguir emprego. Como podia, se acordava de garrafa na mão?

Uma noite derramei água fervendo na perninha do nenê. Minha mãe fez que me internasse no asilo. Lá fiquei trinta dias. De volta, o João bebendo na minha frente, enchendo o meu copo, você resistia? Dormi com o cigarro aceso, botei fogo no berço do anjinho. Esse, graças a Deus, ao pé da cama. Fui parar no asilo, mais vinte e um dias.

Jurava nunca mais beber. E seguir o tratamento em casa. Chegando em casa, não o acompanhasse, meu João brigava. Desde menino, viciado pela própria mãe. No início foi aquela festa. Lhe deu na fraqueza o vinagrão, chorou, se descabelou. Queria fazer de tudo. Até o que uma mulher da rua tem vergonha.

Não é que me avançou com uma faca? Minha mãe ali na cozinha soltou um grito e caiu de costas. Quanta vez ele tentou me esgoelar? Olhe o sinal das unhas no pescoço. A soco e pontapé me perseguia em volta da mesa, obrigada a pular a janela.

A velha pedia que o abandonasse. E, infeliz de mim, eu podia? Se era meu grande amor. Sóbrio, quem mais santinho que ele? Borracho, era outro, assassino da minha alma.

Naquele dia acordou gemendo que tinha sonhado com o diabo.

— Menina, estou com o inferno no corpo.

Rebateu o tremor com pinga pura. Era domingo, minha mãe trouxe macarrão, batatinha, chuchu. O almoço alegre, toda a família riu bastante. A velha o considerava seu filho mais velho, o João a chamava de mãe. Bem o demônio me tentou: preparei um litro de caipirinha. A velha se ofendeu e foi embora.

O João me abraçou, dançamos juntinhos na sala. Ele, eu tropeçava, as crianças batiam palmas. Um copinho e outro, assistimos ao jogo pela tevê. De repente, olho espumando sangue, deu grande berro:

— O capeta voltou. Ele não me deixa. Sai, maldito.

Decidiu dormir no carro; sem gasolina, já não saía da garagem. Meio tonta, servi chá para os filhos. Deitamos na cama para ver um filme, cochilei.

Lá pelas sete da noite. Murro e pé na porta. Capengando na varanda, era o tinhoso? Gritou meu nome.

— Bandida, hoje não escapa.

Abri o trinco. Já pulou dentro, me sacudiu pelo pescoço, até perdi o fôlego. Os pobres meninos bem quietos.

Daí agarrou a faca de pão sobre a mesa, ao lado do bolo de fubá. Me acertou duas vezes na coxa, perto da virilha. Grandalhão, quase cem quilos, ainda zonzo e fraco.

Derrubou a faca, peguei primeiro, empurrei uma só vez.

Foi sem querer, ele segurou a barriga:

— Ai, menina. Estou ferido.

Cambaleando na rua, eu atrás. Tropeçava, caiu de joelho:

— Me acuda, amor. Que eu morro.

Olhei a camisa amarela, só sangue.

— Fique aí, meu velho. Não saia daí.

O que eu disse: Não saia daí. O triste mal se mexia. Em desespero, bati na porta do vizinho.

— Socorro, sargento. Furei meu marido. Com a faquinha de pão. Ajude, por favor.

Me viu descalça e bêbada, sem acreditar.

— Só quero que ele não morra.

O desgracido ali parado.

— Corra, sargento. Por favor. Me acuda.

Nem fazia diferença, era tarde. Chorei, ajoelhei ao lado do João. O meu sangue molhava a coxa, escorria devagarinho na perna. Os dois filhos olhavam de longe.

Canção do exílio

Não permita Deus que eu morra
Sem que daqui me vá
Sem que diga adeus ao pinheiro
Onde já não canta o sabiá
Morrer ó supremo desfrute
Em Curitiba é que não dá
Com o poetinha bem viu o que fizeram
O Fafau e o Xaxufa gorjeando os versinhos
Na missa das seis na Igreja da Ordem
O trêfego Jaime batia palminha
Em Curitiba a morte não é séria
Um vereador gaiato já te muda em nome de rua
Ao menos fosse de mulheres da vida
Nem pensar no necrológio
O Wanderlei já imaginou
Ó santo Deus não o Wanderlei
Sem contar a sessão pública dos onze positivistas
Oficiada pelo grão-mestre Davi

Nessa hora você desiste da própria morte
Em Curitiba é que não dá
O Sílvio iria filmar tua vida
Melhor não ter vivido
Dirá o Edu que foi teu amigo de infância
Antes nunca ter tido infância
Muito menos amigo
Tudo faça para não morrer
Em último caso
Que seja longe de Curitiba
Não avise mulher nem filho
Nada de orador à beira do túmulo
Já imaginou o presidente da OAB pipilando o verbo
Os trezentos milhões da Academia Paranaense
Arrastando-se de maca bengala cadeira de roda
Lá vem a desgracida Dona Mercedes
Com o chumaço de algodão
Para tapar tua narina olho ouvido
Por que o ouvido não sei
Ah ser morto o mais longe da Dona Mercedes
Bem lacrada a tampa do teu caixão
A Juriti não há de chorar lágrimas fingidas
A Rosa Maria não dirá
Cismou sozinho à noite
Nem o tremendo Iberê no artigo de fundo
Morreu como um passarinho
Fuja da missa de sétimo dia
Tudo menos a famosa missa do sétimo dia
Cantada em falsete pelo Dom Fedalto

Castigo bastante é viver em Curitiba
Morrer em Curitiba que não dá
Não permita Deus
Só bem longe daqui
Mais prazeres encontro eu lá
O que tanto em vida se defendeu
Nem morto já entregue
Às baratas leprosas com caspa na sobrancelha
Aos ratos piolhentos de gravatinha-borboleta
Sem esquecer das corruíras nanicas
Trincando broinha de fubá mimoso
Ah nunca morrer em Curitiba
Para sofrer até o Juízo Final
A araponga louca da meia-noite
O Vinholes e o Mazza gorjeando os primores
Que tais não encontro eu cá
Não permita Deus
Sem que daqui me vá
Minha terra já não tem pinheiro
O sabiá não canta mais
Perdeu as penas enterrou no peito o bico afiado
De sangue tingiu a água sulfurosa do rio Belém
Ao último pinheiro
Foi demais o dentinho de ouro do ex-padre Emir
Com raízes e tudo arrancou-se das pedras
Montou numa nuvem ligeira
E voou sim voou sobre as asas do bem-te-vi
Em Curitiba o teu fim
Crucificado numa trovinha assim do Salomão assim

Consolo único
São as flores roxas de pano
Na eterna saudade da Valquíria
Embebendo em gasolina o vestido negro de cetim
E ateando fogo
Dura e difícil de entender
A maldição do velho Jeová de guerra
Teu velório será no salão nobre da Reitoria
Rondando a porta lá estarão os carrinhos
De amendoim algodão-doce pipoca
Batatinha frita melancia em fatia
Se a gente não morre em surdina
Bem longe de Curitiba
A repórter Margarita anuncia no jornal das oito
Que você foi enterrado vivo
Teu rosto irreconhecível
Porém colorido
Aparecerá no próximo capítulo da novela
Podes crer amizade
Agora vem o Emiliano
Que é doce morrer em Curitiba
Para tua bostica de Curitiba
Isto aqui ô babaca
Veja o que fizeram com a Maria Bueno
Depois de santa é líder feminista
No bosque das flores murchas da Boca Rouge
Por sete dinheirinhos
Pagos pelo nego pachola e o polaquinho fanho
O Esmaga cuspirá no retratinho do teu túmulo

Ó supremo desfrute
Em Curitiba que não dá
Não permita Deus que eu morra
Sem que daqui me vá
Nunca mais aviste os pinheiros
Onde já não canta o sabiá.

Iniciação

— Trabalho pensando nele o dia inteiro. Entro em casa, o carinha com duas pedras na mão. Me cobra, reclama, agride, chora. Exige o brinquedo mais caro. Ai, vontade de fugir, nunca mais voltar.

— Ah, é? Por que não pensou antes? Bem lhe disse: comece com um vasinho de violeta. Uma coleção de bichos de vidro. Depois um peixe vermelho no aquário. Em seguida um gatinho branco. Filho? Só no fim da iniciação.

* * *

Aos três anos, monstro rebelde, já contestador. Na hora do banho, não para quieto, umas palmadas, choraminga.

— Pa... pai. Pa... pai.

— Que pais que nada. Teu pai sou eu.

Do eterno ausente quer tudo saber. Discutem dia e noite. Aos colegas da escola diz:

— Ele morreu. De caveira, o paizinho.

De caveira: o fantasma da capa preta na cola do mau aluno.

* * *

Quando ele apanha, ameaça:

— Se você me bate, eu fujo.

— Ah, é? Para onde?

— A casa do pai.

Ela perde a paciência.

— Pode ir. Quer que arrume a lancheira?

Medroso ou indulgente, abraça a mãe.

— Fujo, não. Só de mentirinha. De você que eu gosto.

* * *

— Tua professora ligou. De castigo, você. *Beijando na boca os meninos*. Que feio, meu filho. Não é assim que se faz.

— …

— Menino beija menina.

— Você é gozada, cara.

— …

— Pensa que elas deixam?

* * *

Salta no colo da mãe e pede um beijo de estalo.

— Está bem. Só unzinho.

E oferece a face, lábio apertado. Com o piá, não: mil deles, na boca, e molhados.

* * *

— Vivo só para ele. Pensa que reconhece? Mas não me arrependo.

— Ainda beija na boca os meninos?

— Agora aprendeu. O que me pede, o tipinho, já viu? Se fazendo bem pequeno.

— ...

— *Me dá o peito, mãezinha? Um pouquinho só, antes de dormir. Mesmo sem leite?*

* * *

O pai fujão telefona tarde da noite, sempre bêbado: ela atende, ele quieto e mudo. Ela desliga, o tal insiste duas, três, sete vezes.

— Quer parar, cara? Sei que é você. Teu silêncio, cara, é a tua voz.

Na décima segunda vez, ele fala.

— Te vi na rua. Minissaia vermelha. Só para me provocar. Acha que não sei?

— Pobre de mim. Ganhei de presente. Porque vermelha não vou usar? Corta essa, cara. Me deixa em paz, cara.

Horror de ser chamado cara.

* * *

Nos primeiros dias do novo colégio.

— Que vergonha, meu filho. Sabe com quem estive? A tua professora. O que você disse para duas meninas da classe.

— Ela que é uma bruxa.

— *Quer fazer amor, docinho?*

— Não fui…

— *Eu pago bem. Só não vale papai-mamãe.*

— …

— E eu, cara, já pensou? Queimada viva na fogueira. A mãe do maníaco sexual precoce. O docinho das meninas e, olhe aqui, três e meio em português.

Tiau, topinho

Ao abrir a porta, de manhã, ali quietinho na cama: o velho Topi se finou dormindo. Tudo que direi, a quem perguntar.

* * *

Ah, morrer não é tão fácil. Duas da tarde, entro na sala, ele dá voltas, tonto, arrasta a perna traseira direita. “Meu Deus, carinha, o que foi?” Ainda há pouco dividimos lasca de queijo branco: “Só um pedacinho, hein? Não se acostume.” Todo se lambeu, deliciado.

Agora não para, aflito, sempre a mesma volta à esquerda. Falo com ele, afago a cabecinha em fogo. Abro a porta, cambaleia na área, decerto em pânico, não sabe o que lhe aconteceu. Cheira sob o portão, se arrasta sem rumo, ajudo a subir o degrau.

Mais gritos, bate-se na perna das cadeiras. Cego de um olho, será? Pronto, sacudido inteiro de convulsões. Sinto no rosto o vento da marreta invisível que lhe acerta a nuca. Cai de lado, estala os dentes, língua de fora, espumando. Me ajoelho, aliso a grande orelha, falo com ele. Surdinho há meses, não me ouve, falo assim mesmo: "Coragem, você aí. Sou eu, segurando a tua patinha."

Decerto é o fim. Não, a morte nunca tem pressa. O derrame lhe afetou as cordas vocais, sei lá. Com tanta dor, agonia sem nenhum ai. Revira o branco do olho, a espuma se espalha no tapete. Só as unhas de leve arranham o soalho. Valente, não se entrega, o carinha: contra os golpes da marreta, cego, ergue ainda o peito forte.

Maldito domingo, todas as clínicas fechadas. Tento uma e outra, nada. Meia hora passou, decido sufocá-lo, cortar o sofrimento. Mas como, com o quê? No tanque cheio de água? Um travesseiro na cabeça? Fecho nas mãos o pescoço grosso e musculoso. Arre, uma clínica de plantão atende.

Ao buzinar o táxi, abraço numa toalha o velho amigo. Ainda se debate, a cabeça caída, babando. O chofer desconfiado, se não é raiva. Em poucos minutos chegamos, deposito-o na medonha mesa de zinco, dois cintos de couro pendentes. Diz o veterinário: *caso neurológico, irreversível, só resta...* De longe, em voz baixa, última vez: "Tiau, Topinho." Mão firme, assino o papel da eutanásia. Pago a injeção e o resto. Puxa, sou um durão.

Volto a pé, abro o portão. Ali não está para me receber, como fez todo dia em treze anos: o sol que move a lua, os planetas — e o seu rabinho. Na sala grito-lhe o nome e bato palmas, lá vem ele com tudo. Três a quatro voltas ao longo das cadeiras, finjo acertá-lo cada vez que passa, ao errar o toque um ganido de alegria. Em seguida entra na cozinha — muita correria dá sede —, estala ruidoso a língua na água. Agora tosse, engasgado. Não é que o tipinho nunca bebeu sem tossir? Desta vez, única vez, ele não me acolhe.

No alto da escada, mal abro a porta, três bolinhas negras: dois olhos e um focinho. Mais o rabinho frenético, limpador louco de para-brisa. Largo o pacote no primeiro degrau e me atiro para abraçá-lo. Senão, ai de você: bruto escândalo, gemido e choro. Esperar não pode, a festa de cada encontro. Em tantos anos nunca o vi sem lhe fazer um agrado. Ele nunca me viu que não ganisse de amor.

Passo pela cozinha, no canto a sua cama vazia. Nem o pobre cobertor cinza — todos os bens de toda uma vidinha. No jardim, à sombra dos cedros, eis o voo rasante de um sabiá — é ele, no seu encalço. Não, desta vez. Na porta da cabana, quem está deitado? Nada, é o velho tênis arejando. Pego um livro, tento me concentrar. Ele arranha e cheira na porta, o convite para uma volta no jardim. Abro, é apenas uma formiguinha na soleira.

De novo em casa, hora do lanche. Troco a água da tigela, à toa. Suspendo meio braço para o pacote de ração. Um tiquinho de torrada cai no soalho, apanhar ele não vem. Cabeça baixa, bebo devagarinho o chá.

Uma semana faz. Ainda me segue pelo jardim. Para ele sou a ração, a água, o cobertor no frio — e a mão, sim, que lhe coça a nuca. Jamais o vi sem me pôr de joelho. Nunca ele me viu sem sacudir o rabinho.

De volta, à minha espera não está. Abro a porta, no alto da escada, onde as três bolinhas negras? Entro na sala, bato palmas, grito o seu nome, nada. Estalo as mãos nas coxas, agora ele vem, derrubando tudo na passagem. Ainda não. Na cozinha espio o seu canto, debaixo do balcão: que fim levou a caminha?

Falo com ele, não é o que faço, quantas vezes por dia, há que de anos? Vou apanhar a tigela e mudar a água, onde a tigela? Ergo o braço para servir a ração, disfarço com a lata de bolacha. Me sento à mesa, ele se espicha no piso, não desgruda o olho preto com a janela de luz. Aonde eu fosse, lá vinha o meu rabinho atrás.

Lendo no sofá, de repente uma patinha roçava o joelho, distraído lhe aperto a orelha: ai, muita força. Noite de insônia, podia contar com ele, ao lado no tapete, alerta a cada gesto. Com ele na casa, nunca estava só. Até na morte súbita, nele podia confiar, me lambesse a mão e aliviasse a dor.

Esquecido no varal me acena o velho cobertor cinza. Agora sei. Não sou durão.

Balada das mocinhas do Passeio

quem são elas?
em tão grande número
de onde vêm?
de que subterrâneos porões cavernas?
são os derelitos do Dilúvio Universal?
você chega corre parte
mas não as mocinhas do Passeio Público
não chegam nem partem
estão sempre lá

incansáveis caminham
pra cá pra lá
sempre estiveram
pra lá pra cá
estarão para sempre
minissaias coxas varicosas
foto na hora

botinhas altas de sola furada
algodão-doce pipoca
boquinhas em coração de carmim
antes ventosas de medusas vulgívagas
psiu! oi tesão! vamo?

atração maior do Passeio
não é a gaiola do mico-leão-dourado
o aquário do peixe-elétrico
as cobras catatônicas o iguana pré-histórico
o pelicano papudo de asas entrevadas
tipo o albatroz no barquinho de Baudelaire

não é o viveiro de aves canoras
epa! um casal intruso de arapongas
desde quando a-ra-pon-ga trina e gorjeia?

o espetáculo do Passeio
não são as araras bêbadas aos berros
nem o velho cedro florido de garças-brancas
a grande festa do Passeio
são as mocinhas pra cá pra lá
na ronda sempiterna do amor

uma só delas
vale um circo inteiro em desfile
com a anãzinha das piruetas no cavalo pimpão
a engolidora da espada de fogo

a elefanta graciosa no chapeuzinho de flores
a trapezista do duplo salto-mortal
sem rede!

discutem gentilmente o preço
uma rapidinha quanto é?
como se vendem fácil
as damas peripatéticas do Passeio Público

ao sol ao frio à chuva ao granizo
com fome com febre com tosse
estão sempre lá
à caça dos clientes furtivos
mais duradouras
que o carvalho e plátano seculares

lá estão sempre
as famosas mocinhas do Passeio
nem tão mocinhas
são trágicas são doentes são tristes
quem pode querer tais centopeias do horror
como esperar que alguém as cobice
derradeiros objetos do desejo?
medonhas aberrações teratológicas
galinhas de duas cabeças
treponemas pálidas
íbis sagradas de carapinha negra
aracnídeas hotentotes
gárgulas banguelas gargalhantes?

aí é que se engana
são desejadas sim cobiçadas sim disputadas sim
essas últimas mulheres da Terra
não fossem elas
o que seria dos últimos homens da Terra?

esses hominhos desesperados
sempre com sede com febre com tosse
sobretudo famélicos de um naco de carne
arre danação maldita da carne
urra salvação da carne da vida

são feiticeiras Circes
das verdes águas podres do Rio Belém?
são górgonas grotescas?
pudera com tais clientes
mequetrefes bandalhos escrotos
que não fazem amor
estripam curram vampirizam

são elas blasfêmia abominação escândalo
dos falsos profetas
das mil igrejas de Curitiba
veros cafetões do dízimo?

elas são na verdade o sal da terra
são irmãs da caridade
são madonas aidéticas

são santinhas do Menino Jesus
onde tocam saram os carbúnculos malignos

não as despreze nem condene
doces ninfetas putativas do Passeio
mais fácil uma delas
passar pelo buraco da agulha
que eu e você entrarmos no Reino do Céu
ó bravas piranhas guerreiras
elas serão as sobreviventes
à sétima trombeta do Juízo Final
ao dragão e à besta do Apocalipse

no dia seguinte ao Armagedom
restarão na Terra
as baratas e elas

você chega corre passa
elas não passarão
pra lá pra cá
psiu! oi tesão! vamo?
pra lá pra cá
para todo o sempre
as minhas as tuas as nossas
putinhas imortais do Passeio Público

Balada dos mocinhos do Passeio

No coração secreto do Passeio é o seu reino
esses mocinhos estranhos
que não caminham nem correm
não jogam dama xadrez dominó
não comem pipoca
alguns quase meninos
um de loiro cabelo no ombro
carapinha ruiva outro
mais outro que se faz mocinho
camiseta vermelha ou pulôver amarelo
não fosse grisalha a cabeleira
seu santuário é a trilha escondida pelos plátanos
quem os vê de longe nem suspeita
sempre ali nos mesmos quatro cinco bancos
de braços abertos de pernas abertas
um em cada banco
se oferecendo ao sacrifício
a que cruel deus desconhecido

quando você passa marchando ou correndo
eles te espiam famintos de que pão sagrado
sequiosos de que vinho forte
ai com tal abandono desejo tristeza
no piscar furtivo do olho te convidam
ao rito oculto da iniciação
sempre tão sozinhos
você dá três quatro voltas ao Passeio
cada um imóvel no mesmo canto
apenas te olham implorantes
o que pretendem afinal esses mocinhos?
você passa eles ficam na longa vigília
nunca têm pressa
horas e semanas à espreita no seu banco
indiferentes ao vento frio à garoa fina
sem ler história em quadrinho
sem conversar entre si
sem se distrair com os macaquinhos
apenas te olham e se propõem ali nos cantos
os mocinhos do Passeio
esses mocinhos tristes do Passeio Público
na sua mímica só para os entendidos
se entregam docemente à imolação
que seita subterrânea é essa
de repente se agitam suspirosos e aflitos
eis os passos de alguém muito esperado
que já reconhecem à distância
espelhinho redondo na palma da mão
molham os lábios na pontinha da língua

a qual deles perguntará a hora ou pedirá fogo
esses tais mocinhos
de onde vêm todo fim de tarde?
ali sentadinhos bem-comportados
fiéis de que viciosos mistérios
oficiantes de que liturgia proibida
horas a fio nos duros bancos
em adoração a cada vez que você passa
ingrato que não para e lhes diz uma só palavra
para livrá-los do silêncio desespero solidão
os mocinhos malditos do Passeio
quem os salvará de si mesmos?
antes fugissem de pedalinho para o mar
tudo apostam no xadrez com a morte
esse da jaqueta de couro a próxima vítima
o encontro de uma hora será o último
nas mãos do estrangulador louco de Curitiba
quando a noite os encobre
à sombra dos velhos plátanos
lá nos bancos não são vaga-lumes perdidos
sim os seus olhos arregalados
que fosforescem por entre as moitas
ai ai dos teus pobres mocinhos
esses pobres mocinhos tristes do Passeio Público

Testemunho

— Dê o seu testemunho, irmã.

— Analfabeta eu sempre fui. Até que, na hora do desespero, abri o único livro no quarto: era a Bíblia.

— E o que aconteceu?

— Chorei três lágrimas. Esfreguei os olhos com força. E daí comecei a ler.

— Continue, irmã.

— Fui à cozinha perguntar a minha filha se aquelas eram as palavras. Sim, ela disse que sim.

— Glória a Deus: mais um milagre.

— De analfabeta passei a ler. Essa pobre filha, desenganada pela junta de médicos. Enquanto eu lia em voz alta, ficou livre de pedra no rim...

— Amém, pessoal.

— ...mais a gagueira...

— Palmas para o Senhor Jesus.

— ...e as manchas de lepra.

— Aleluia, aleluia.

— Jesus alcançou a minha filha assim que paguei o dízimo.

— Dizimista, tudo o que pede ao Senhor consegue. A irmã é da corrente dos milagres?

— Ela me valeu muitas graças e bênçãos maravilhosas.

— Conte, irmã.

— Sempre sofri dos nervos. Tinha muito medo, dormia de luz acesa. Em volta da cama vejo vultos e escuto vozes. Se apago a luz, as vozes crescem, os vultos querem me pegar. Médico, sortista, curandeiro, nada adiantou. Tomei uma caixa de injeção, fiz macumba negra, recebi passe, de joelho rezei três novenas. Cada vez pior, desesperada e revoltada. No dia em que me converti, aleluia, aleluia, de tudo fiquei curada.

— Palmas para Jesus. E o marido?

— Antes bêbado no bar. Eu namorando com o adultério. Agora tudo mudou. Ele tem dois empregos.

— E a vida financeira?

— Abençoada. Eu livre das prestações da casa. E comprando um carrinho.

— Em casa, você aí, olhe o que está perdendo. Você que tem visões. Ou escuta vozes. Espuma e sofre de ataque. Tem caroço no seio. Catarata nos dois olhos. Gosto de sangue na boca. Batedeira no coração. Luta com bichos na parede. Sente a casa caindo sobre tua cabeça. Ou está desempregado. Sem dinheiro e com dívida. Saiba que tudo é obra de Satanás. Tão logo atravesse o corredor dos milagres — sim, irmão, o corredor dos setenta homens de Deus —, todo mal desaparece.

— Aleluia, aleluia.

— Com os dízimos em dia, Deus tem honrado a irmã?

— Falei com Deus. E Ele me respondeu.

— A nossa igreja de braços abertos para você. Te oferece a cura da pior enfermidade. Mesmo desenganado por todos os médicos. O irmão com aids, você aí. Saiba que não é doença. Sim um agente do mal que invade e controla a tua pessoa. Homem ou mulher com o sexo trocado? Só um trabalho da Pombagira. Não é você: ela que te faz assim. O pederasta é uma vítima do demônio. A lésbica, um espírito imundo. Vencido o capeta, você é salvo, irmão. Nós temos a força e Deus o poder.

— Palmas para Nosso Senhor.

— Sai, sai, tinhoso. Queima ele, Jesus. Ele sai agora. Sai, Zé Pelintra. Fora, ô Capa Preta e sua mãe, a Pombagira. Sai, maldito, rua.

— Glória a Deus.

— O Senhor abençoa esse copo d'água, essa peça de roupa, essa mão seca e torta colocados sobre o rádio ou a tevê.

— Aleluia, aleluia.

— De onde é a irmã?

— Do Ribeirão das Onças, distrito de Colombo.

— E tem muita onça por lá, irmã?

— Não se ria, pastor. Tem uma atrás de cada moita. Só eu já vi três ou quatro. Todas querendo comer a gente. Se cuide, pastor, quando visit...

— E a outra irmã, você aí, qual o seu testemunho?

Sapato branco bico fino

Meu pai não conheci. Sei que era anarquista. Só falava no tal movimento secreto. Um dia, sumiu. Quem acabou com ele foi o Getúlio.

Quatro anos morei com minha mãe. Quando morreu, os filhos cada um pro seu lado. Eu fiquei com meu avô até os dez. Família grande, uma das primas chamada Jandira, oito aninhos. Lidava com ela todo dia. Pulava da minha cama pra dela. Eu já gozava, umas gotinhas. Lembro até hoje da florinha gorda e rosada.

Era safado, tinha de ser. Só olhar em volta, gente e bicho. O início com cabritinha. E barranqueava eguinha. Punheta a valer. Até aposta entre a piazada, quem espirra mais longe. Ou primeirão.

Fui dormir nos pés da minha tia. Uns trinta anos, viuvinha de pouco. Duas filhas, uma delas a Jandira. Uma noite vi que a tia se virava muito. E suspirava. Daí me pôs por cima, começou a alisar. Eu comi ela. Foi bom, mas eu preferia a priminha.

Doía, esfolava, naquela ânsia. Mas não entrava. Uma tarde foi no carreiro de anta, uma vereda que desce até o rio. Estava montado na priminha, brincando. Ouvi um grito, olhei pra cima. Era a minha tia.

Puxou a guria pela mão, foi contar pro avô. O velho me amarrou no palanque de prender montaria e desceu o arreio. Fiquei de lombo todo esfolado. Ele juntou a minha trouxinha: uma calça curta e duas camisas, cueca nem conhecia. O cobertorzinho fino, cinza com listinha. Aos berros: *Nunca mais me apareça. Se voltar aqui, eu te mato. Agora suma, porqueira.* E fui solto sozinho no mundo.

Saí pela estrada, varei dois sítios, no terceiro fiquei. O pai de um piá conhecido me deu abrigo. Fui pra roça. Pequeno como sou, pé no chão, pegava na foice e na enxada rente um cabra de maior.

No sítio fiquei um ano. Com um velho palmiteiro aprendi a escrever. Minha caneta? Um prego torto. Meu caderno de lição? Umas cascas de palmito. Professora, e mais de uma, fui conhecer bem mais tarde — na cama. E quem tinha tudo a ensinar era eu.

Daí pedi carona, me apinchei no mundo. Vim dar em São Paulo. Me encantei. O Viaduto do Chá. O Vale do Anhangabaú com as palmeiras. Era mesmo um cartão-postal.

Fui me ajeitar na pensão de uma viúva. Gostou da conversa e me acolheu. Dormia debaixo da escada numa cama de vento. Tirava água do poço, enchia a caixa para o banho dos fregueses. Para esquentar a água, trazia saco de serragem do Largo do Paissandu até a Água Branca. Saco e mais saco puxado no carrinho de madeira. De dia no largo engraxava sapato. Eu e minha caixinha no ombro. Ou zanzava agenciando a pensão na Rodoviária e Estação da Luz.

Fuï pra Lapa, aprendi malandragem. Nas bocas vendia botão de cravo — o presente do galã para a dama da noite. Na gafieira, pra lapela dos tipos de sapato branco. Entrava pelos fundos. Nas batidas da polícia, me escondia debaixo da cama. Se o tira te pega, você apanha de borracha.

Na pensão via o capataz levar camarada pra colher café. Contratava o peão, dez mil-réis por dia, já pensou? Ia ficar rico — e virei peão de trecho. Aparecia um gato (o agenciador). Pagava a bexiga (a conta) da gente. Você catava o galo de briga (a trouxa) e ia pro cafundó. Derrubar mato, roçar, carpir café, colher grão. Eu ficava uma semana, duas. Ganhava um dinheirinho, ia pra zona.

Na onda do café e do algodão era cidade nova em todo canto. Para a fundação o primeiro benefício era a zona. Depois a delegacia, a igreja, o comércio. Você chega na zona já tem mulher. Pagar, eu? Nunquinha. Ao contrário, ganhava presente, camisa de seda, carteira de cigarro. O primeiro par de sapato. De duas cores, já viu?

Nunca me enrabichei. Elas é que por mim. Vivia no bem-bom. A que oferecia mais, roupa e comida, era a escolhida. Moça de zona arruma homem pra se dar importância. Dizer que tem macho só dela. No domingo sai de charrete, soberba com o galã ao lado, se exibindo na praça. Assim cresce a ganância do otário. Ela vale mais. É a tua fulana? O coronel paga o dobro.

Vem o ricaço, ela te avisa: *É um coronel.* Já sabe, fica no quarto, fumando. É sagrado, nele não recebe cliente. Só diz:

Cuidado com as meninas. Não se engrace. Você espera deitado que ela volte. E não é que me engracei, sim, com uma loira? A Teteia soube, veio de facão. Me defendi com o travesseiro. Deixou cair o facão, chorou, me beijou. Daí trepamos bem gostoso num lençol de penas brancas.

Doença de homem peguei, sim. Tratava com garrafada de benzedeira. E sabe que funciona? Na farmácia tomei a 914, doída demais. Incha a bexiga, você mija pus. Mas fica bom.

Daí estourou a revolução. De aventureiro, queria ser voluntário. Uma fazendeira não deixou, me levou com ela. Eu, com dezesseis e ela, quarenta e sete. Tinha olaria, fazenda de café. Parente dos Matarazzo. Alemoa ou polaca, sei lá. Sem pressa me ensinou as quatro operações — na cama, nua de um metro e oitenta e pé quarenta e dois.

Fogosa, queria todo dia. Me agradava com mel de mandassaia e gemada de vinho branco. Bem-disposto, dezesseis aninhos, já viu. Era de manhã, era de noite. Um peitão, Nossa Senhora. Bonita, não. Dinheiruda, sim. Depois nem o dinheiro me segurou. Fugi porque nunca fui do mesmo lugar. Só botar a roupa no saco e sumir.

Moral da história: comecei a gostar do baralho e da sinuca. Caí direto na zona. Não queria outra vida. Na pensão cuidei dum velho que dormia de favor. O infeliz me pegava na mão: *Meu jovem, olhe pra mim. Veja o que te espera. Já fui rapaz disputado. Tive as mulheres que bem quis. E hoje, onde estou? Família não tenho. Ninguém pra me valer. Vivendo da caridade alheia. Nesta cama de vento debaixo da escada.*

Aquilo me calou. Caí na realidade. Daí que o doutor me apertou. Promotor público, já viu, é a maior autoridade.

Minha futura mulher era a babá dos filhos dele. Mandou me chamar na delegacia: *Como é, rapaz? Namorando com intenção ou só desfrutando? Saiu da linha, eu te prendo e te arrebento. Te conheço, já estou sabendo. Você é aventureiro.* "Aventureiro sou", eu disse,"mas bem-intencionado. Vivo na zona, sim, e quero mudar de vida."

Daí me casei, ele cumpriu a promessa: foi o padrinho, alugou uma casinha pra nós. Comprou os móveis, jogo de pinho no quarto, cristaleira na sala. Assim o tempo das putas acabou.

Mas não da aventura. Já grandinhos os filhos, continuei peão. A família com a sogra. Sempre lutei, mascate, porteiro de hotel, cigano, até garimpeiro lá nos confins. Nunca parei no mesmo lugar. Dez da noite, há um grande jogo em São Paulo? Pala no ombro, subia no primeiro ônibus. De volta dia seguinte ou uma semana depois. Viageiro nunca deixei de ser.

Difícil o lugar onde não botei o pé. Feira, bailão, rodeio? Lá estava eu. Assim mais de quarenta anos. Nasceu o casal de gêmeos, vim pra Curitiba, aqui me arrumei.

Não vou muito com dona casada. É complicado, não me serve. Sem falar do risco, escapei de cada uma. Me lembro do maridão, grandalhão, bigodão. Eu comi a cunhada primeiro e a mulher depois. A cunhada contou as proezas para a irmã, que se interessou. O maridão sabia da cunhada. Ficou meio cabreiro. Um dia se chega, bufando: *Olha, moço, lá nos matos, quando a gente pega um safado... Sabe o que faz? Prende o pau dele no mourão e finca um prego. Bem na cabeça! É o que ele merece, você não acha?* Eu, que já esperava: "Por isso que eu... De mulher casada não quero saber. Não dou confiança.

Comigo, só desimpedida. Tanta moça por aí, por que logo a que tem dono?"

Moral da história: foi uma pena, era melhor que a irmã. Mais atiçada. Corpinho fofo, peitinho duro. Eu dizia: "Será que dá?" Ela, mais que depressa: *Dá, sim*.

Depois foi uma loira, desquitada. Quase acabou comigo. Queria todo dia, sempre mais, nunca satisfeita. Comecei a ver tudo turvo, uma nuvem de mosca no olho. *Você é só meu. Aonde foi? Aonde vai? O que fez?* Até que não aguentei: "Larga do meu pé. Aqui, pardal."

Me deu na fraqueza. Peguei pneumonia, não tratei. O pulmão esquerdo rasgou. Sentei na cama tossindo sangue. Levado ao pronto-socorro, o médico internou na hora. No sanatório, um ano inteiro. Operado o pulmão podre, só tenho o direito.

Tísicos, uns trinta na enfermaria. No terceiro, quarto dia você já não tosse. Pudera, são vinte e um comprimidos por dia — cada um deste tamanho. Mais uma bruta injeção. De sessenta e quatro quilos baixei para quarenta e dois. Tinha dia que se finavam dois, três. Se você passa da terceira noite, e não morre do remédio, está salvo.

Assim que comecei a melhorar, já interessado em revista de mulher pelada. As freiras confiscavam, sem dó. O doutor: *Não se atreva, rapaz. Vai recair. Ataca o cérebro. E morre louco.*

Deitavam um pozinho na água, pra tirar a vontade. Deixei de tomar água, só da torneira. Daí botavam no leite. E a freira: *Tem que beber tudo. Na minha frente.*

Quinta e domingo, visita. No pátio, só adulto. Minha mulher trazia fruta, bolo, dinheirinho para o lanche.

Um dia quase me fui. Estava lá fazia uma semana. Apagada a luz do pavilhão, comecei a tossir. Saiu sangue, eu cuspia. Placas de sangue vivo. O bigode encharcado. Chamei por Santo Antônio. Dele sou devoto. Deito e rezo, no apuro é quem me livra.

Em agonia, quis me erguer. Ir ao banheiro. Ao meu lado, ali de pé um padre baixinho, mão forte. Me prendeu os braços: *Não, filho. Não levante que já não se deita. Fique aí. Bem quieto. Vou buscar socorro.*

E veio o enfermeiro. Já com uma bolsa de gelo. Aplicou no pulmão esquerdo. E uma injeção. Mais gelo, mais injeção. Umas vinte e uma, só naquela noite. E me salvei. De manhã perguntei para a freira: *Onde está o padre baixinho que me acudiu?* E ela: *Aqui não tem padre. Padre aqui não entra.* Era verdade: na capela só freira de branco.

Sabe quem foi, né? Foi meu São Toninho. Uma visão do céu. Desde então, em qualquer aflição, me entrego ao santo milagroso.

Melhorei, quis logo sair. O médico não deixou. Só me deu alta com carteira de saúde. Devia fazer teste cada mês. Mas você voltou? Nem eu.

Até então foi muita extravagância. Amanhecia nas quebradas, sinuca e mulher. Aí descobri o novo sistema. Quando comecei a dançar. Lidar com viúva e coroa. Estou nessa há vinte anos e outra vida não quero.

Moral da história: me aposentei, mas não das artes. Você acha uma dona e fica à sombra dela. Bem te pergunta: *E a tua mulher?* "Ela? Batalha em casa. Eu? Aqui nos teus braços."

Minha mulher conhece o meu jogo — e respeita. Entretida com os filhos, as noras, os netos.

Eu reinando com uma cinco anos, com outra oito. Sem compromisso, sou livre. Não gasto um tostão. Elas pagam tudo. É o meu estilo. Tenho o que elas querem, por que pagar, eu? Se carecem da tua pessoa ao lado na cama? Todas que arrumei fazem questão. Quem propõe sair e pagar é sempre ela.

Assim a minha até hoje. Bailão três a quatro vezes por semana. No miudinho ninguém me alcança. De uma coroa ganhei o primeiro sapato branco, bico fino.

Não confundir os nomes — são tantos, alguns difíceis —, a todas chamo de *criança... minha criança...* Bem que elas se deliciam. Não dá pra contar quantas foram. No salão escolhe a que você quiser. Tem que marcar presença. Feito quem não quer nada. Pra começar não avanço nunca. Se você ataca, já espanta. Durão, porém delicado. Até cair de madura, daí você come, poderoso. Nunca se apresse. Um gato, veja, uma onça não assalta direto. Olhinho meio fechado, na espreita: hora certa, dou o bote.

Difícil uma dona bonita ser boa de cama. Laranja graúda de pele brilhante é gostosa? Que nada. Doce é, sim, a pequena de casca dura.

Em grande precisão, a feiosa. Oferecida. Se é uma bruaca? Não me incomoda, o carinha acordado. É da minha natureza. Pode ser velhota, nariguda, baixinha, gorda — ele está de pé, sempre. Qual é o melhor da manga — chupar os fiapos suculentos do caroço, certo? Pra mim nas coroas, já viu, está o mais doce do caroço da manga.

Já se você pega uma novinha, o que ela quer? Dinheiro. E dinheiro eu não dou. Faz papel do quê? De pai. De avô. Velhinho muito do ridículo. Você pergunta: "Está se divertindo, bem?" E ela pensa: *Tô. Com a tua cara*. Diz que gozou três vezes. Você olha o tipinho, seco. Ela geme, grita, só de fingida.

Com a criança você leva na maciota. Se é bagulho, uma tática não falha. Chuveiro bem quente. Aqui na nuca. Você vai com tudo, não periga de piscar. Mais a cama chora, mais eu capricho, forte: mais a avozinha pede pra morrer.

E não pense que eu sou o pior dos maridos. Até hoje levanto cedinho, faço o café, levo pra mulher na cama. Dava banho nos filhos pequenos, trocava fralda, vestia, levava pra escola. Nunca falei alto com minha mulher. Nunca gritei: "Sua burra!" Se queima o arroz, não brigo. Digo: "Cozinhe outro." Nunca ficamos de mal. Nunca cheguei em casa de mau humor. A cara fechada pelo negócio azarado. Posso largar a roupa na cadeira, ela não revira o bolso. Atrás de dinheiro ou bilhete de outra.

Não tenho o que mais quero? Todas as coroas do mundo. De graça. E livre. Compromisso mesmo só comigo. Se eu digo: "Amanhã não venho", ninguém me segura. Se você me diz: *Amanhã não te quero* — tudo bem. Tudo bem, sei a minha responsabilidade.

Mas livre. Não me diga: *Você tem que...* Daí eu não faço. Uma vez minha mulher apareceu atrás de mim no bar: *Você não vai pra casa?* "Siga na frente", eu disse. "Já te alcanço." E levei três dias para chegar. Nunca mais perguntou: *Aonde é que você vai? Que hora você volta?*

Lulu, a louca

— Querida, pode me chamar de Lulu. A Louca, para os íntimos. Meu mundo é o dos banheiros e mictórios públicos. Viajei por todas as cidades e delas conheço os mictórios. São os meus museus, as minhas catedrais. Ali, eu me sinto em casa.

* * *

O que me fascina é o amor na sordidez, a morrinha sufocante, a aventura diária. Vida perigosa, sim, querida. Basta seguir a mensagem universal dos três sinais: do olho esbugalhado para a linguinha pululante de lagartixa para a nota dobrada entre o indicador e o polegar. Ó sede inesgotável do náufrago que bebe água do mar.

* * *

Estive no inferno, querida, e voltei. Já fui o último dos párias. Sou um sobrevivente. Agora nada me atinge. Eu, o décimo leproso que voltou para agradecer. E refocilar.

* * *

Meu lema é: Faça aos outros, querida, tudo o que você quer que te façam. Sem culpa nem remorso. E por que haveria? Hoje estou curado. Salvo. Não me venha de madre da agonia dolorosa.

* * *

Sou livre, sem compromisso. Tudo é lícito para alcançar o prazer. Nada com essas pobres bichas culpadas. E madonas arrependidas. São tristes, são patéticas. Queimadas vivas na fogueira dos seus... pecados? Ora, no mundo dos pecadores o inocente é a maçã podre. Ele, a ovelha negra.

* * *

Eu? Eu me concedo absolvição plena. Para ser uma traveca feliz mate o nosso Pai dos Pais. Enterre um espinho de fogo no Grande Olho que Tudo Vê.

* * *

Arranhe um machão e você acha uma boneca lá dentro. Por que não deixam o cabelo crescer, botam um brinco, um batom e vão rodar a bolsinha?

* * *

Todo dia saio à caça. A glória do caçador no mundo de presas e vítimas. Maravilhosa é a pegação. Na busca, sempre. Um pedaço de carne onde pastar a tua fome. Que é sem fim.

* * *

Não, querida, não desprezo a tia, a traveca, a marica, a bonita, a louca, a enrustida, a amiga, a casada. Eu sou uma delas. Eu sou todas elas.

* * *

Transar, eu, com uma mulher? Ai, que horror! Mil vezes um beijo no pinto frio e murcho da múmia de Madame Satã.

A gente se vê

No ônibus fingi não vê-la. Ela desceu, fui atrás. Alcancei o bracinho nu.

— Ah, é você?

Puxa, sem eu falar nem nada, como soube? O toque especial, decerto. Ela me segurou o braço direito: magro, mas forte. Sim, era eu.

— Está melhor, menina?

Em resposta passou a bengala para o braço esquerdo. Uma queda na calçada típica de Curitiba: pedra solta e buraco.

— Quase boa do joelho. Legal te encontrar. A gente não se vê mais?

A passo ligeiro, juntinhos por duas quadras. Já noite, rua mal-iluminada, mais buraco que pedra, ai se você não tem o olho bem aberto. Falamos da sombra fresca depois da zorra do velho sol. Diante do pequeno edifício, eu ia passando, ela parou.

— Quer conhecer o meu pedaço?

Buscou a chave na bolsa.

— Deixa que eu...

Já tinha abrido o portão. Daí o curto passeio de cimento. Mais uma fechadura, o corredor em penumbra. Sem acender a luz, seguiu direto até a quarta porta. Outra chave, apertou o interruptor.

Entrei, ela correu o ferrolho.

Foi até o sofá, descansou a bengala. Móveis baratos, quadrinhos cafonas na parede, nenhum tapete. Sobre a mesa um vaso com ramo florido de giesta aos gritos — amarelo! amarelo! Tão graciosa, blusa preta sem sutiã e saia xadrez acima do joelhinho esfolado. Ainda de óculo escuro.

— O teu noivo? Se ele aparece?

— Tem tempo.

Se ele chega, soube que era ciumento, já pensou? Vinte e seis aninhos em floração vieram ao meu encontro. Me enlaçou o pescoço nos braços perfumosos de giesta, ergueu a cabeça. E ofereceu os lábios molhados. Sôfrega e gemente, ela me beijou. Todo o corpo tremia.

Sem palavra, cambaleamos até a parede. Ergui-lhe a saia, afastei um lado da calcinha. Um tantinho mais baixa: deu certo na altura, nem dobrei os joelhos.

Ataquei com firmeza. Dois, três golpes fundos, ela já gritou. Não retardei, antes que o maldito noivo. Nada de meu amor e minha querida. Nessa hora, se não cuida as palavras... Está ferrado, cara. Estremeceu toda e relaxou. Não a amparasse, teria caído. Tão rápido que nem tirou o óculo.

— Ai, ai, benzinho.

Eu, durão: nem um pio. Me compus, só guardar o punhal de mel.

— Tenho de ir. O licorzinho de uva? Para outra vez.

Ela sabe do meu caso. E sei que o distinto pode entrar sem aviso. Ela abriu a porta, acendeu a luz do corredor. Um só beijinho, de leve.

— Vê se agora não me esquece.

— E o teu noivo?

— Não é noivo. Só um amiguinho.

— Ah, sei. A gente se vê.

Avancei pelo corredor, abri a porta com o trinco interno. Me voltei e acenei. Ela acenou de volta. Segui pelo passeio, ela podia bem fazer um cara feliz. Orra, tadinha, não fosse... Maldito óculo de sol.

Diante do portão, a cigarra do ferrolho zuniu. Quem eu era: um príncipe? um matador? Lá na porta uma braçada de giesta sorria toda em flor.

Sim, um matador feliz. E saí depressa pela rua escura. Nesta cidade social você é trombado, roubado e currado em cada esquina.

A visita

No domingo minha mãe me arrastou e fomos visitar a sua velha professora de piano. Essa mania que ela tem de coisa e gente antigas. Duas horas de ônibus, já viu, choro de criança — eu simplesmente odeio criança! —, calor e poeira. Estava morta de sede e queria ir ao banheiro.

Mais vinte minutos a pé debaixo do maior sol. Afinal minha mãe parou diante de uma velha casa de madeira, que parecia deserta.

— É aqui.

Puxa. Todas as janelas fechadas — menos uma, a da varanda. O jardim era só mato e abandono. Árvores tortas, de galhos secos.

Batemos palmas até que a pequenina mão afastou um canto da cortina suja. Estalando o chinelinho de feltro, a professora veio abrir o cadeado do portão.

Cabeça bem branquinha, tinha uns mil anos, a cara um papel de embrulho amassado de rugas. Mas dava gosto de ver, lúcida e lépida. A gente fica espantada ao conversar com ela, não gagueja nem esquece as palavras.

Ela nos recebeu na sala em penumbra. Eu pedi para ir ao banheiro. Daí nos guiou corredor dentro. O resto da casa era tudo escuro. Fosse noite, você achava que acabou a luz. Mas era meio-dia... O sol batia nas portas e janelas brigando para entrar.

Lá fomos tateando os pés e apertando os olhos para conseguir enxergar. De repente, no vão de uma porta, o vulto colosso de um gigante. Ali, quieto e parado. Me deu um bruto susto e busquei a mão de minha mãe.

— Este é o meu filho João.

Cumprimentamos de longe. *Diga bom dia para o moço.* Bem que eu já tinha dito. Ela é surda ou só mandona? Em todo lugar, a mesma coisa: *Sente direito, menina... Não faça... Não, não...* Logo eu, que sou mais bem-educada que ela. Mãe, pô, não aprende nunca.

Fomos ao banheiro. Tomei dois copos de água fresquinha da moringa. Em cada canto aquela morrinha sufocante de rato morto no porão. As vidraças tão sujas de pó dispensavam cortina. Mãe e filho agiam que nem fosse a casa mais normal do mundo.

Voltamos pra sala — ao menos lá você enxerga a silhueta do outro — e ficamos conversando. Olhei em volta: se era professora, cadê o piano? Pergunta boba. O piano era o contorno de um fantasma de pó desenhado ali na parede.

— Os alunos eu perdi...

Ela adivinhou a pergunta.

— E com ele paguei as contas atrasadas.

Daí contou que tinha visto uma cobra no quintal e gritado de medo. O filho foi lá e, em vez de matar a bruta fera, se deliciou com o susto da velha. Ele gosta de qualquer bicho, por mais nojento, aranha, lagartixa. Jura que cobra-verde não morde — ao menos, a ele. Só olhar bem dentro dos olhos, elas espirram a linguinha em despedida e fogem pra toca.

A mãe falava com a professora, e ele, comigo. Sentado à minha frente, era mesmo um brutamonte. Ainda mais perto de mim, que sou miudinha.

Altão, magríssimo, barbudo. Um esqueleto, sim, de longa barba grisalha. Me olhava com tanta força que os olhos acesos brilhavam no escuro."Um tipo de profeta antigo", eu pensei. "Até que bonito. Escondido da mãe, come gafanhoto e mel."

Ele me fazia uma pergunta depois de outra. Mal eu terminava de responder, era a vez da seguinte. Meio rouco, a voz de pouco uso. Sem você esperar, achava graça numa simples palavra. Ria alto, mostrando os dentes amarelos de cavalo matungo.

Eu queria entrar na conversa da professora com minha mãe. Era impossível, o João insistia em saber os detalhes de tudo o que eu contava. Aí ele pegou e falou assim:

— Lá nos fundos tem uma ninhada de pintinhos amarelos...

— Legal, pô!

— A menina quer ver?

Eu, prontinha pra ir. Já viu um batalhão de pintinhos amarelos acertando o passo atrás da mãe... não é o número de circo, marcha soldado, cabeça de papel, mais lindinho do mundo?

A professora ensaiou um gesto, quis falar. Desconfio que estavam as duas mais interessadas na nossa conversa do que eu na delas. Minha mãe, que não parecia estar ouvindo, nessa hora me prendeu a mão e apertou com força:

— Não. Já vamos sair. Hora do almoço.

Mãe é sempre assim, vive estragando a diversão da gente. A professora trocou o chinelinho pelo sapato. Lá fomos as três almoçar no restaurante.

Na despedida, o João bem triste deu a mão pra minha mãe. A mim ele ergueu nos braços, apertou muito, fungou no meu pescoço. Fiquei tonta do bafo azedo de sua roupa. E me despenteou a franjinha, isso eu não perdoo. Simplesmente odeio que me peguem e me abracem. Ainda mais sem minha permissão. Só porque sou pequena, pensam o quê?

A professora chaveou o cadeado e sacudiu duas vezes: sim, bem fechado. Lá ficou o prisioneiro atrás da cerca de ripas em ponta. Mais dois fios de arame farpado.

No caminho ela abriu a sombrinha azul desbotada. E contou que a sua vida com o filho era um quadro de dores. Mas não havia nada a fazer. O pobre tinha mania de perseguição, por isso a casa escura e as janelas cerradas.

Para ele, os vizinhos, a gente na rua estão sempre espionando. Não permite que se ligue a luz. Ai da velha... Se diz que é bobagem ou esquece uma lâmpada acesa ou deixa um nadinha a porta aberta — ele se põe aos berros.

Não corta e não deixa cortar a grama. Quanto mais planta, galho, folha, mato, mais escondida a casa. Minha mãe, que é ditadora, disse que ela devia *sim-ples-men-te* abrir todas as janelas, e pronto.

— Daí ele fica violento.

— Violento, como? Com a senhora?

— Não. Comigo, não. Com os vizinhos. Uma pessoa que passa na rua. Ele vai e agride. Dá soco, grita, derruba. Se está escuro e tudo fechado, fica bem dócil.

Já que não pode lidar no piano, na cozinha, no jardim, a mãe sai todo dia para uma e outra lição em casa de aluno, visita uma velha amiga ou vagueia pelas ruas e praças.

— E ele? Nunca sai?

— Sai, uma vez, outra. Espera que anoiteça. E vai dar um passeio de bicicleta. De volta, conta as histórias mais fantásticas. Foi seguido por gente suspeita. Observado de binóculo. Fotografado por espiões de capa e chapéu. Sem rosto.

— E a senhora não corre perigo?

— Não. Pra mim não levanta a mão. Só uma vez. Noite de Natal, chegou furioso da rua. Me ergueu nos braços, me agitou com força. Não disse nada. Só me olhou sem ver e sacudiu no ar. Daí me atirou no chão.

— Por quê?

— Não foi ele. Senti que um espírito maligno tinha se apossado dele. Eu só repetia, baixinho: "Em nome de Jesus, fora desse corpo! Sai, diabo! Em nome de Jesus, vai-te embora!" Até que foi amansando. Encolheu-se todo no sofá e chorou.

— ...

— Quem me jogou no chão, eu sei. Não foi ele. Foi o capeta no corpo dele.

Daí ela falou que, naquela escuridão, não achava o último cheque da aposentadoria. Na busca se vale de pequena lanterna elétrica. "É sempre assim", eu pensei: "Os pais vivem perdendo as coisas. Depois culpam a gente."

Minha mãe, é claro:

— Será que não foi ele?

— Que nada. Posso deixar em cima da mesa, ele não pega. Até briga: *Não largue o teu dinheiro por aí. Tem gente frestando.*

— Ele nunca...

— Fim do mês ele pede, sim, um dinheirinho. Eu sei pra que é. Se não dou, é pior. Não diz que é pra beber. Quando fica assim agitado, eu sei que é. Eu dou. Então, boca da noite, vai pro bar. Sinto o bafo de álcool, mas não volta bêbado, não. Só com aquelas aventuras incríveis de perseguição. Todo sujeito lá no bar. Basta rir, é dele que está rindo.

Caminha uns tantos passos na rua, para, vira-se de repente. Se é alguém que não o encara, está disfarçando. Se olha — *eu não disse, velha?* —, é um espião a segui-lo. Dos carros, das janelas, das esquinas, mil olhos estão espreitando.

— Do que ele foge? Será que...

— É engraçado. Sabe aquela marchinha antiga de carnaval, *Sossega leão*? Pois ele entrou no boteco. Uma turma estava cantando. Ele voltou depressa, bem agitado: *Sabe, mãe?* "O que, meu filho?" *Eles cantavam olhando e rindo pra mim. O leão, sabe? Esse leão sou eu!*

Daí acabamos de almoçar. Minha mãe proibiu que eu repetisse o pudim de sobremesa. Mãe é cha-a-a-ta. Disse que era hora de voltar. A professora quis que, antes de partir, a gente aceitasse um cafezinho. Preparado pelo filho, que gosta de lidar na cozinha. Minha mãe não aceitou (no ônibus, me falou com horror nas unhas de luto do João).

Acompanhamos a professora até o portão. Ela deu um beijo na mãe e uns três ou quatro em mim. Mania de velho, sempre esses beijos molhados. Acham que sou criança ou o quê? Disfarçando, enxuguei a bochecha.

Mais alto que o matagal do jardim, por entre as ripas da cerca, vimos os braços abertos do João gesticulando em despedida.

— Mãe, do livro de histórias da Bíblia, ele não parece o profeta Jeremias?

— Que Jeremias. Esse aí? Pior que doidinho. Um grande pervertido.

Sempre assim: tua mãe acha que tudo sabe mais que você. Falar com ela é tempo perdido. E a mania de usar palavra difícil, só pra te obrigar a ir no dicionário. Pensa que eu não sei? Ela que é uma perverdi... não, per-ver-ti-da.

Antes de dobrar a esquina, eu me virei e lá estava ele. Não é que, último adeus, atirou um beijo na ponta dos dedos? Com dor no coração, lembrei da visão perdida dos pintinhos amarelos, marchando em passo certo, um atrás do outro...

Fatal: assim que você cresce, de que serve a mãe da gente? Só te envergonhar.

Arara bêbada 1

— Ah, se você deixasse, te chamava de nuvem, anjo, estrela. O que alguém jamais disse a ninguém. Sabe, Maria?

— ...

— Nunca mais seria a mesma. Você é a redonda lua azul de olho amarelo...

— Credo, João.

— ...que, aos cinco anos, desenhei na capa do meu caderno escolar.

— ?

— É a lagartixa que, se eu acendo a luz, saracoteia alegre pela parede e, de cabeça para baixo, espirrando a linguinha atira beijos.

— !

— Mimosa flor com dois peitinhos. Ó dália sensitiva de bundinha em botão.

— ?

— Já viu canarinha amarela se banhando de penas arrepiadas na tigela branca?

— Assim eu encabulo, João.

— Você fez de mim um piá com bichas que come terra.

O franguinho

A mocinha gorda, assim que o marido sai para o trabalho, limpa a casa e varre o quintal. Na cozinha prepara um frango assado para o seu amor. Já imaginou a alegria (e os beijinhos) quando ele voltar?

Ao retirá-lo do forno ela se deslumbra — o franguinho dourado, a pele crocante reluzindo.

— Vou provar uma asinha. Se está no ponto. Ai, que gostoso!

Não resiste: a segunda asinha. Osso apenas, a pele se desmancha na tua língua.

Só mais uma coxinha.

E o pescoço: nem tem carne, é um convite.

A outra coxinha?

— Ah, ele não sabe mesmo!

Lambuza dedos e lábios, assalta ferozmente a carne branca. E do precioso petisco o que deixa para o seu amor? Uma sobra toda roída de ossinhos.

Amor

O amor é a Mula sem Cabeça que ronda a tua porta e te chama pelo nome.

Bicho-Papão que devora, sem mastigar, o teu pequeno coração palpitante.

É o Vampiro que te planta os caninos na garganta num batismo de sangue e orgasmo múltiplo.

Frankenstein que te mutila e desventra, cada pedacinho uivando de dor, gemendo de gozo e pedindo mais.

Lua cheia, na garupa do Lobisomem, você galopa pelas encruzilhadas do ciúme, da traição, da loucura.

Sob a máscara o Fantasma da Ópera te oferece um dueto lírico e uma lição grátis de tortura sadomasoquista.

O amor faz de você a Maldição da Múmia, cada tira de gaze arranca do teu coração gritos de êxtase e volúpia.

O amor tem boquinha pintada cornos de fogo rabo torcido.

O amor é o Diabo.

Por último

A mulher:
— O pastor falou: primeiro, Deus.
Depois eu.
Daí os filhos.
Logo os ministros da Igreja.
Então os irmãos de fé.
Por último, o João.

Daqui ninguém sai

Fim de tarde, ele encurta o caminho pelo cemitério. No escuro cai numa cova aberta para o enterro da manhã. Aos pulos, tenta alcançar as bordas, e nada. “Se eu grito, acham que é um fantasma. Em vez de acudir, fogem.”

Exausto, se encolhe num canto, bem quieto. De manhã, pede ajuda. Já cochilando, ouve passos. Alguém usa o mesmo atalho.

De repente cai uma sombra ali dentro. Habituado à escuridão, enxerga o outro, que não o vê. “Se eu falo, esse aí tem um ataque.” O qual repete as suas tentativas: pula, quer agarrar-se às beiras, e nada. Cabeça baixa, ofegante, mãos contra a parede. Vencido.

O primeiro se ergue em silêncio. Uma batidinha no ombro:

— É, meu chapa. Daqui ninguém sai.

Pronto: único salto, o meu chapa fora da cova ia longe. E ele? Tem que esperar o socorro até de manhã. Sob a garoa fininha.

A ponte

Depois que a filha de 18 anos morreu num acidente, a pobre senhora nunca mais foi a mesma. Se Deus, que era o seu Deus de fervorosas preces diárias, matava a filha no lugar e na vez da mãe, tudo carecia de sentido.

Deprimida, sem ânimo, ela não fazia nada. Não conversava, não cozinhava, não bordava, não lia. Não nada.

E nunca, nunca mais rezou.

Ali diante dos outros, porém ausente. Cabisbaixa, gesto manso, alheia ao mundo em redor. Se alguém lhe falava, única resposta era um olhar triste — mas tão triste, que antes não olhasse.

Anos se passaram. Ela achou que era tempo de se reunir à filha perdida. Acabar com essa angústia sem fim. Sacudiu a apatia, invocou toda a coragem. E decidiu, sim, atirar-se da ponte da cidade.

Acordou bem cedo, vestiu o melhor vestido. E — fazia frio — um casaco marrom de lã. Rabiscou bilhete em despedida:

não mais que sete linhas (com duas palavras riscadas, quais seriam?). Uma vida inteira, já pensou, no simples adeus de sete linhas? Antes que a família se levantasse, deixou na mesa da cozinha a folha de caderno, sem dobrar.

Foi até a porta, relutou um pouco e voltou. Do dedo anular com esforço puxou a aliança. Um e outro toque fácil, se livrou da dentadura. E, sobre o bilhete, depositou as duas prendas.

Chegando ao meio da ponte, demorou-se algum tempo a olhar — havia chovido — as águas revoltas do rio. Perdera a coragem ou estava em dúvida?

Fosse porque era muito alta, cruzou toda a ponte, começou a descer pela encosta. A grama úmida, daí escorregou. Deslizando pela ribanceira, bateu a cabeça numa pedra e tombou suavemente na água.

Era domingo, Dia das Mães, a família acordou mais tarde. Assim que acharam o bilhete, em desespero, correram de lá pra cá. Alguém se lembrou da ponte preferida pelos suicidas da cidade.

De longe viram um bando de crianças brincando à beira do rio. O corpo estava preso numa forquilha, de borco, meio afundado na água escura. E, como elas não sabiam o que era, atiravam pedras apostando quem acertava mais vezes.

No velório, apesar de ferida, a pobre mãe mostrou o tempo todo a suave expressão de paz encontrada. E uma sombra de sorriso triste.

Mas tão triste, que antes não sorrisse.

Adeus, vampiro

Quando Nelsinho despertou de um sonho agitado, viu que se transformara numa espécie encantada de vampiro.

Uma nova raça, que já não bebe o sangue — apenas mordisca e sopra a nuca das bem-queridas. Com direito a sete beijinhos de língua titilante, por que não?

Um vampiro só de emoções e sentimentos. Um ladrão furtivo de almas solitárias.

Drácula que já não mutila nem estripa corpo de virgem — celebra gentilmente em prosa e verso as suas fofuras. Nada de abrir uma cova no peito das noivas. Não se alimenta de sangue mas de sonhos, confissões, palavras ao vento.

Esse vampiro, quem diria, tem coração de pintassilgo. Ou corruíra, se assim prefere. Já não crava os caninos e as garras — mais chegado a sábios toques e blandícias erógenas. Para merecer o beijo puro na catedral do amor é capaz de voar, sim, voar nas asas brancas da luxúria. E, a fim de alcançar um gozo proibido, com todo o vampirismo desce da nobreza e, de joelho e mãozinha posta, faz o que o seu benzinho quer.

Nosferatu de delicadezas e delícias. Viciado, sim, na ciência da sedução, nas manhas da traição, nas artes da perversão, nas dores secretas do amor, nos mistérios da paixão.

Frestador da janela aberta. Espião na fila de ônibus às seis da tarde na Praça Tiradentes. À escuta nos bancos da Praça Osório. Pra cá pra lá quem voga e vigia, na sua nave fantasma, à sombra da Igreja de Santo Stanislau?

O meu vampiro é um doce traficante de ilusões. Inofensivo? Nem tanto. Esconde o humor atrás do óculo azul e as trancinhas rastafári. Um vampiro tímido, já pensou? Ou a timidez é disfarce para instigar a confissão dos ingênuos João e Maria. Toma três cafezinhos na Boca Maldita — as humildes garçonetes, nunca se sabe, heroínas da tragédia curitibana?

O meu vampiro não é viageiro das sombras. Um mutante que ama, sim, o ar livre: capa preta (o forro vermelho de seda) ao vento, pedala fagueiro pelas ciclovias. Além do mais, caçador submarino de estrelas-do-mar, sereias calipígias e pecados vergonhosos.

Predador e vítima, a sua eterna danação é a ninfeta, a mocinha, a mulher. Arrebatado em loucas paixões seculares com avós, mães, filhas e netas. Por elas condenado para sempre a louvar na flauta doce as suas prendas e graças — ó exército de peitinhos em posição de sentido apresentando armas! ó bundinhas aguerridas em desfile com bandeiras desfraldadas!

Nem só de abismo de rosas é a existência de um vampiro. A sua estaca no peito dói — até o fim dos tempos! — cada vez que olha uma mulher, cada mulher, toda mulher. Um vampiro, esse, que jamais dorme — e sonha acordado com as mil amadas perdidas. Os tantos amores idos e bem vividos são o preço da sua insônia infinita.

Conde famigerado foi, não mais: nas entranhas do vampiro dorme o mocinho de família prestes a acordar. Filhos da noite escura da alma, alcateia de lobos uiva em longo adeus às portas do seu santuário.

Príncipe notívago da lua cheia. Malferido em gloriosas batalhas eróticas no leito de sarças ardentes. Da espécie em extinção o último.

Drácula, Nosferatu, Nelsinho, tem um sonho recorrente: eis afinal o dia em que o velho castelo (quando pintará os seus muros desbotados?), com a cabana, os cedros, a fiel Rikinha, se elevará pelos ares numa apoteose de luzes brilhantes.

E sumirão todos na noite sem fundo do esquecimento.

Apanha, ladrão!

Acho que sou o pai e o avô de todos os ladrões de Curitiba. E o mais azarado também. Já passei dos 70 e ainda na ativa. Nunca tive sorte. Nem acertei um grande golpe. O lucro sempre foi pequeno. Isso aí: só mixaria.

Tentei todas as profissões: peão de trecho, montador mecânico, garçom, carrinheiro. Com a idade, veio a decadência. Sem trabalho, caí no crime.

Comecei com o estelionato. Bilhete premiado? pinguim? conto do paco? O 171 não era pra mim. Otário, eu também, na roda de pilantras.

Daí afanei uns bagulhos aqui e ali. Pouca experiência, fui preso a primeira vez.

Desde os 45, só deu cadeia. Fico um ano, um e pouco fora. Pronto, lá vou eu de novo. Ninguém por mim. Nem mãe, nem mulher, nem filho. Nada cai do céu. Não vivi do trambique, mal sobrevivi dele. Senão já tava era morto de fome.

O governo ajuda você? Nem a mim. Desta vez, se for uma pena mais leve, pelo meu sentido que aceito a punição. Se ela justa, eu cumpro. Basta que Deus me dê saúde.

Tô com prisão preventiva nesta 5ª Vara. Mais uma pela 10ª. Qual a menos ruim: temporada na penita ou precisão na rua?

As duas são piores.

Sabe que, lá dentro, pelo menos sossego a cachaça, né? Porque sou pinguço. E dos brabos.

No 1º Distrito foi por um flagrante. Daí meu advogado veio, pediu mil paus. Dei 500. E mais um monte de trecos. Ele falou que tudo legal. E agora me mandam pra Justiça. Esses doutores do crime são todos uns cafifas do preso.

Na minha carreira nunca fiz mal pra pai de família nem nada. De mulher nunca abusei. Por bem, se ela quiser... Sou macho muito inteiro.

Tenho uma companheira na rua do Mercado. Duas vezes por semana dou um picote na velha. Nada de juntar trapinho. Só namorados.

Isso aí, chefia. Essa tevê colorida eu levei mesmo. Parei diante da loja e tinha bebido umas pingas. Não é que deixaram ela pertinho da porta? Eu peguei, pus nas costas, atravessei a rua.

Já tava na Praça Osório quando me alcançaram. O cara até falou:

— Poxa, você rouba com nome da loja e tudo. Até a etiqueta de promoção e tudo!

É que eu tava bem chapado. O cara me viu levando a tevê e veio atrás. Tanto que veio a pé. Da loja até a praça andei mais de um quarteirão.

Uns anos de cadeia mais um pouco de prática — você acaba o teu melhor advogado. Aprende a lidar com esse maldito artigo 155. Tô preso desde 2001. Cumpri no Ahu. Depois fui pra Colônia Penal. Saí de portaria de Natal.

Cometi novo delito. Peguei dois anos e meio pela 9ª Vara. Fui agraciado por indulto parcial em 13 meses. Só que agora tenho direito a entrar com pedido de Colônia.

Minhas penas somam três anos e nove meses. Já tinha cumprido um sexto. Pô, não é que caí nessa falta grave?

Na minha idade, já viu, um bagaço do osso. Mordido, roído e cuspido. Será que nunca não aprendo? Condenado a repetir a vida inteira o mesmo engano?

Então, é assim? Apanha, ladrão desgracido de merda. Apanha na cara!

O velho se esbofeteou com força. Uma e outra face.

Depois cuspinhou uma, duas, três vezes. O mais longe que podia. Mal evitou de acertar o próprio pé.

Pô, tava ruim até de cuspo.

A casa de Elvira

A gente bebia, é certo. Elvira mais do que eu. Três anos ficamos juntos. Bebendo, fazendo amor, brigando. Pouco depois que nasceu a menina, ela me abandonou.

Deixou a casa e a filha comigo. Tudo por causa da bebida. Trabalhava com a mãe na lanchonete. Louca por homem, virou a cabeça. E me largou.

Bebendo, fumando e dançando nos bares lá da Vila. Todo dia com um namorado diferente. Recolhido à noite pela porta dos fundos. Isso eu vi umas seis ou sete vezes.

A vida toda a casa da Elvira foi cheia de homem, droga e bebida. Eram ela, a mãe, duas irmãs, mais as amigas. Tanto que o dono já pediu o despejo, ao saber da confusão de bebedeira e mulher fácil.

Um dia a menina me disse:

— Sabe, pai? Eu vi a vó pulando na cama com um homem.

Não falei nada. E o anjo:

— Tava peladinha!

Já sabia: a velha tinha um tipo casado que três vezes por semana frequentava a casa. E bastou que esse deixasse de ir para arrumar outro.

Daí eu pedi ao Conselho Tutelar a guarda da menina só para mim. Dei o motivo: muito homem e muita farra. Foi quando a Elvira jurou se vingar. Até me ver preso.

Desde que nasceu, quem acode o anjinho? Quem fazia mamadeira e papinha? Trocava e lavava as fraldas? Dela eu cuidei como pai e mãe. Trabalhava direto e, na minha ausência, a mana solteira deu banho e ficou de companhia. Assim é apegada a mim e não à mãe. Essa a largou para que eu criasse. Se me demoro na rua, já viu, doentinha de saudade.

Só de vingança, para tomar a criança de volta, a Elvira fez essa denúncia. Qual pai tem coragem dos atos de que me acusa? Bem eu, que frequento a igreja evangélica, e isso desde criança.

Um ano e meio faz que deixei a bebida. Eu bebia, é certo, por influência da Elvira. Ela me levou para o vício. Hoje estou livre. Do trabalho saio ligeiro para a igreja. Salvo das tentações da carne, glória, glória, aleluia!

Tenho, sim, mais um vício. Que é do cigarro, esse não consegui ainda largar. Mas não tenho rixa nem inimizade com a vizinhança. Todos me querem bem. Pode perguntar a quem me conhece.

Não uso droga. Só experimentei no tempo dessa maldita Elvira. Ela quer agora dar uma de séria. Basta você passar pela casa e ver a folia. Todo mundo nu. Bêbado. No maior bacanal.

Se os vizinhos reclamam da zoeira, ela desacata queixoso, fiscal e polícia:

— Qual é a lei que me proíbe de beber?

Sempre a mais exibida de todas. Desfilando só de calcinha para o galã dela. Um tal Curitiba. Ou Tibinha, gigolô barato.

Um fantasma

Ladrão em Curitiba é o que não falta. Estou na profissão faz pouco tempo. Não tenho muita prática. O pessoal da Furtos já me prendeu um par de vezes. Numa delas acertaram um tiro no pé esquerdo. Daí que sou meio manco.

Pra cada um preso, tem quanto solto na rua? O que eu peguei foi cartão de banco, celular, talão de cheque, esses trecos. Mas foi tudo devolvido lá na Furtão. Outra vez uma calculadora, dois celulares, quatro ou cinco anéis. Foi só.

O dinheiro gastei tudo com mina e droga. Pra elas dinheiro não há que chegue. E preciso arrumar os dentes. De banguelo nenhuma gosta.

Eu subo é pelo cabo do para-raio. Magrinho feito eu. Pudera, sempre com fome. Foi assim que me iniciei. Pra comer, né? Minha mãe é morta, né? Não tenho quem me sustente. Só eu por mim.

Uma vez caí do terceiro andar com cabo e tudo. Até hoje estou assim. Bem coxo. Mais o tiro no pé. Foi muito azar.

Primeiro você estuda bem o prédio. Pelo cabo de aço ou pela grade das sacadas, com minhas pernas compridas, alcanço o último andar. Daí vou descendo e entrando nos apartamentos. Aqui, a janela da cozinha aberta... Ali, a porta esquecida da lavanderia... Tela de proteção — pra que serve a tesoura na mochila?

Entro e, se não tem ninguém (os ricos são chegados a viajar), ligo baixinho a tevê. Abro a geladeira e me sirvo das gostosuras. Musse de chocolate, oba! minha perdição. Só depois que sossego a fome (um cara esganado, não falei?) recolho os trecos de valor.

Lá pelas três, quatro da manhã é o grande sono. Todos dormem. Pise de leve, e ninguém acorda.

Faço de conta que sou invisível. Já me arrisco na meia-luz do quarto e espio de pertinho a pessoa roncando.

Veja a moça que sonha, uai, metade da coxa fora do lençol (até fosforesce no escuro!), o peitinho redondo salta da camisola... Some daqui, ó pidão: esse musse de creme não é pro teu bico.

Essa a fome que mais dá cadeia.

Noite de verão, lá estava eu no quarto de uma mulher. Subi pela calha, pulei na marquise. A janela aberta, por causa do calor.

De repente ela arregalou um bruto olho. Acho que foi uma bulha na rua. Sentada na cama, de tanto susto. Era uma velhinha. Ali de queixo caído, com falta de ar. Que tal se ela morre?

Ergui os braços e abri as mãos. Falei mansinho:

— Não tenha medo. É um sonho.

Na pontinha dos pés fui até a janela.

— Sou um fantasma de passagem.

Saltei na marquise. Escorreguei pelo cano. E sumi de fininho.

Isso aí, malandro

Sondo primeiro, tudo escuro no casarão: a família viajando. Dentro dos conformes. Pulo o muro dos fundos. Quebro um, dois vidros. Afano uma tevê, o som, um saco de trecos. Isso lá pelas três da madrugada.

A gente se enfia na casa arrombada. Tem uma pedra queimando por dentro. Grudados na tua nuca os mil olhos dos caguetas da Vila. De repente dá uma fome desgracida. E você ataca direto a geladeira. Vinho tinto é uma boa.

Se dispara um alarme, já pensou? Chega o vigia? Te acerta um teco? Ei, Tibinha, não se mexa. Tá ouvindo: quem bate? em todas as portas? o teu coração doidão? pra cá pra lá?

Sai. Já. Pô!

E o tempo inteiro, quem diria, de piroca dura. Tinindo. Uma vez, num apê, uma picega. Rolou esse lance. Ela pediu, né? Dei um picote na ceguinha. Se aparece uma dona pela frente periga de ter de abrir as pernas. Isso aí, chefia. Por bem ou por mal. Não dá pra segurar.

Duas noites depois, volto na casa e abafo mais uma tevê.

Vendi tudo na Vila. Pro intrujão, sabe como é, o cara compra muamba. Foi o Bicudo. Dona de uma zona, é um viadão. Levou o som e uma tevê.

Que a Paraguai ficou com o saco de trecos. Essa aí tem um carrinho de cachorro-quente perto do Bar do Tiozinho.

A segunda tevê foi pro tampinha que mora de favor num mocó, lá no fundão. O tal nanico antes era borracheiro.

Certo. Eu tinha mulher e filha. Tava com seis meses, uma pombinha do céu. Só porque chorava, a mãe afogou no travesseiro.

Se amigou a bandida com um zaroio. Não tem a vista direita, ligadão no pó e na pedra. Ele é do mal. Pô, que o pariu. Me conte o que a gata vê num tipo assim. O amor, essa coisa?

Bem, como ia dizendo. Na terceira visita ao casarão... Em noite de azar, se não é a beira de calçada — sifu, pardal.

Na terceira visita, separo um micro, um rádio, uma pilha de CDs. Pô, daí, fidaputa. Sou engatado. No flagra, por um guardinha de campana.

Quando pulei o muro, já sumia de fininho, me virei. Fatal. Ali na tocaia, o vigia. Cresceu e veio. Assim direto. E me enquadrou.

Todo malandro tem seu minuto de bobeira. Eu, o rei do Bar do Tiozinho. Teje preso. Agora me ferrei bonitinho.

Sai dessa, bacana. Pra que serve o brilho do teu dentinho? Olheiro leva o preço na testa. Ó mermão, metade do bagulho é teu. Legal?

Pipoca

Tava tudo bebum lá. Eu não tinha faca. Não tinha nada. Essa carteira? Sem tutu. Necas.

Aí o pessoal da Rone falou que era um assalto. E o escrivão lá do Distrito, se fazendo de bobo:

— Quanto cê acha que tinha naquela carteira? Viu muita grana?

Eu é que não vi. Euzinho com algum? Néris. Nadinha.

Tudo bebendo no Bar do Tiozinho. Eu e o Pastel e uma das meninas dele. Quem, eu? Sou o Jonas. Pode chamar de Pipoca.

Esse cara enxugava também. Eu nem conhecia o tipo, ele vive direto no Tiozinho. Cheguei com meu carrinho de papel. E eles festando lá.

Daí entrou essa quenga, ninguém sabe de onde. Isso aí, apareceu do nada. O cara logo se engraçou e foi sentar com ela. E gastava com o mulherio. Até pagou uma batida pra gente.

Depois o tipo saiu com a mina lá pros fundos. No pátio, as duas pequenas portas com letreiro vermelho:

DAMAS — GALÃS

Epa, o galã e a dama começaram a discutir. No programa, sei lá, não se acertavam.

Ele com a carteira aberta na mão — e cadê o dinheiro?

Daí me cheguei pra pedir um cigarrinho. O tal, apavorado de bêbado, jogou a carteira no chão. Bem nessa hora a Rone passava. O cara gritou e assobiou. Ela veio. Enquadrou a gente.

E ninguém com a faca. Essa faca nunca existiu. Sei que a carteira não tinha dinheiro. Do jeito que tava aberta, ele pegou e jogou. Eu até pisei nela. E disse:

— Ó chefia, não quero a carteira. Só pedi um cigarrinho.

A gente lá curtia. Numa boa. Eu, o Pastel e a Xuxa, filha da Marica. Ela tem um ponto de guardar carro. E também faz programa.

Agora o pessoal tava bebendo só. Esse cara deu de aparecer lá. Aprontou com a tal mina. E dedurou tudinho pra polícia.

Os tiras bateram na gente e largaram na jaula. Veja só. Quebraram o meu dedão. Agora quero ver o que dá pra fazer. Foi o sargento lá. Eu tenho o nome dele anotado.

Me cobriram de porrada. O doutor pode ver. Aqui, olha. Tá inchado. Pisaram no meu pescoço. E falaram que um de nós aliviou a carteira.

Como foi assalto se ninguém não tava armado nem nada? Se eu roubei, cadê a faca? cadê o dinheiro? Eu tomo uns goles, isso não nego. Mas não fumo, não cheiro, não queimo.

Ladrão nunca fui. Tenho quatro filhos pra criar. Sou do trabalho. Sol e chuva. Pra cá pra lá. Eu e o meu carrinho de papel.

Mundo, não aborreça

Me diga, você. Me dê um só motivo pra querer a morte da Cecília. Se era o sustento da casa. Ganhava mais do que eu. Não tinha seguro de vida. Nem herança pra deixar.

Ela me pediu. Fervesse a água e botasse a garrafa de plástico nos pés, estava morrendo de frio. Daí dormimos.

Meio da noite rebenta a garrafa. Queimou todo o seu pé direito. E a perna soltava uma pele negra. Fomos de táxi ao pronto-socorro. Feito o curativo, nos mandaram pra casa. Não fosse a maldita diabete...

Quem dela cuidou por dez anos? Sim, dez anos esteve doente. Não é verdade que a maltratasse. Ou deixei de acudir esse tempo todo. Imagine largar na desgraça a única irmã. Lidei com essa ferida na perna por dez anos.

Ceci ganhava mais do que eu. Fornecia a casa e me ajudou na precisão. Agora fiquei sozinha e abandonada.

Bem que ela teve assistência médica. E quem a valeu todos os dias? Serviu de enfermeira? Sempre ao seu lado.

Sem descanso nem sossego. Exausta, cabeceando numa cadeira dura.

Foi aí que teve o derrame. Chamei a ambulância. No hospital não foi bem tratada. E ficou com trauma. Ao visitá-la me pediu não a deixasse lá. Queria morrer em casa.

Ninguém cuidava dela. Era só eu. Mais tarde uma enfermeira veio fazer o curativo na perna. Me ensinou a trocar a gaze esterilizada.

De volta do maldito hospital, a Ceci enjeitou os remédios. Duas vezes ao dia, ao lado do copo de água, eu trazia no pires. Ela deixava ali, sem tocá-los. Se era inútil, parei de oferecer. E perguntava, solícita:

— Você está bem?

Seca e lacônica:

— Estou.

— Sente dor?

— Não.

— Quer alguma coisa?

— Nada.

Não conversava, como antes. A faladeira sempre ela. Viver pra quê? Oitenta e cinco anos em janeiro. Tempo demais. Os dias repetidos — o que de bom aos oitenta e cinco anos você pode esperar? Resta alguma coisa para desejar aos oitenta e cinco anos?

Da cama se arrastava para o sofá diante da janela. No começo ainda se distraía: o cantinho da corruíra, o voo do beija-flor, o desenho das nuvens no céu — ondas róseas de espuma desgarradas ao vento em busca do mar perdido. E molhava com amor os vasinhos de violeta no peitoril.

De repente perdeu o interesse. De costas para o mundo. Nunca mais olhou lá fora. Preferiu a parede nua diante dela.

Até que um dia resolveu não sair mais da cama. Me proibiu de abrir a janela. Espanar o pó. Ou trocar os lençóis. Nem arejar nem nada.

— Ceci, posso fazer alguma coisa?

Ria do quê? de quem? a dentadura inútil no copo de água.

— Não aborreça.

Era tudo.

Ali encolhida, de cara pra parede, coberta até a orelha. Alguma vez a ouvi rezando em surdina. Depois nem isso.

Ou meio sentada, a cabeça sobre dois travesseiros. O queixo pontudo apoiado na mão esquerda — um mapa em relevo de sinais dos últimos dias. Em que pensava lá longe a trêmula cabecinha branca?

Eu trazia um pratinho de caldo de feijão. Ou, sua predileta, uma canja cheirosa. Nenhuma vez aceitou e deixava esfriar no criado-mudo. Essa mesma gulosa que nunca resistiu a uma fatia dupla de bolo de chocolate? Desisti de levar e aceitei a sua decisão.

Foi escolha da Ceci. O que mais eu podia? Senão atender ao pedido e não aborrecê-la. Daí me acusar que facilitei a sua morte... Se nada tinha a ganhar.

Duas professoras, solteironas e aposentadas. Moramos e trabalhamos juntas por trinta anos. Para ganhar mais uns trocados, tirei curso de radiocomunicadora e fiz alguns biscates.

Ah, ia esquecendo, nos últimos meses a Ceci me passou procuração pra receber a sua aposentadoria. Mas nunca fiquei com nadinha, nunca. Ela ganhava mil e poucos reais. Eu, só a metade. Somando, mal dava para as despesas. Sem falar dos exames e remédios caros. Nunca o dinheirinho bastava para comprar todos.

Tinha má circulação e outras doenças. Mas podia ter vivido muitos anos. Ela escolheu diferente. Antes de sofrer o derrame, quando estava boa, a gente bem que passeou.

No banco da pracinha falava com as pessoas.

Andando de ônibus, sem pressa, até o fim da linha.

Íamos à praia e, a mais exibida, erguendo a barra do vestido, ela molhava na pequena onda o pé leitoso de nervuras azuis.

A gente não se apartava. Pra cá pra lá, sempre juntas. Não descurei, eu juro, a minha irmã. Oh, não. Deus está no céu e eu na terra. Ele tudo vê. E sabe que não a abandonei.

Até me sacrificava. Tudinho primeiro pra ela. O lugar da janela no ônibus. A moela e o coração da galinha.

Ceci era toda a minha família. A falta que eu sinto, já pensou? Tenho duas sobrinhas, não sei por onde andam. Cada uma lá com a sua vida.

Foi assim. Naquela manhã, entrando no quarto, ela não respondeu — nunca respondia. Um silêncio oco e suspenso. A doce morrinha enjoadiça.

Chego perto, me debruço. Fosforescendo na penumbra a face lívida. Queixo caído, o buraco sem dente. Olho branco vazio. Bem aberto. O narigão torto cobria todo o rosto.

Chamei a assistência. Veio a enfermeira e confirmou o óbito. Me pediu informações. Tudo eu contei, direitinho. A queimadura, o derrame, a decisão pessoal.

Sem eu esperar, me chamou de assassina. Devia tê-la impedido. Internar no hospital. Ora, exatamente o que a Ceci proibiu.

Só não denunciada à polícia pelos meus muitos anos. Decerto senil, irresponsável do ato criminoso. Cobiçando, quem sabe, a pobre aposentadoria da irmã. E, desumana, aceitei que se finasse à míngua, de inanição...

Providenciou a remoção do corpo. Mais alguns insultos. E afinal me deixava em paz.

Quatro vizinhos assistiram ao velório na capela e acompanharam o enterro.

Ninguém chorou.

Sobre o túmulo apenas um vasinho de violeta em flor.

Algum tempo segui a triste rotina. Distração na pracinha. Compra no mercado. Passeio sem destino de ônibus.

Afinal perdi o gosto. Pela conversa — e agora eu que falava.

A canja de galinha, só pra mim. Mais a moela e o coração.

A viagem, desta vez ao lado da janela.

A sesta, refestelada no único sofá.

E receber no banco, riquinha (ai, por um triz, essa maldita enfermeira), as duas aposentadorias.

Os meus dias contados. Logo logo ao encontro da Ceci. Espero não me guarde rancor. Hoje, com a sua idade (minto, alguns aninhos mais). Igual a ela, velhusca e achacada.

E também eu, no último suspiro, aqui sozinha — sem irmã que me feche os olhos.

Viver pra quê?

O que desfrutei já basta.

Mundo, não aborreça.

Tem um craquinho aí?

Eu devia pro cara. Tava na obrigação. Cento e trinta paus. Essas coisas. Depois que vence, não há perdão. Você tem de zerar a conta. Ou paga direto com a vida.

Dez anos no craque. Já fiz cinco tratamentos. Minha mãe reza e chora. Se descabela, a infeliz. De joelho me pede. Lá vou pra clínica. Fico numa boa.

Mas dou umas recaídas. Não bebo, não. Só na bendita pedra. Passo um tempo limpo. Daí despiroqueio direto.

Eu tava três dias fumando horrores. Sem comer. Sem dormir. Só queimando a pedra. Nunca posso guardar umazinha só. Fumo tudo que tiver. Se você para a fissura te pega.

Tem droga boa. Dá um barato de vertigem. O pico. Zoar no paraíso, sabe o que é?

E droga ruim. A falsa. Meia-boca. Você fica pirado total. Se perde numa noia de veneno.

Não é como outra droga, não. O craque. Você não consegue largar. Quer mais um. Mais um. E mais um. É diferente porque ele você ama.

Só dez segundinhos, porra. Te bate no pulmão. O bruto soco na cabeça. E o mágico *tuimmm*!

Na pedra, sabe? Tem um espírito vivo. Daí o craquinho fala direto comigo:

— Vai, Edu. Vai fundo, mermão!

Me chama bem assim. Ele sabe das tuas falsetas.

— Essa, não. Se manca. É uma fria.

E ouve o que você pensa.

— Cai fora, Edu!

A gente que fuma tá sempre ligadão. Tudo o que acontece nas bocas do lixo. Você fica o tal. Com uma força maior. Olho de vidro, o polegar chamuscado, acelero alto pra voar. Toda a magia do céu.

E do inferno.

Daí o Buba veio com essa pressão na minha cabeça. Ele é mais do crime. O traficante você conhece logo. Tem sangue no olho.

De verdade me forçou. Eu precisava, sabe. Na pior. Essas coisas. Livrar a dívida. Senão tô fudido, cara.

A arma não era minha. Ele que arrumou. A garrucha velha de uma bala. Se deu cobertura? Ô louco! O dono da droga, pô? Fica no seguro lá da favela.

Sou pilantra. Mas não sou do crime. Veja, tirei cursinho e tudo. Com ofício e registro na carteira. Mais de uma firma importante.

Essa foi a última roubada que entrei fundo. Juro por meu Jesus Cristinho. Não tinha grana pra comprar mais. Dá muito nervoso. E precisava, sabe como é.

Aí o bicho pega.

O Buba meteu a peça de guerra na minha mão. E passou a fita:

— Seguinte o lance, mano. Esse aí vai pagar é com a vida. Certo, soldado?

Ia morrer a minha dívida com o Buba. Se eu apagasse o cara. No tráfico não tem calote.

O malaco da conta furada? Já era. Fatal.

Foram três dias, né? Ali queimando a pedra. Sem comer ou dormir. Fui queimando, queimando e, quando levantei, cadê a perna? Tomo leite pra rebater, não adianta. A puta dor de cabeça. Uma tosse desgracida. Essa agulha de gelo no pulmão.

Daí o Buba me baixou a ordem. O soldado obedece ou morre.

Então fui atrás. Só não pode mostrar medo. Enquadrei na moral. Chego assim:

— Ô, arruma aí dois paus pro Buba.

E boto a arma pro safado:

— A ordem veio do comando. Vamo até ali que a gente acerta.

Sabe o que fez o merdinha? Encarou feio, sem piscar. Tive de dar nele.

Dei um na cara.

Nos conformes. Certo, mano? Nessa hora, pô, eu vacilo.

Uai, nem raspou, de levinho, a única bala.

Eu sempre fui ligeiro. Se não dá coragem, morre você.

Daí me apavorei. Tô fora.

Sem olhar pra trás.

Epa, um vulto gemendinho passou resfolegante por mim.

Foi prum lado, ô louco! perdeu uma sandália.

Foi pro outro. E se escafedeu aos pinotes em ziguezague. Ninguém mais viu até hoje.

* * *

Nem eu acredito.

Desta vez era outra voz.

Familiar.

— Cê tá livre, Edu. Tá limpo com a zona!

Quem me salvou mesmo? Foi a mãe. Zerou direto a dívida com o Buba.

Agora, vida nova.

Ei, você aí, ó cara? Tem um craquinho aí?

Garota de programa

Puta, não senhor. Garota de programa. Não sei de nada. Só que fui presa. Fazia um lanche com minha amiga Jussara. O nome do bar não lembro. Fica lá na Riachuelo, não tem erro.

Mãe de duas meninas fofinhas que... Sim, já usei droga. Custou, mas me livrei. Bem um ano que tô limpa. O meu cara trazia da favela. Tá preso por ladroagem. Um tal Edu.

Quando me prenderam tinha a grana certinha do celular da amiga Jussara. Tava sem a bolsa e pediu que guardasse pra ela. Eu ia pagar na farmácia 24 horas. É minha vizinha e a gente anda junto.

Com droga nunca transei. Ligadona só na birita. Como vim parar aqui? De nada não lembro. E descobri que fui presa? Só no dia seguinte. Tão bebum, sabe como é.

São duas filhas, duas boquinhas com fome. E tenho de sustentar, né? Naquele dia tava no bar. E chegam os tais senhores. Se apresentem como da polícia e vão logo me enchendo a cara de porrada.

Uma semana aqui na delegacia. Inchada e roxa, só olhar pra mim. O chefia acha que se tivesse toda essa grana que falam eu ia ficar sete dias na cadeia?

Não conheço os caras que foram presos. Se lidam com droga isso é com eles. Olheira de traficante, eu? Imagina!

Comigo não tinha pó nem pedra. Pra dizer a verdade, só fumei um baseado e queimei uma pedra lá pelas cinco da tarde. Aí é que começo a beber. Mas nada sei de droga nenhuma. E provo pelo dono do bar. Viciada, euzinha? Só na birita.

Falar nisso, achei na bolsa a conta do telefone. Mas o dinheirinho contado sumiu, né? Vá saber quem pegou.

Pode me encontrar no Passeio Público. Lá o meu ponto de trabalho. Puta, não senhor.

Sou é menina de programa, às ordens.

Recados com a Jussara.

Uma senhora

A velha senhora, viúva, tem três filhos.

O primeiro, tipo malandro, nunca trabalhou sequer um dia. Dependente da mesada, atormenta a mãe sempre por mais um dinheirinho — a fantasiosa viagem para o banho de iluminação nas águas barrentas do Rio Ganges.

O segundo, o melhor dos filhos até os quarenta, cai de amores por uma fulana qualquer. Esse, que era o provedor da casa e passeava com a mãe no fim de semana, se despede uma noite. E, zerando a conta bancária da velha, no carro da família, lá se foi com a loira fatal. Nunca mais deu notícia.

A filha, molestada em menina por um vizinho, sai de blusa branca e risonha, às oito da manhã, para a faculdade. Acena, mocinha em flor, para a mãe na janela. Foi a última ocasião que a viu.

Por vezes, a cada longos dois ou três anos, o telefone toca. A senhora atende.

— Alô?

No outro lado apenas o silêncio e a respiração abafada.

— Alô? Quem fala? É a...?

Sem resposta.

— Fale, minha filha. Por favor. Sei que é você. Por que não...

Só um clique.

E agora? Dali a quantos anos a próxima vez?

— Que filha desgracida!

Olha pela janela.

— Ai, mocinha mais ingrata.

Olha pela janela ao longe.

— Minha pobre menina...

E olha pela janela uma blusinha branca ao longe.

Pivete

vá saber que hora que dia
conheci o Casquinha um mês dois atrás
ficamos andando juntos
ele que transava o celular do rapaz
até pagou direitinho cinco
sei lá dez paus
antes a gente tava bebendo uma cerveja
com as meninas no mocó
vi que o carinha deu o celular numa boa
daí a polícia abordou a gente
ninguém de nós tava com arma
nenhum roubou o treco
sou de menor
tenho mãe por aí
faz anos que tô na rua
fugi pequenininho
tanto apanhar da bruxa

quase morri do pó de pedra
agora parei com tudo
aquela tossinha acabava comigo
só o que faço é bebida e fumo
cuido de carro
peço um dinheirinho no sinal
dou uma de flanelinha e agulheiro
essa viração
levo a coberta no saco plástico
meu punhalzinho
minha colher de pau
jogo na cacunda
saio catando esmola
durmo debaixo da marquise
tomo banho no posto de gasolina
pra comer peço na pensão
mostro o meu pote
a negra coloca uma concha da sobra
o dinheiro que ganho
é da pinga e o fininho
agora tô sem namorada
bem faz falta
daí o que mais
me sirvo do Casquinha

Tenha uma boa noite!

Quase dez horas, pô. Já me atrasei. Tudo menos a mulher à tua espera para uma cena bem ensaiada. Grávida de oito meses. Fase de caprichos e fricotes.

O salário seguro no bolso, me permito um chopinho ali de pé no balcão — nada se compara ao papo gostoso do bar.

Esqueci até de comprar o remédio da última consulta. Tarde demais. Limpo no bigode a espuma do terceiro chope, ajeito o boné, jogo a mochila nas costas. E caio fora.

Salto do ônibus e sigo em marcha batida. A lua toda acesa clareia o caminho. Rua deserta.

Apenas um vulto atrás de mim, outro passageiro retardatário.

E agora? Diante do carreiro, a dúvida: rumo em frente, apesar de perigoso à noite (com todo o meu dinheirinho no bolso)? Não fosse o atraso. Não fosse a gravidez da mulher. Fazer toda aquela volta?

Para ganhar tempo, vou direto. O que for soará. Pra mim e a minha sombra, de chapéu, pasta na mão, sandália, decerto fiada no exemplo de coragem.

Oba, mais quinze ou vinte minutinhos e estou em casa. O saibro sibilante sob o tênis é o único ruído no carreiro assombrado pela mata fechada aos lados. Minto. Mais o cicio de uma sandália furtiva logo atrás.

De dia, para abreviar o caminho, o preferido dos moradores da Vila. Os alunos do colégio aos gritos pra cá pra lá. Ah, de noite é diferente, ninguém se atreve. Ninho de pequenos bandidos. Ponto de tipos drogados da Vila.

Além da curva é o pequeno pontilhão de madeira. Logo depois o...

Ai, tô fudido. Bem a mulher me avisou: *Dê a volta. Não facilite, bem. O que será de mim sem você? E do nosso filhinho?*

Diante da ponte a moto atravessada no caminho. Epa, motor *funcionando.* Ai, farol *apagado.*

E agora, mermão? Sigo ou volto. Se correr, não é pior? Pronto me alcança o motoca. Fuzilado pelas costas, sinal de fujão covarde. Pouco ligo pra sinal. Não quero é morrer.

Que tal se não é comigo? E por que eu, logo euzinho? Só por que...? Uma única vez...? Me arrisco aos poucos em frente, a sombra de chapéu no encalço. Quase posso ouvi-la resfolegar no meu cangote.

Mais uns passos. Cuido de não olhar para o motoca. Mas percebo de fugida o capuz preto sob o capacete baixado. Só os olhos se destacam, faiscantes no escuro.

Sem palavra, o tipo recua a moto para livrar a passagem.

Cruzo por ele, de olho no chão. Entro na ponte. E paro.

Três vultos ali deitados. De bruços. Cara enfiada na tábua. Mãos na cabeça.

Ai, Deus do céu. E agora? Vou adiante? Intrépido, recuo? Por que é, meu Jesus Cristinho? Por que entrei neste maldito carreiro?

No outro lado da ponte o carona da moto decide por mim:

— Pode vir, tio.

E acena com a mão. De relance o brilho do cromo na arma. Nada de 22 ou 38. Na vila só dá .40 ou 380 cromado. Diante da minha hesitação:

— Ei, vem duma vez!

Também ele de capuz e capacete. Os dois buracos brancos esbugalhados da morte.

É pra já.

Trato de abrir caminho pelos piás ali estendidos. Pedindo licença em voz baixa.

Evito aqui a cabeça de um.

Ali os pés de outro.

São os moleques viciados da Vila. Camiseta berrante, bermudão largo, tenisão de skatista.

Tudo quietinho, nariz fundo no chão, dedo cruzado na nuca. Decerto surpreendidos ali na ponte. Ainda no ar a morrinha do pó e da pedra.

Acerto de conta. Não pagou, é?

Fatal.

Me obrigo a não olhar pro lado. O coração berra e esmurra no peito. Que é isso, joelho? Não fraqueje, não trema, não se dobre.

É agora. Se ele acha que sou testemunha? Tô ferrado, cara. Nunca mais vou conhecer meu filho?

— Tenha uma boa noite!

Uma voz de gelo do cromo. Ai, Deus do céu. Nem acredito. Obrigadinho, meu Jesus. Salvo, salvo!

— Boa noite pro senhor também.

Um sopro tímido repete às minhas costas o cumprimento.

E trato de apurar o passo. Não tão depressa que pareça medo. Não tão devagar que seja provocação.

Lá atrás na ponte a mesma voz afiada dos dentes do garfo arranhando o fundo da tua alma.

— Seus merdinhas safados.

A sentença final do carrasco.

— Já vão saber com quem se meteram!

Uns dedos grudentos me agarram a ponta da camiseta.

— Epa, que é isso? Me larga, pô!

Ora, quem pode ser? Apenas a sombra que me segue o tempo todo, mais confiante na minha valentia do que eu mesmo.

— Ei, cara? Que é que há?

Livro a roupa num repelão. E não diminuo a passada.

O matagal fica pra trás. Logo ali o clarão da Vila no céu. Pra mim é o céu.

A sombra fala, rouca:

— Do que escapamos, hein? Nunca vi nada igual!

Mal chegamos a comentar o incidente. E, de súbito, uns estalos secos.

Três. Sem eco.

Trato de acelerar a marcha, quase correndo.

Um tempo. De novo os tiros. Agora espaçados. Um... dois... três.

De misericórdia, poxa? Na nuca.

— Já matou os piás!

Mas não a mim. Urra, não eu. Cinco minutinhos. Ei, minha gente. Tô aqui. Salvo. Em casa.

Todo esse perigo, culpa de quem? Minha é que não. A culpada, como sempre, é a mulher. Não fossem as tais frescuras manhosas de grávida.

Só escolhi o carreiro pela muita pressa — a sua exigência boba. Desde quando um cara batalhador e responsável não pode tomar um chopinho? Tá certo, dois que sejam.

Graças, acabou tudo bem. Me sinto tão pacífico e generoso que prometo não levantar uma palavra contra ela. De verdade agora o que importa?

Me safava, isso sim, maneiro e faceiro dos matadores na ponte. Encarei a morte no buraco vazio do olho. Sem piscar. Fiz por merecer mais que uma boa noite — uma feliz noite de amor, ai, teus fricotes! ai, meus caprichos!

Grito de boca fechada. Salvo, oba! Bem alto, embora mudo. Livre, urrê!

Não tenho tempo de celebrar. Já o frio traiçoeiro do punhal me espeta a cintura.

E a sombra, agora com voz dura de cromo:

— É um assalto. Nem um pio, cara. Passa a grana!

Ora direis

— Ai, primeira vez nuinha. Só de salto alto. Puxa, como é linda. Ver você e nunca, nunca mais morrer. Olhe este peitinho.

— Cuidado. Que dói.

— Ui, tirar leite deste biquinho. Agora se vire. Não. Assim. De novo.

Aquela confusão medonha.

— Deixe, amor. Só um pouquinho. Não se arrepende.

— Ai, não.

Desgracida de uma peticinha sestrosa.

— Tenho medo. Não quero.

Beijos molhados na penugem do pescoço — ó rica pintinha de beleza.

— Posso me cobrir?

Santa vergonha de estar nua — a última virgem de Curitiba.

— Ainda não. Quero você bem assim. Nos meus braços.

Salto alto, a bundinha em riste. Seio de olhinho aberto, um para cada lado. Ó vertigem da página em branco.

— Tudo. Menos beijo. Na boca, não.

Ora direis, ouvir estrelas.

Mariazinhas

Bendigo o irmão Sol
bendigo a pequena irmã Lua
por todas as mulheres de Curitiba
são muito queridas
as nossas lindas Mariazinhas
mas por que tão pérfidas?
te adoçam de beijos a boca
e já misturam o vidro moído
na tua sopa.

Um minuto

Mais uma vez, ali na porta, a eterna dupla de crentes. Altos e loiros. Camisa branca e gravata cinza.

— Alô, mocinha. Só um minuto. Já conhece a Bíblia?

Os quinze aninhos furiosos de tanta reza, palmas e cantoria no templo vizinho:

— Eu sou comunista!

— É uma edição...

— E também sou puta!

— Em nova tradução de...

— Um cliente rico me chama lá dentro!

E, ao ouvir os passos da mãe, fecha depressinha a porta.

Pobre mãezinha

Os gêmeos voltam inquietos da escola. Primeira aula de educação sexual. Seis aninhos, e já perdidos na busca da verdade.

— Sabe, mãe, o que é transar? Então me diga.

A moça desconversa. Um jogo? um brinquedo? uma ginástica? Reservado só para adultos. Mais tarde eles... O pai pode explicar melhor.

Nem uma semana depois. O mais espevitado:

— Mãe, mãe, já sei o que é transar.

— E o que é, meu anjo?

— Transar é um menino beijar na boca de outro menino!

A mãe se assusta com razão.

— Alguém fez isso com você?

O outro, tipo sonso:

— Ih, mãe. O carinha tá por fora. Não é nada disso.

Sossega a moça, mas não muito.

De novo, os seis aninhos de sapiência nas ruas da vida:

— Transar é o menino pôr o pipi na popoca da menina!

A mãe queda muda. Você não conseguia definir melhor.

Eis que o primeiro ensaia um choro sufocado, cada vez mais doído.

— Meu Deus, filhinho. O que é agora? Por que está chorando?

— É isso o que o pai faz...

Os pivetes se entendem num simples olhar (não fossem gêmeos), e o segundo:

— ...na minha mãe!

Já rompem violentamente aos soluços.

— É isso... Então é isso... Na minha pobre mãezinha!

Desesperados e inconsoláveis. E agora, mãezinha? Só lhe resta abraçá-los e chorar com eles. Chorar muito a inocência perdida de todos nós.

O temporão

— Nem te conto, cara. O meu temporão... A cruzada do menino sozinho contra os muros de Jerusalém. Tudo por ser pequeno para dez anos idos e vividos. Chamá-lo de baixinho é açular o próprio capeta aos pulos nas brasas do inferno.

Basta que a avó, santa velhinha:

— Meu anjo, não fale assim. Deus não...

E ele, nomerento como só:

— Vá tomar no cu!

À mesa, o espirro de gente reclama da comida e de tudo.

— Orra. Nada do meu gosto. Que merda.

E mais pequeopê pra todos. Furioso de ninguém levar a sério o seu chorrilho escatológico.

Inferniza a mãe desde a primeira hora:

— Que roupa eu visto? O que é que eu faço hoje? Onde é que a gente vai?

Quer isso, quer aquilo. E o céu também. Sabe o que é ser perdidamente infeliz aos dez aninhos?

Veja o sorriso querúbico para as visitas na sala. E, pelas costas, sortido repertório de micagens e gestos obscenos.

Não se pode negar. Tem senso de humor, o boquinha suja:

— Sabe, pai? Quando me vejo no espelho...

— ?

— ...tenho de olhar pra baixo!

No bailinho, orra!, as meninas dobram a cabeça, que merda!, pra colar o rosto no dele.

Pequeopê!

Programa

— Vamos, bem?
— Quanto?
— Dez.
— Onde?
— Logo ali.
— Tá.
— Chegamos.
— Se alguém vê?
— Não tem perigo.
— Dez. Tome.
— Com dente?
— Hein?!
— Veja. Sem dente.
— Não. Sim.
— Qual é?
— Sim. Fique.
— Tá bem.
— Mas não morda.

O rosto perdido

Sob a janela fechada, ele olha, intrigado. Aonde foi ela? Sem aviso e nenhum adeus.

Em protesto três ou quatro dias rejeita a comida. Em vão, não a trouxe de volta. E cheira pelos cantos. Por fim aqui na minha porta. Arranha a soleira, atendo e espero. Me olha, o carinha, mas não entra — serei eu o culpado?

Prefere se espichar na grama. Cochila e, ao menor gesto, não seja outro a fugir, de olhinho bem aberto.

No almoço, ao lado da cadeira, espia de mão estendida — mal-acostumado sabe por quem. Resisto, sirvo mais um punhado de ração. Nem belisca e, ofendido, deita lá na sala. Mas não desgruda o olhar pidonho.

Na casa vazia, quem nos consola da ausente? Me segue aonde vou. Entro no banheiro, ele também quer, geme baixinho. Difícil a convivência de dois neuróticos. Descontente, coça a barriga e lambe ostensivo as belezas.

Ligo o rádio para distraí-lo. Me esgueiro para a cabana. Ah, não. De quem esse passinho ligeiro? Abro a porta, mas não entra. Deita na soleira, adorador do sol. E logo ressona.

Após o chá, me obrigo a sair, enfim livre da segunda sombra. Culpa dele não é, nem minha — duas vítimas da própria solidão.

Me acompanha até a porta. Recomendo:

— Cuide bem da casa. Já volto.

Ambos perdidos no mundo, ele mais que eu? Durante o dia, tudo bem. Saio, circulo pelas ruas, falo (ou não) com as pessoas. À noite que é triste. Sozinho, aqui na cabana, aflito — as vozes furtivas das lembranças à tua volta. Um estalido no trinco da porta — quem bate? É você, querida?

Já vou abrir. E, ao perceber o engano, suspendo o gesto em falso.

Cansado de lidar com velhos papéis, me recolho ao quarto. Deito e apago a luz.

Sorrateiro, à espreita na sombra, eis o ataque avassalador da saudade. É agora! Pronto me salta no peito e, as pernas em volta do pescoço, aperta com gana até sufocar. Em vão chaveei a porta, corri o ferrolho.

Ali, no canto mais escuro, o desespero. Divide a minha, a nossa cama. Sussurra amoroso ao ouvido.

Do travesseiro já se ergue sonâmbulo o vampiro de tantas memórias.

Como escapar? Todas as portas e janelas fechadas. Todas as defesas vencidas.

Salto descalço de pijama, abro a porta da cozinha, chamo. Ele acode, sem ressentimento. No silêncio, o leve crepitar das unhas pelo soalho — salvo por esta noite.

O meu guardião, ao pé da cama. Afago-lhe a mansa penugem. Em resposta, o rabinho bate no tapete. Seguro a pata, quem sabe com força. O carinha geme, gozoso.

E, o respiro tranquilo ao lado, mergulho — ah, esse maldito leito de pregos! — na longa vigília do agoniado.

Dia seguinte, a mesma rotina. Um passeio para espairecer, quem sabe comprinhas aqui e ali. Aonde ir? Com quem falar?

De volta, ei-lo que me segue a toda parte. Acarinho-o, escovo, falo com ele. Trocamos confidências sobre certa pessoa. Às violetas morrendinhas na janela, quem deu na boca o último gole de água?

Ao vê-lo inconsolável, desabafo:

— Ei, cara. E eu? Não estou aqui?

Não responde. Espia triste, olhinho úmido.

— Para com isso. Tem dó!

Irritado sem razão. Sei bem: ele mais ofendido que eu. Como é que uma pessoa de repente some? Horas ali na porta do outro quarto. E você responde? Nem ela.

Senta-se na grama do jardim e namora a veneziana cerrada. Por que não se abre? Assim era toda manhã, meses e anos. E, de súbito, quem fim a levou? Como lhe explicar que nos deixou para sempre? Nunca, nunca mais volta.

Ainda que ele corra pelo jardim e salte, as quatro patas no ar, jamais agarra a sombra rasteira do sabiá. Também eu sondando as nuvens, aqui um esboço de sorriso ali um vago nariz, busco em vão o rosto perdido.

Ao menos eu saio, busco me distrair. Falo com um e outro. Entro na livraria, pode ser um velho sebo. O santuário da cidade. Me sinto protegido, quase em família. Lá sou amigo do rei. Tomo um cafezinho, não mereço mas agradeço o sorriso das caixeirinhas.

De volta, cansado de arruar à toa. Com o tinido da chave, já vem ele, sacudindo o rabinho, alerta e impaciente. Não esperou o tempo inteiro à escuta dos passos na calçada — qual era o meu?

De joelho, afago-lhe a cabecinha inquieta. Prestes a ganir — ui, ai uivos de mil ais. Mordisca os meus dedos numa carícia tímida.

Não resisto. Na calada as lágrimas fluem dóceis e quentes. Até que rebento em soluços ferozes. Por ele e por mim.

Só nos responde no oco do céu o silêncio das estrelas mortas.

A ninfeta e a matrona

— Um amor impossível. Era loira e linda. Por ela capaz de todas as loucuras. Casada de pouco. E já infeliz.

— O bom e velho drama.

— Orra, um maldito agente de polícia. Fama de arbitrário e violento.

— Polícia é fogo.

— Todas as loucuras, eu disse? Bem, quase todas. Confesso que me acovardei. Sem piscar, o bruto caçava os dois pombinhos.

— Caçava, estraçalhava, comia a carne branca. E ainda roía os ossos.

— Agora ao encontrá-la, tantos anos depois, a fagulha viva do antigo amor. Apesar de feridos e sofridos pelos anos. Ela, separada; eu, viúvo. Ambos com filhos e netos.

— Só pode dar confusão.

— Bem-conservada. Um tantinho mais robusta. Sempre bonita e vistosa.

— Ainda que mal pergunte, a deusa com quantos anos?

— Tenho 74. Ela deve estar com 68.

— Epa, mas a deusa é uma velhinha!

— O que sabe você dos mistérios do coração?

— Em vez da ninfa etérea esvoaçante nas nuvens...

— Pô, essa boca torta...

— ...a matrona gorducha que reina aos gritos com seus bacorinhos.

— ...vira pra lá.

— E tem coragem? Com a avozinha nua nos braços... é fatal que se arrependa.

— Ei, cara.

— O fim da última esperança.

— Qual é a tua?

— Uma visão pior que o tira sádico aos urros na porta!

— Você é um príncipe, hein?, para animar os amigos.

— Uma tarde não de prazer mas triste decepção.

— Peraí. Como é que pode...? Se nem a conhece.

— E para sempre o sonho perdido de amor.

— Logo mais o encontro.

— Ela, já pensou? Não é a mesma. Dois desconhecidos.

— Que exagero. Nem tanto assim.

— Abusados pelos anos e desenganos. Cabelo branco, vista cansada, fôlego curto.

— Não posso me atrasar.

— Entre a ninfeta e a matrona...

— Orra, você não tem dó?

— ...por que não conserva a ilusão?

— Ela está me esperando.

— Sob os lençóis, ai!, o humilhante fiasco e a maior vergonha.

— Comigo, não. Tesconjuro!

— *Não sei o quê. Tão nervoso, querida. Isso nunca me aconteceu...*

— Nem mais um pio.

— Guarde minhas palavras. Use à vontade.

— Lá vou eu.

— Seja feliz, amigão.

Uma rosa para João

Por volta de três da manhã
os moradores da favelinha
ouviram gemidos na rua
uma voz agonizante pedia socorro
com medo ninguém acudiu

de manhã o morto ali em paz
já não tinha nenhum lugar pra ir
o único sem pressa pra nada

o cabo André e o soldado Tito
deram com a cena nunca vista

o corpo sangrado de golpes
os braços abertos em cruz
o punhal até o cabo no peito
uma pequena coroa de rosas

em torno do rosto barbudo
uma flor espetada na boca
o próprio assassino quem diria
cuidou das pompas fúnebres

foram ao todo quinze pontaços
oito no pescoço
quatro no rosto
um no peito um na testa outro na mão

três montinhos de terra
aqui a cabeça ali os pés
demarcavam o corpo

mais o punhal de sangue
o velho par de chinelos
o boné com a inscrição *Jesus*
um cachimbo partido
a garrafa de pinga vazia
o inventário de todos os bens
no último dia de uma vida
o colega Pipoca deu o serviço
o nome era João José de Jesus
morador de rua
catava latinha
virou andarilho por conta do vício
pela droga e a cachaça

depois de tudo perder
sem mais nada
nadinha de nada
trocando a mulher
por trinta pedras
vendeu a filha
por um tantinho de pó.

A mão na pena

Hoje que lanço a mão na pena, ai, como você dói.

Noite de lua me levanto, vou suspirar na janela: todos os pernilongos cantam o teu nome.

Eu me deito, apago a luz: os vaga-lumes acendem o teu rosto no escuro.

Chorava outro dia no meio da rua, até parou gente, imaginando fosse desastre. Um guarda quis me consolar, eu falei: Seu guarda, não seja burro. Vou preso, mas sou fiel até a morte.

Como ia dizendo, um dia você há de se arrepender. Aí é tarde, estou lá embaixo da terra. Aí chegarás diante da minha cruz: Morreste, infeliz, não foste digno do meu amor.

Você pode rir. Eu falo sério, não sou fingido, hein? Mamãe já reparou, não comes, meu filho. Tusso demais, sinto palpitação, me obrigo a dormir sentado.

Ai de mim, dá gana de tomar um bruto porre. Daí escrevo-lhe estas mal traçadas linhas. Se você não me quer, pego tifo e escarlatina, me atiro da Ponte Preta, boto fogo na roupa, bebo capilé com vidro moído.

Sei que prefere galã bonito. De bigodinho e costeleta. Bonito não sou, bigodinho eu tenho. Isso não vale nada?

Por ti serei maior que o motociclista do globo da morte.

Me diga. Outro perdido de paixão como eu?

Não existe.

Lá vem você, e pronto! Olha eu aqui — de novo o menino aos pulos batendo palmas à tua passagem com tambores, bandeiras e clarins.

Mais gloriosa que a bandinha do Tiro Rio Branco.

Noite

Friorento, o sol se recolhe sobre os últimos telhados. O vento balouça de leve a samambaia na varanda. A casa toda em sossego. No quintal o cãozinho late aos pardais que se aninham entre as folhas.

A magnólia pende a cabeça com sono. Já não bole a cortina.

No silêncio da penumbra se ouve cada vez mais alto o coração delator do tempo: um relógio.

Diante da janela o passarão da noite farfalha as asas. O galo não gala a galinha. Duros objetos perdem os contornos agressivos. Há paz na cidade.

Em pé no balcão os operários bebem cálice de pinga. As caixeiras deixam as lojas com a bolsinha na mão. Eis a noite que se esgueira em surdina no fundo dos quintais.

As mulheres são mais queridas a essa hora. O rosto iluminado pelo farol dos carros é promessa de delícias. O vampiro ergue a tampa do caixão de pregos e pétalas de rosa.

Os bondes sacolejam nos trilhos, em cada janela um rosto diferente. O mundo não é uma festa de prodígios: gnomos, baleias voadoras, unicórnios, basiliscos de fogo?

Abrem-se as portas da noite. O quarto fervilha de sombra. Não mais o dia de gestos inúteis e falsas promessas. Há vinte e cinco minutos os carros já não devoram os ciclistas.

Enxugando os dedos no avental, as mães chamam os filhos que brincam na rua.

Se aquietam as vozes. Os pardais não pipiam nas árvores. Nem late o cãozinho.

A pomba da noite é mansa. Arrulha o amor na sopa fumegante sobre a mesa.

Josué

Às treze horas de ontem, na Rua Barão do Serro Azul, o ciclista Josué dos Santos costurava a sua magrela — epa, uma finta! uai, nova firula! olé, outro fininho! — pelo trânsito selvagem.

Na seção de ocorrências policiais consta que era funileiro autônomo. Tudo o que sabemos, além de que morreu. Um ciclista qualquer, curvado sobre o guidão, riscando o trim-trim da campainha.

Na volta do almoço corria decerto para atender a um chamado, quando o caminhão, na ultrapassagem, matou-o quase de imediato. Josué ainda moço, não se foi sem deixar um recado, ao contrário dos velhos ciclistas exaustos de tanto pedalar.

O caminhão passou por cima do corpo e da bicicleta de Josué. Não morreu de pronto. Iniciou uma frase:

— Avi...se... Ma...ri...

E mais nada. A bicicleta e o corpo, um só Josué. Ao separarem cabeça torta e guidão retorcido, que fim o levou?

O caminhoneiro, após exame de dosagem alcoólica, liberado seguiu viagem. Josué, esse, conduzido ao necrotério, um dos braços arrastando no chão.

Para que cidade, à uma hora da tarde no relógio da Catedral, tripulou o seu pássaro de roda sem aros? Já desviara antes de caminhões que lhe mordiam a nuca e, dobrando-se sobre o guidão, girava destemido os pedais. O vento na cara, por onde o suor escorria, quase ergueu voo na Praça Tiradentes se um guarda na esquina não fecha o sinal.

Outra vez monta o seu cavalinho de arame e sai chispado para a morte, à uma da tarde em todos os relógios da Praça Tiradentes. É a hora em que os caminhões almoçam ciclistas. Entre um para-choque com dez toneladas de carga e o magro peito de Josué, quem pode mais?

O baque fundiu o moço e o brinquedo de passeio em bicicleta cubista. Primeiro ela pousou num galho florido de ipê, depois na torre esquerda da Catedral e, já pintada de ouro, se perde na próxima nuvem.

No reino dos ciclistas os caminhões são proibidos e Josué entrou sem perigo no céu, ainda que na contramão.

O sangue derramado no asfalto viajou nos pneus de carros em várias direções. Algumas gotas para o norte, outras para a Cordilheira dos Andes, as mais preciosas para a rua da namorada: era sangue do coração de Josué.

Ele morreu como um bom ciclista: quase de imediato. Se um de nós cai, outro já decola à uma da tarde, o peito impávido contra a baioneta calada dos para-choques. Investe aos saltos, o coração pequeno de medo, e nenhum pensa em usar colete de aço.

Josué, humilde e buliçoso pardal da cidade. Os passarões menosprezam os pobres pardaizinhos, que não têm penas coloridas nem cantam. Eco ao trim-trim da nossa campainha — ai, ai, socorro! —, igual apelo é o seu pipio aflito.

Agora todos sabemos, Josué, da sua curta biografia. Precisou morrer para ser lembrado, ao menos por instante. Josué dos Santos, ciclista do sem-fim azul e, ao que parece, funileiro autônomo.

Em cada esquina desta cidade a morte pede carona.

Amanhã qual de nós, ao lhe estender a mão, estará fazendo a sua última cortesia?

Chove, chuva

A fumaça da chuva sobe pela chaminé das casas e se espalha sobre a cidade. Um fio de silêncio cai de cada gota. As gatas dengosas se viram de costas para dormir. Chove, chuvinha, um lado da palmeira nunca se molha.

A casa das formigas não tem porta, e quando chove, não se afogam? Piam milhares de pardais entre as folhas do chorão. Não existe melhor conchego que um barzinho. Nada como a meia grossa de lã. Apaixonadas ou não, mocinhas espirram na fila do ônibus.

Neste instante há no mínimo três mil pessoas infelizes com o sapato furado. Basta que não chova eu me chamo Felipe, o Belo. Como pisar na lama, garotas de várzea, sem sujar as sapatilhas? Orelhas de piás são puxadas por brincarem na chuva. Os mascates que vendem maçã na rua em desespero comem as maçãs?

Não estivesse chovendo eu teria sete filhos. Guardas de trânsito abrem os braços na esquina e apitam: por que choves, Senhor? Chove que chuva, apaga o meu recado de amor no muro.

Mães pensam nos filhos tão longe, uns dedos trêmulos na vidraça: dona mãe, me deixa entrar. Em cada lata vazia repicam os sinos da chuva.

As mãos no bolso não esquentam. Alguns viúvos choram na fila, esse ônibus nunca não vem. Ora, gotas de chuva, pensam os vizinhos. Todos querem esse guarda-chuva esquecido num dia de sol, quando havia sol.

Os rabanetes no canteiro pulam as cabecinhas de fora.

Os armários das velhas casas estalam. Antigos baús são abertos, dia ruim para as traças. Há medo de vampiro na cidade.

Asinhas encharcadas, filhotes de pardais caem das árvores e se afogam nas poças.

As vovozinhas choram de frio na beira do fogão a lenha. Cães arranham a porta, licença para entrar. A sopa de caldo de feijão, epa! te queimou a língua. Mesmo com chuva, há pares de namorados à sombra das árvores. Nem a chuva tira uma solteirona da janela.

Chapinhando as poças investe uma trinca de gordalhufas — pra cá pra lá, bundalhões hotentotes tremelicantes!

Senhor, tão bom se não chovesse. Ah, não chovesse, eu usaria barbicha. Não tivesse chovido eu casava com a Lia e não a Raquel.

Pra onde fogem os sorveteiros quando chove? Se chove, mais difícil enfrentar o vento sul sem perder o chapéu. Homens chegam em casa, esfregam o pé no capacho e sentam para comer, dizendo: chuva desgracida.

Uma rosa no teu jardim abre as mil pálpebras do único olho.

O vento despenteia a cabeleira da chuva sobre os telhados. Mesmo quando para a chuva, as árvores continuam chovendo.

A chuva lava o rosto dos teus mortos queridos.

O velório

Entre quatro círios acesos, Doralice. Erguendo o fino lenço de cambraia, Sinhô revelou o nariz enegrecido e, sob o lábio crispado, o dente amarelo:

— Apagou-se...

No meio da sala o ataúde rodeado de cadeiras. De pé, fungava uma velha de preto. A um canto, queixo apoiado na mão, Ivone.

— Como vai, meu bem?

Ergueu o olho branco, quase vidrado.

— Era minha amiga.

— De todos nós — eu a consolei, mas recolheu a mão.

— Não me pegue. Nem esfriou no caixão, já quer pegar.

Da cozinha chegavam cochichos, risinhos abafados, a voz rouca de Mãezinha: *Sinhô, conta uma história triste. Aquela, Sinhô...*

— Mãezinha podia falar mais baixo.

— A velha é surda.

Copo na mão, os outros festejavam a gorda patroa do 111. A legenda de que, se um rapazinho a interessasse, corria a mão na boca e ofertava entre o polegar e o indicador um canino de ouro. Ao erguer o copo, tilintavam as pulseiras:

— Ai, pianista desgracido!

As carpideiras celebravam o coração de Mãezinha: resgatou a moça do necrotério, vestiu-a toda de branco. Despedia-se de sua menina morta, sem transpor a beira do ataúde com os seios de melões. Beijou a ponta dos dedos e, erguendo o lenço, tocou a fronte de Doralice.

Lá na sala a velha a enxotar mosca. Garrafas vazias alinhavam-se na mesa da cozinha.

— Homens... — resmungou Ivone, quando voltei. — Fazer com ela o que o Zeca fez.

— O que ele fez, meu bem?

— Jogou-a fora. Naquele estado.

— Não faria isso com o meu amor.

— Pensa que não sei? O caso com a Doralice?

Doces lágrimas do álcool. Reclinou a cabeça no meu ombro. Sós na sala, os dois e a velha, sem contar Doralice. Para os vivos a noite não tinha fim.

Chegavam as damas de casaco de pele e boca muito pintada, no vestido tão estreito que não podiam dar passinho maior que o sapato. O perfume rançoso abafava o da morta e da cera derretida. Grande aflição entre as mulheres — às três horas Zeca deixaria o piano. Olhavam ora a porta, ora Doralice. Ivone comentou em voz alta:

— São assim mesmo. Ela se matou por amor dele. Não teve coragem de ver Doralice no caixão!

As senhoras que circulavam na vizinhança surgiam balançando a bolsa e fumando sem parar. Cada vez que se fazia silêncio, o ganido do cachorro que arranhava a soleira.

— O Luluzinho — informou Ivone. — Já sabe.

A velha foi recolher a roupa do quintal, o cãozinho se intrometeu na sala: pequeno, branco, felpudo. Latindo, aos saltos, em volta do caixão. Antes que alguém o agarrasse, pulou da cadeira para o esquife, descobriu com as patinhas o rosto da finada. Ó não, olho quase aberto: ainda era azul. Luluzinho debatia-se nos braços de Ivone.

— O animalzinho como sente.

— Está com saudade.

Ivone prendeu-o no quintal, de volta a soprar os pelos do vestido. A velha, mastigando a gengiva, alisava o cetim fulgurante da defunta.

Um senhor desconhecido olhou o caixão, depois a porta:

— Não está certo. Assim não está certo!

Agitaram-se nas cadeiras as damas indignadas.

— Não está certo? Ainda tem coragem! Falta de respeito. Que vergonha!

— Os pés na direção da porta.

Sinhô e eu empurramos o caixão. Erguido com violência, pendeu perigosamente. Doralice inclinou a cabeça na almofada carmesim.

— Ela se mexeu...

— Estão bêbados.

— Profanação!

Sinhô recolheu a camisa na calça:

— Muito grande o caixão.

Produzido em série, desconsideração não ser sob medida. Desfilavam os músicos, guardas noturnos, garçons de gravata-borboleta. Multidão de gente pálida falando em voz alta, que a velha era surda.

Esquecidas na sala a morta e a irmã. Na cozinha espirrava entre sussurros uma gargalhada. Aos poucos despovoada — as garrafas vazias. Ivone, Sinhô e eu. Ele assoou a tromba purpurina:

— Adeus, meu príncipe. Bebida não há.

— Espera lá fora, Sinhô.

Ivone abriu o fogão apagado e retirou uma garrafa.

— Fique, meu bem. Para nós dois.

Encheu os copos, aninhou-se nos meus braços.

— Não faça isso. O nosso fim. Tudo é ilusão. Por favor, querido. Não respeita a Doralice? Eu quero morrer. Um enterro só. Ó querido... Por favor, toda arrepiada.

Debatia-se nos meus joelhos, o silêncio nos denunciou — a velha surgiu à porta. Olhou ferozmente. Seguia os gestos de Ivone que abriu a bolsa e, apoiando o espelhinho no copo, começou a pentear-se, grampos na boca.

— É surda não.

Voltamos à sala. Os sapatos prateados da falecida. Ivone abriu os braços:

— As flores, meu Deus! Pobrezinha, nem uma flor...

Apanhou a bolsa da cadeira e, diante da velha enojada, estendeu o dinheiro.

— O mais de flores, querido. Também uma coroa. Com palavra bem bonita.

E sorria, amorosa.

— Você que é poeta.

No primeiro bar, Sinhô diante do cálice vazio. O garçom debruçado.

— Que foi?

— Sentiu-se mal.

Na carinha murcha deslizam em surdina verdes gotas, que não se importa de enxugar — por quais doralices chorava? O garçom trouxe a garrafa.

A loja de flores era longe.

OBRAS DE DALTON TREVISAN

Sonata ao luar (1945)
Sete anos de pastor (1948)
Novelas nada exemplares (1959)
Cemitério de elefantes (1962)
Morte na praça (1964)
O vampiro de Curitiba (1965)
Desastres do amor (1968)
Mistérios de Curitiba (1968)
Guerra conjugal (1969)
O rei da terra (1972)
O pássaro de cinco asas (1974)
A faca no coração (1975)
Abismo de rosas (1976)
A trombeta do anjo vingador (1977)
Crimes de paixão (1978)
20 contos menores (1979)
Primeiro livro de contos (1979)
Virgem louca, loucos beijos (1979)
Lincha tarado (1980)
Chorinho brejeiro (1981)
Essas malditas mulheres (1982)
Meu querido assassino (1983)
Contos eróticos (1984)
A polaquinha (1985)
Pão e sangue (1988)
Vozes do retrato (1991)
Em busca de Curitiba perdida (1992)
Dinorá (1994)
Ah, é? (1994)
234 (1997)
Quem tem medo de vampiro? (1998)
111 ais (2000)
O grande deflorador (2000)
Pico na veia (2002)
99 corruíras nanicas (2002)
Capitu sou eu (2003)
Continhos galantes (2003)
Arara bêbada (2004)
33 contos escolhidos (2005)
Rita Ritinha Ritona (2005)
Macho não ganha flor (2006)
O maníaco do olho verde (2008)
35 noites de paixão (2009)
Violetas e pavões (2009)
Desgracida (2010)
Mirinha (2011)
Nem te conto, João (2011)
O anão e a ninfeta (2011)
Novos contos eróticos (2013)
A mão na pena (2014)
O beijo na nuca (2014)

SOBRE O AUTOR

Dalton Trevisan é considerado um dos mais importantes contistas da literatura brasileira contemporânea. Nasceu em Curitiba, em 1925, e se formou como advogado pela Faculdade de Direito do Paraná (atual Universidade Federal do Paraná). Ainda estudante, já publicava alguns contos em folhetos e, entre 1946 e 1948, fundou a revista *Joaquim*, um dos mais impactantes periódicos culturais do Paraná. Teve sua estreia oficial como escritor com a publicação da coletânea de contos *Novelas nada exemplares*, vencedora do Prêmio Jabuti de 1960. Venceu mais três Jabutis, além de outros prêmios igualmente importantes, como o Prêmio Machado de Assis, o Prêmio da Biblioteca Nacional, o Portugal Telecom (atual Oceanos) e o Prêmio Camões, em 2012 (pelo conjunto da obra). Sua obra já foi adaptada para o cinema (*A guerra conjugal*, de 1975, com direção de Joaquim Pedro de Andrade) e para o teatro (em espetáculos dirigidos por nomes como Ademar Guerra, Marcelo Marchioro, Felipe Hirsch e João Luiz Fiani), e seus livros já foram traduzidos para diversos idiomas, como inglês, espanhol e italiano.

Este livro foi composto na tipografia Minion Pro,
em corpo 11,5/15,6, e impresso em
papel off-white na Gráfica Cromosete.